TO BE BLIND, TO BE LOVED.

小时代2.0 虚铜时代

郭敬明 著

〔修订本〕

虚铜时代

TINY TIMES 2.0

By Jing M,Guo Jul.2014

Conceived, Created, and Designed by ZUI

Artworks by Adam X,Hu Illustration by YIF.Mok Typeset by Fu Shiyi

长江出版传媒 | 长江文艺出版社

Artist by 陌一飞

TO BE BLIND , TO BE LOVED.

小时代

郭敬明 著

2.0虚铜时代〔修订本〕

TINY TIMES 2.0

By Jing M,Guo Jul,2014 .Conceived, Created, and Designed by ZUI
Artworks by Adam X,Hu Illustration by YIF.Mok Typeset by Fu Shiyi

TO BE BLIND . TO BE LOVED.

小时代 郭敬明 著
2.0虚铜时代
TINY TIMES 2.0

By Jing M,Guo Jan.2010
Conceived, Created, and
Designed by CASTOR
Artworks by adam.X Illustration by YIE.Mok
Typeset by Alice.L Photo by Tonys

PRODUCER _ JIN LIHONG LI BO JING M,GUO
CHIEF EDITOR _ SUSAN
CONTRIBUTING EDITOR _ HENHEN [FROM CASTOR]
VISION ART _ SHANGHAI CASTOR [CA@ZUIBOOK.COM]
COVER ART _ ADAM.X MINT.G [FROM CASTOR]
TYPESET ART _ ALICE.L FREDIE.L [FROM CASTOR]
ILLUSTRATION _ YIEMOK [FROM CASTOR]
PHOTO _ ADAM.X TONYS [FROM CASTOR]
MEDIA COORDINATOR _ ZHAO MENG
PRINTING MANAGER _ ZHANG ZHIJIE
INTERNET SUPPORT SHANGHAI CASTOR [WWW.ZUIBOOK.COM]

这些血液，

都是我们生命分崩离析前的邀请函。

天空遥远深处，厚重的云层背后，一个低沉的声音慈悲地传来：

欢迎光临。

TINY TIMES SEASON TWO

To be blind,to be loved.

BY JING M.GUO

TINY TIMES CONTENTS

小时代 2.0

虚铜时代

To be blind , to be loved.

Tiny Times Season 2

Chapter.01

小时代·虚铜时代

上海漫长而寒冷的冬天，开始了。

每一年上海的冬天都像没有尽头，持续切割着人的皮肤、瞳孔、心。

苍白而混沌的颜色，像是死神吐出来的叹息。

冬天里的上海，是最最绝望的一座都市，人们终于能够感受到，比他们的内心还要冰冷的东西了。

To be blind, to be loved.

2008年的最后一个月，整个世界的报纸杂志似乎都只有两个封面，一个就是奥巴马那张醒目的瘦削立体的面容，坚毅或者说是忧愁的眼神，这样一张黑人的脸孔第一次以美国总统的身份，频频出现在全世界大街小巷。他用这张深邃的面容，心事重重地凝视着大街上纷飞的雪花，眼神仿佛快要过新年的喜儿担心家里没米下锅一样，充满了悲天悯人、伤筋动骨的忧愁。

而另一个封面，则是华尔街顶上黑压压的阴霾天空，配合着四个粗体大字“金融风暴”。这场次贷危机引发的灾难像海啸一样，卷起滔天巨浪，从发源地纽约汹涌而来，冲击着日益融为一体的世界经济体系。整个世界都像是翻腾着混浊泡沫的白色海洋，无数曾经在金融界呼风唤雨的巨型军舰，此刻都像是摇摇欲坠的小舢板似的，在上帝的唾沫里，垂死挣扎。

离华尔街十万八千里的上海也一样。

所有的杂志报纸，无论中文还是英文，围绕的主题永远逃不开这两个，随手翻起一本来，看到的都是同样的东西，要么就是奥巴马黑皮肤的脸，要么就是华尔街黑压压的天空。只是在美国人心里，前者代表着“希望”，而后者代表着“绝望”——当然，奥巴马的反对者们可不这么认为。

但所谓道高一尺魔高一丈，再大的滔天巨浪席卷过来，还有防汛墙挡着，防汛墙垮了，还有我们伟大的解放军战士铸成的新的长城挡着。这样的时刻，中国成为某些冒险家们的避难所，而上海，则是这个避难所领域中，最光彩夺目的那颗明珠。

所以陆家嘴依然流光溢彩，物欲纵横。环球金融中心每天耸立在云层里，寂寞地发光发亮，勾魂夺魄。只等着身边那幢“上海中心”可以早日拔地而起，以解除它独孤求败的寂寞。“上海中心”围起来的那圈工地上，打桩的声音日复一日地响彻在这个小小的陆家嘴江湾，像是上海生命力异常顽强的心跳声，但听久了，也凭空多出一种苍凉的悲壮感来。

那些杂志上抱着纸箱脸色黯淡的华尔街精英的形象，似乎很难在这里看见，大家也仅仅把他们作为一种茶余饭后的谈资。身边好像也没有谁真的抱着纸箱如此高调地走在大街上——说白了，就算真的被fire，也不会这样dramatic地走在街上，又不是在拍湖南卫视的偶像剧，那种眼泪像是滴眼液一样的戏码，在生活中是不存在的。生活里随处充满的，是一枪致命的对决和伸手不见五指的厮杀，眼泪还来不及流出眼眶的时候，你就已经两眼一黑了。

一幢一幢摩天大楼中间，依然匆忙奔走着西装笔挺的精英们，他们用手机控制着上海的经济命脉——或者说，上海用手机信号作为提线，控制着他们这群木偶——任何事情，都可以从两个方面去说。

2008年的年底，上海像一个疯狂旋转的玻璃球，飞快发展的城市像是一个恐怖的庞然大物。当所有的外地游客还依然把浦东机场连接地铁的磁悬浮列车当做到上海必去的景点时，虹桥机场二期以远远超越浦东国际机场的规模迅速地崛起着。

投资三百六十亿打造的中国超级工程——虹桥交通枢纽工程，将成为世界上最复杂的交通枢纽。三个天安门广场的面积里，集中着高速铁路、磁悬浮列车、城际铁路、高速公路客运、城市轨道交通、公共交通及民用航空。整个工程像是一个发光的巨大怪兽雄踞在上海的西部，在未来，人们将从它体腔内部的各种肠道，迅速被运往上海的各个地方。

它像一个破土而出的怪物一样，轰隆隆地掀动着周围的地皮，无数的地价在股市的电子屏幕上发疯一样地跳动着，仿佛无数人心悸的心电图。

而这只是冰山一角，九千亿的政府投资被当做抵御金融风暴的强心针。报纸上用耸动的比喻描写着这样的举措：“九千亿的投资换成硬币的话，足够在上海城区下一场持续一百二十八天的连续不断的硬币雨。”这样的描写曾经出现在美国报纸上，当时用来描写比尔·盖茨的财富。

所以，当我和南湘再次回到上海的时候，我们并没有觉得它有任何的不同。也许是因为我们仅仅离去了十几天的时间。我所看到的上海，依然像一只遮天蔽日的黑色章鱼，它趴在这块海边的领土上，覆盖着所有盲目的人，它湿漉漉的黑色触角，触及着这个城市每一个细小的角落。

无法停止的蠕动，像是这个城市与生俱来的天赋。

就像什么事情都没有发生过一样，我、南湘、顾里、唐宛如，我们四个依然亲热地窝在客厅里，唯一改变的是现在的这个客厅是静安区的高级别墅，而不是当初学校小小的寝室。当初从宜家拖出来的白色休闲小沙发，被顾里轻描淡写地留在了当初的学校寝室里。

“与其把那一笔不菲的搬家费用给那些工人，我不如送唐宛如一件好一点的内衣。”

“大一的时候我确实觉得IKEA非常的时尚，但是这就和你小学的时候穿着李宁运动鞋依然耀武扬威地走在大街上是一个道理——你现在还敢么？”

“这就和我结婚的时候戴着一个周大福的钻戒是一样的道理。十年前如果一个男人送我周大福，我笑脸如花地感谢他。但当我结婚的时候对方跪在我面前掏出一个周大福给我的话……那他就跪着吧，forever!”

顾里依然一边喝着卢旺达的烘焙咖啡，一边翻着手上的《当月时经》。她手里拿着红色水笔，不停地把杂志上她感兴趣的段落“刷刷刷”地圈出来，表情就像我记忆里的小学班主任在批改作业。她喝了两口之后愁眉苦脸地把咖啡往茶几上一放，“南湘，这比你当初痛经的时候喝的中药都难喝！卢旺达？那地方的人是不是味觉有问题啊？他们的味蕾上不会一直分泌蜂王浆吧？这玩意儿苦得能把自认命苦的小白菜给活活气死。”

她鄙视地看着旁边放着的那袋卢旺达烘焙咖啡，那是她从南京西路上刚刚进驻的英国最大的零售公司玛莎百货里买回来的。顾里此刻的表情就像是在看贴着面膜做瑜伽的唐宛如一样，充满了一种巨大的悲悯和祥和(……)，她似乎完全忘记了当初她自己眉飞色舞地从那栋绿色的新地标里买回这包玩意儿时得意扬扬的表情。她抬起头，摆了摆手，说：“Lucy，把它丢了吧。”等了半天没人答话，她抬起头，冲唐宛如抬了抬眉毛，“Lucy，叫你呢!”

南湘一边把自己的头发梳起来规矩地盘在脑后，一边疑惑地问顾里：“唐宛如不是一直称呼自己叫‘Ruby’么，什么时候改得跟你家菲佣一个名字了？还有顾里姐姐，喝个咖啡而已，您就放过卢旺达的人民吧，他们招谁惹谁了。”

刚费了九牛二虎之力把自己塞进一件紧身黑大衣里的唐宛如，虚弱地站到南湘旁边，她总是充满了正义感，每次顾里欺负我和南湘的时候，她都会为我们出头。她盘腿在南湘身边缓缓地坐下来(在坐下的这个过程里，她企图模仿电视里的名媛们交叉双腿防止走光的优雅动作，却因为双腿扭曲过度而失去平衡“扑通”一声直接摔在沙发上)。但唐宛如有一个优点，就是她在任何情况下总能非常镇定。比如现在，她就保持着那个“扑通”一声摔在沙发上的姿势一动不动，并且还亲切地握着南湘的手，同情地说：“南湘，这么说起来的话，你二姨妈别不是卢旺达的吧？我一直就觉得她的皮肤，啧啧，怎么说呢，我这人就是心直口快，你别介意啊，我就一直觉得你二姨妈黑得太over!”

说完，还自顾自地指着顾里杂志封面上的奥巴马，惋惜地补了一句：“够戗能赶上奥巴马，真的。”

南湘揉着太阳穴，坐到我旁边来，拿起冰桶里的那瓶香槟，也给自己倒了一杯，迅速加入了已经喝得满脸滚烫的我的行列。我看着以匪夷所思的姿势横卧在沙发上的唐宛如，又看着穿着暗红色Prada毛衣的顾里，呵呵地傻笑着。

南湘和顾里看着满脸通红、呵呵傻笑的我，忧心忡忡地摇头。而唐宛如两眼放空地盯着客厅空气中的某一个点，没有人知道她在想什么。说真的，我们大家都不太能跟得上她那跳跃而诡异的思路。

我看着坐在我身边的南湘和顾里。她们两个看上去那么漂亮，青春闪光、灿烂美好，像是两朵散发着香气的娇艳花朵。她们旁边的唐宛如也充满了生命力，看上去像一棵阳光下安静而茁壮的绿油油的铁树。而我呢，顶着一头刚刚睡醒的蓬头乱发和巨大的黑眼圈，以及满眼的红血丝，就像是一堆被冬天的罡风吹干了的稻草。

是的，她们三个是我最好的朋友。

如果你了解我们的话，你会知道，我面前这个头上戴着一小朵Channel山茶花珠宝的女人，就是顾里。我爱她，但也怕她。她就像是一台装着太阳能永动机的巨型电脑，在大学三年的时间里，完成了双学位，并且以全A+的分数夺取了全系第一名。当学校的老师们把一等奖学金拿给她的时候，她大概数了数，然后激动地说：“呀，这么多，我可以给Lucy买一双稍微结实一点的鞋了。”说完把那个装着钞票的薄薄信封丢进了她的Longchamp包包里。那个时候，我觉得闪光灯下的她，就和中信泰富外墙广告上的Kate Moss一模一样，像是一只高贵而尖酸刻薄的黑天鹅。并且，这台巨型电脑会每时每刻地从她的嘴里往外喷射毒液。比如上个月她就在公司里用一整段十分钟不停顿的、不带任何脏字的羞辱，把一个一米八三的四十岁男人搞得坐在公司大堂的地上号啕大哭。最后她也觉得太过意不去了，于是蹲下来，掏出自己的手绢帮他擦了擦眼泪，抱了抱他的头，温柔而亲切地在他耳边小声说："你要哭就回家去哭，我这儿还上班呢，乖，别跟个神经病一样，多大人了啊你。"她眼里闪烁着温暖而动人的光芒，对待同志像春天般的温暖。

而她旁边穿着H&M黑色长大衣的南湘，低着头，乌黑柔软的长发盘在后脑勺上，醒目动人的眉眼，流转着一种与生俱来的动人美感，她整张脸无时无刻不像是笼罩在一层水墨烟雨里，楚楚动人、柔和明亮。她是我们大学里公认的不化妆就最好看的素颜美女，无论是她刚刚睡醒，还是她通宵达旦后从画室里疲惫地走出来，或者是从游泳池里湿淋淋地浮出水面，她都保持着一张让男人呼吸停顿心脏漏拍的面容。

她纤细的锁骨、纤长的睫毛、粉红色布丁一般柔软的嘴唇，让她像是一朵开放在幽静山谷中的白色山茶花。对，就像她此刻别在头发上的那朵新鲜的山茶花一样。和顾里头上价值连城的珠宝花朵不一样，她戴的是真花，充满动人的芳香，却容易损毁，快速凋谢，转瞬即逝。而顾里头上的珠宝，却是永恒而压倒一切的美。这就是她们最大的不同。我对南湘的感情，不像是对顾里那样的崇拜，而更多的是一种亲密和贴近。在我们认识的十多年里，我们分享喜欢的小说，听同样的歌曲；我们逛同样的街，买同样的衣服。我和她一起每天被顾里羞辱，然后又一起每天共同羞辱唐宛如(……)。我们的感情就在这样无数个日子里越来越深厚。然而要我形容她的话，我又真的有点无从说起。尽管我自己是中文系的，但我发现，如果真要讲清楚南湘身上的故事，那得写一本比《悲伤逆流成河》还要厚的小说才行。总的来说，南湘应该就算是我们经常在小说里看到的"红颜薄命"。她没有顾里那样的显赫家世，甚至连我这样的小康家庭都没有。她这么漂亮，现在却没有交男朋友。中学时代交过的一个男朋友叫做席城，在给了她无数个耳光，踢了她几脚，让她怀上孩子又堕胎之后，潇洒地拍拍屁股走人了。

我抬起头看了看南湘，她好像已经迅速地赶超了我——喝醉了……

此刻正对着镜子挤乳沟的唐宛如，怎么说呢，我一直觉得也许她才是中文系的，因为她经常说出各种各样让人无法发表任何言论的经典名言。比如她在大学一战成名的那一句“我的奶有什么好看的!”。还记得在我们高中的一次国庆典礼上，我和南湘表演完一个歌舞剧，优雅而完美地谢幕之后，回到后台，唐宛如激动地迎接了我们——当然，以她的资质，是没办法登台跳舞的，最多勉强说个相声。当时她直接冲向我们，一头撞开正端着水想要递给我们的顾里，然后激动地抓着南湘的手，哆嗦地说：“南湘!刚才你们在跳跃旋转的时候，我们在下面都特别的激动!你裙子下面的红色内裤，被我们看得一清二楚!大家都沸腾了!”我和顾里迅速抬起手扶住了额头……而这还不是最致命的，致命的地方在于，唐宛如紧接着用尽她丹田的力量，冲着南湘大吼了一声：“感觉和主席台上飞扬的国旗极其呼应!那首歌怎么唱的来着?哦对，‘战士的鲜血染红了它’!”

这件事情以一个具有异常戏剧张力的ending收了场，那就是，这句“战士的鲜血染红了它”连同之前那两句关于南湘内裤的描述，随着我和南湘胸口还没有摘下来的迷你麦克风，传遍了学校的操场，整个学生队伍的上空，持续回荡着“染红了它……染红了它……红了……它……”……

典礼结束后南湘请了三天的病假……第四天戴着口罩来上课。

在那之后，我们总是能够在学校里听见这样的对话，无论是学校食堂里不知道什么原因而露出的诡异红色血丝的馒头，还是英文老师白衬衣里透出的红色内衣，抑或是傍晚天空灿烂的云霞，以及让人痛恨的红色英语书封面，大家对这些东西的解释，都是“战士的鲜血染红了它”。

除此之外，如如还特别的勇敢，不怕死，什么事情都敢做。包括上次在钱柜喝醉了，拉开顾里的Kenzo包包，小心翼翼不动声色地吐在了里面，吐完之后还面不改色若无其事地把拉链拉上，随我们继续唱歌，似乎刚才的一切都没有发生。(当然，事后顾里把她反锁在厕所里一整天没有给她饭吃。)

还有一次她发烧上街买药，莫名其妙走进药店隔壁的屈臣氏，径直走到露得清的柜台，冲着卖面膜的小姐撕心裂肺地说：“给我药!快给我药!我觉得我要不行了!”当时柜台小姐差点就拨打了110……

当然，围绕在我们身边的自然也少不了英俊的男生们。以顾里和南湘的资质，无论什么帅哥都能斩下马来，我也能顺便捡一个摔晕了的。人们不总是说么，你周围的朋友都特别优秀的话，别人也会觉得你特别优秀。我一直以这样的理由来说服自己，这就是为什么我的男朋友，看上去都还不错的样子。

顾里有一个铁了心爱她的公子哥顾源，尽管这名字听上去像她哥哥。如果我们的生活是一场肥皂剧的话，那顾源就有可能在将来的日子里，被揭露出他原来和顾里有血缘关系，于是有情人魂飞魄散或者四世同堂。当然，这不是琼瑶写的小说，顾里、顾源也不是刘雪华和马景涛，这样的事情绝对不可能发生。

而南湘，有一个阴魂不散的叫做席城的男人一直纠缠了她多年。对，如果你对我们的生活还有些了解的话，那么，十几天以前，我就是跟着南湘跳上了火车，然后碰见了这个鬼一样的男人。我当时恨不得让他死。

而唐宛如，和我们学校的肌肉帅哥卫海产生了无比微妙的化学反应。对此，我和顾里都不想作任何的评价。因为任何和唐宛如沾边的事情，最后都会急转直下变成一场难以收拾的闹剧!Every time!

此刻的我，喝着香槟，蜷缩在沙发上，一双眼睛红得像是刚刚拿着菜刀屠杀完了一整条南京西路上的游客的罪犯。我一边笑，一边用一种类似哭的表情看着面前的三个好朋友，如果现在我的面前有一块镜子的话，我一定会被自己极其扭曲的表情吓得立刻清醒过来。

我看着面前的南湘和顾里，她们两个彼此依偎着站在镜子前，顾里正在帮南湘把发髻里一缕跑出来的头发扎到脑后去。她们微笑着小声地说话，看上去就像两个亲密无间的好朋友。而唐宛如躺在沙发上，用一种似笑非笑的表情看着她们，那种表情我从来没在她脸上看见过，我觉得以唐宛如的智商，她不足以具备这样表情深邃用心复杂的面容。她柔柔地对她们说："看见你们两个这个样子，我好开心啊。你们真的和好了呢。"

我醉醺醺地歪在沙发上，在周围持续不断的香槟酒气里，恍惚觉得面前的场景极其恐怖。两个美艳动人的女人，亲切地在镜子面前梳头发，另外一个不知道什么玩意儿的东西横窝在沙发上哼哼。感觉就像在看电影《画皮》。我甚至觉得顾里和南湘，随时都会把她们的皮撕下来，然后用无比妖媚的声音，一个说："我是妖。"另一个说："我不吃人心，会老的。"

我他妈肯定喝醉了。

而且，你们也一定不会相信，在我们四个如此亲密地聚在同一个屋檐下之前，仅仅一个月不到的时间之前，我们彼此的生活，是一种什么样的状态。

那完全超越了任何狗血的肥皂剧，或者神经病脑海里的臆想世界。我们的生活，就像是一场接着一场的大爆炸，比任何好莱坞的动作片都精彩。血肉横飞、支离破碎，魂魄被炸到天上去胡乱飘着，孤魂野鬼，千秋万岁。

我的男朋友在和我交往的同时，和另一个女人又接吻又上床的，末了还指责我偷人；顾里和南湘，暗地里彼此分享了同一个男人；南湘卷着十几万现金，把我骗上了火车逃亡了整整十几天；而我的新爱人崇光，这个癌症晚期的人快要被我搞疯了。

当然，这些都只是冰山一角。

等着吧，潮水退去的那一天，当你们看见露出整个海面的沙滩大陆时，你们才会发现，有多少尸骸碎骨，暴露在光天化日之下。

而现在，一片蔚蓝的海洋，看起来美好极了。

就在我从香槟瓶子里再也倒不出酒来的时候，顾里和南湘朝我走过来，她们一人一边在我身旁坐下，顾里说："你现在给我去洗澡。"

我摇头，说："我喝醉了，走不稳。"

顾里皱着眉头，一把把我手里的杯子抢过来放到茶几上，说："你闻不到你身上的味道么?你现在身上就像是一条在男厕所里死了五天的金枪鱼，"她停了停，接着补充道："又被放进泡菜坛子里泡了三天之后捞了起来的味道!"

南湘企图把我从沙发上拉起来，"林萧，你四天没洗澡了，你到底想怎么样?"

我被南湘扯得一阵头晕恶心，快要吐了，我低头瞄了瞄顾里放在沙发上的LV包包，还没等我反应，顾里就迅速抓起她的包包远远地丢到了沙发的另一头，她恶狠狠地看着我说："你休想像唐宛如一样用呕吐物毁掉我的LV!我顾里不会被同一块石头绊倒两次!"说完之后，她回过头，看见正在用餐巾纸匆忙地擦着她丢过去的LV包包的唐宛如……唐宛如扶着胸口，惊吓地说："不怪我，是你自己把包包丢过来的，正好砸中我手里的香槟。人家还受到了惊吓呢!"

我看见顾里脸上的表情，就像是活生生把那条死在男厕所五天的鱼吞了下去一样，于是我又哈哈大笑起来。我觉得自己像一个疯子。

南湘和顾里拉扯着，把我丢进了浴室里。

莲蓬头被打开了，哗啦啦地往下喷水。我依然是一个喝醉酒的疯子，哭着，闹着，笑着。一会儿蹲在地上，一会儿又摇头晃脑地站起来。我把顾里和南湘两个人也弄得湿淋淋的。她们的头发都湿透了，湿漉漉地贴在脸上。最后顾里看不下去了，抓过我的头发，甩手给了我一个重重的耳光。

“林萧你他妈够了!我爸爸死的时候，我也没像你这么要死要活的!”

我看着面前湿淋淋的顾里，哪怕是在这样狼狈的时候，她脸上的妆容依然娇艳欲滴，防水的化妆品让她时时刻刻看起来都像是一个精致的假人。我靠在墙上，指着她，说：“是啊，你没哭，你多牛逼啊!你爸爸死了的当天晚上你就在温暖的烛光下看他的遗嘱，这个画面多棒啊，应该裱起来挂在墙上，叫《顾氏孝女图》。我多想像你一样啊!做一个泡在福尔马林里的永远不朽的标本。你百毒不侵，金光灿灿，你就是站在曼哈顿岛上举着火炬的自由女神!”我擦了擦眼睛里流淌下来的泪水，对顾里说：“你满意了吗？!但我不是你，我做不到!”

头顶的莲蓬头源源不断地把热水往下洒，我们三个站在下面，头顶是浴霸投下的滚烫而又强烈的黄色灯光，把我们每一个人的皮肤都照得完美无瑕，像是16岁的少女般娇艳欲滴——但我们都知道，我们的16岁早就远离我们了。满大街游走的90后们，总是用一种怜悯的眼光扫视着我们的黑灰色系的衣服。当然，顾里总是用一种更加怜悯的目光扫视回去，她穷尽毕生精力，也无法搞懂为什么会有女人愿意把自己穿成发廊门口的旋转彩灯。

持续蒸腾的热气，把整个浴室弄得氤氲一片，感觉特不真实。我们像是站在一场悲伤的大雨里，所有的雨水都像是滚烫的眼泪，持续不断地浇在我们身上。顾里擦了擦脸上的水，把外衣脱下来，转身用力扔进旁边的洗衣篮里。然后拧开门走出了浴室。她一言不发的背影像另外一个耳光打在我的脸上。

南湘走过来，抱着我。我们两个穿着衣服站在花洒下面。

地面马赛克上的流水哗啦啦的，耳朵里都是这样的水声。我闭上眼睛，不肯相信这是现实。我反复催眠自己这是一场梦。我希望睁开眼睛的时候，时光倒流到四天以前。

四天前的这个时候，我觉得我的生活从来没有这么幸福过。

【四天前】

很多时候我都觉得顾里像一个无所不能的疯子。

就比如现在，前一秒钟，我还觉得自己的生活已经万劫不复了，从此必定深陷泥潭亡命天涯。而一秒钟之后，顾里用一个电话，让我突然觉得自己像是站在了天堂的门口(当然，我的意思不是说我死了)，从此幸福的世界向我敞开了大门。

电话里，顾里告诉我，南湘的事情她已经彻底解决了。我和南湘可以回上海来了，我们不必再亡命天涯。不过，说亡命天涯，有点太过夸张，事实是，我和南湘跳上火车之后，只是逃到了南京，并且在第二天就忍不住打了电话给顾里，然后顾里就通过一系列复杂的安排，把这场恐怖的逃亡，变成了我和南湘躲在南京泡温泉的一个假期……我和南湘整日无所事事，除了不能和外界联系暴露行踪之外，我们躲在温泉酒店里，吃喝拉撒、美容纤体，并且时不时地和那个送水果的年轻小帅哥眉目传情。(尽管第三天的时候，那个小帅哥就把我们当成了知心好姐妹，和我们分享他刚刚分手的那个负心男友多么下贱……他撅嘴的样子太过可爱，让我和南湘都输得心服口服。)

知道我们第二天就可以回上海之后，我的心情一下子好得有点不真实，于是我冲动地邀请顾里："顾里呀，要么你也来南京吧，反正你也要让司机来接我们回上海，不如今天晚上你就来酒店和我们一起泡温泉吧!"我话说到一半的时候，南湘就在旁边心酸地摇头。

电话里传来的顾里银铃一般的笑声，让我迅速了解到了南湘的心情："哟，嗬嗬嗬嗬……我说林萧，嗯……当然，首先还是感谢你邀请我，但是，怎么说呢，我一般不太爱参与这种太过廉价的度假。你要知道上次顾源带我去日本泡温泉，我回来一个月也没给他好脸色看，所以，就别提南京了。对了，你们那个酒店虽然号称是五星的，但是我上网查了查，哎，怎么说呢，这些日子苦了你们两个……不过，最后还是谢谢你邀请我……"

顾里在电话里情真意切的羞辱并没有使我放弃，在太过于美好的心情之下，我坚持着邀请她过来。在我不断重复着邀请她和我们一起泡温泉的时候，南湘在我旁边表情非常沉痛，和她每次看春节联欢晚会时的表情一样。

但是，这个世界上是有奇迹的。在我坚持着和她打了三十七分钟电话，反复说着同样一句"你一定要过来"之后，她开心地加入了我们的温泉之旅。我觉得对顾里来说，这个牺牲可谓很大，要知道，她在上海，连内环都不愿意溜达出去。就连去浦东陆家嘴的证券交易中心时，她都一直用一种很贱的表情说着"浦东的空气，无论什么时候闻起来，都不像是住人的地方"。当时周围的浦东居民，为什么没有当场从窗户丢一盆花出来砸死她，真是一个谜。

但是，挂断电话还不到一分钟，我得意的表情就僵死在了脸上，手机屏幕上显示着顾里发来的短信："唐宛如和我一起来。"

我和南湘对看了一下，然后一声不响地抓起身边的红酒仰头喝起来。我们都想迅速把自己灌醉。

离南京几百公里之外的上海，顾里挂掉电话之后，继续在大卖场里逛着。

对，你们并没有看错。她确实是在逛大卖场。但是呢，这样的大卖场，上海也就只有两个。一个在时代广场的负一层，一个在久光百货的负一层。里面的商品包装上没有一个中文字，全英文、日文、法文的包装上，贴着小小的印着中文的粘纸标签。菜市场里卖几毛钱的一小盒生菜，在里面的标价是19.40元。这样的超市，一般冷清得几乎没有人，看上去一副潦倒的样子。店员永远比顾客要多。

而现在，顾里就在时代广场的这个超级市场里。

她拿起一盒十二只装的小番茄，看了看上面44.50元的价格，轻轻地丢进了购物篮里。

旁边的助理蓝诀对她说："你弟弟Neil打电话给我，约你吃饭，你中午正好没有安排，如果你愿意的话，我现在回复他。"

"他干吗不直接打给我啊？"顾里问。

"刚刚你一直在打电话，他打不进来。"蓝诀回答。

"哦，那你就告诉他说可以，让他定了地方告诉我吧，我马上过去找他。"顾里拿着一根芹菜端详着(……)，然后又说，"你和我一起去吧，单独面对这个祖宗我压力太大。"

"好的。"蓝诀拿起电话，开始给Neil回电。

顾里回过头继续看着开架冷藏柜里那些新鲜的蔬菜。刚要拿起一盒沙拉，结果被闪光灯照花了眼睛。

顾里回过头，看见一个年轻人抱歉地对自己笑笑，他正在帮他的女朋友拍照。

顾里忍了，别扭地回过头。虽然在这里买一小盒小番茄的钱可以在农贸市场买一座小山般数量的小番茄，但是说到底，这也只是个超市。

“有必要在超市里留念吗？！”

蓝诀打完电话之后，看了看背对自己的顾里，然后拿出手机，编写了一条短信发送了出去：“等一下我也来。：)”

而俗话说物以类聚，人以群分。

上海的两个疯子，一个顾里，一个顾源。此刻都在这样的鬼地方。

顾源已经在久光百货楼下的超市，持续不停地往他的购物篮里丢了很多日本的糖果和茶。

当他犹豫着要不要买一盒来自日本的299块钱的木糖醇口香糖时，电话响了，是顾里来电。他接起来，刚说了两句，就听见身边快门“咔嚓咔嚓”的声音。他有点莫名其妙地回过头，看见一个年轻男子正尴尬地放下手里的相机。顾源扬了扬眉毛，做了个“你拍照干吗”的表情，对方尴尬地笑笑，停了会儿说：“我们是模特公司的，先生您特别上镜，有兴趣做模特么?”

顾源摆了摆手，“没兴趣。”转身继续和顾里打电话。

Neil开着他的小跑车，朝巨鹿路开去，他订了吃饭的餐厅。

穿过路口的时候，他本来在看手机的短信，脸上的笑容还没消失，就突然被闪光灯耀到了眼睛。

“不会吧？这么倒霉？我刚闯红灯被拍了？”

Neil有点郁闷地回过头看刚刚的路口，明明是绿灯啊，怪了。

傍晚天还没黑的时候，我和南湘就在酒店的门口，看见了顾里的那辆黑色轿车。同她一起下车的，还有积雨云一般的如如。但是不知道为什么，如如今天看起来很飘逸，她下车的时候裙子被风吹了起来，走了光。

当晚的温泉小聚，因为有了唐宛如的加入而彻底变成了一场群口相声。

夜色弥漫的露天温泉里，南湘和顾里幽幽地泡在水里。她们把头发挽成极其漂亮的发髻，肩膀以下浸泡在水里，清秀的锁骨在雾气里若隐若现。衬着她们身后的假山飞瀑，花草婀娜，我真觉得她们两个美若天仙，就像是峨眉山里修炼的白素贞和小青一样。

而我身边的唐宛如呢，一条白毛巾粗野地捆在头顶，包得像一个陕西壮汉，她四仰八叉地躺在一块石头上，头顶一股瀑布垂直落下，哗啦啦地砸在她的胸口，水花四溅(……)，而她躺在瀑布下面一动不动地闭目养神……

这样的场景真是看得我忧心忡忡。

中途南湘和顾里要了香槟，一个木头水桶浮在水面上，水桶里装着冰块，一瓶香槟插在冰块里。南湘和顾里优雅地倒着酒，并且把四个高脚杯放在一块平坦的木头浮盘上，在水面轻轻地推来推去。她们两个的动作太过优雅宁静，看得我这个女人都怦然心动。

更何况我身边有唐宛如这个陕西壮汉赫然衬托着她们俩。唐宛如一边用毛巾哗啦啦往自己身上浇水，像在澡堂洗澡一样，一边对我叹气说："你看她们两个，太优雅了，太迷人了，像两只天鹅。对比起来，我们两个简直像是两只泡在热水里的海狸鼠。"

我伸出食指摇了摇，说："你是你，我是我，没有我们。"说完我轻轻接过南湘推过来的漂浮着的托盘，拿起一杯香槟，同样优雅地喝起来。

唐宛如看得心旷神怡，挣扎着朝水桶扑过去，也从浮盘上拿起一杯，用一种怪力乱神的姿势站立在温泉池里，仰头猛喝了一口，然后娇羞地把那个装香槟的木桶推回给顾里。

在唐宛如轻轻一推之后，那个桶咕咚一声翻了过去，连杯子带酒加冰块，一股脑儿翻沉到水下去了。

我、南湘、顾里三个人盯着咕嘟咕嘟冒泡的那一处水面，目不转睛地各自思考着。大概过了十几秒钟之后，我们轻轻地闭上了眼睛，当做刚刚的一切都没有发生过。

此情此景，令唐宛如情何以堪，于是她“哇”的一声哭了出来，侧身一头扑在旁边的假山上哭泣，“这也太欺负人了呀!”

但她这一下动静太大，在安静的露天温泉里显得太过突兀，于是我们都看到了一个刚好路过我们旁边的送饮料的服务生“咣当”一声撞在路灯上。

而在上海的天空下面，崇光刚刚从一个摄影棚里走出来。完成了今天一组杂志的拍摄之后，已经是晚上10点了。

他和助理走出来，朝停在路边的车子走过去。走了两步，他转身对助理说：“马路对面有人在拍我，可能是八卦杂志的记者吧。我先上车，你过去看看他是什么人。”

崇光回到车上，在包里翻了很久，没有找到药，他弯着腰，沉默着，没有说话。

过了会儿助理坐到车上，说：“没事，是刚刚杂志社的摄影师。他们要拍一些花絮。就是你离开的镜头。”

崇光点点头，然后告诉司机：“送我回家。”

与此同时，宫洺正从北外滩的茂悦酒店的大堂走出来。他的白色Lavin西服在夜色里看起来像一团白色的雪。他一边朝车走过去，一边转身低下头，对身边的Kitty说：“刚才大堂右手边角落，有个人一直在拍我。你去确认下，务必把照片都删掉。我先回公司了，我爸爸找我有事。”

Kitty点点头，转身重新走回酒店的大堂。

而宫洺快步地走到了他的车上，他关上门，司机把车子开向外滩，消失在一片金色的光河里。

崇光回到家，还没有脱衣服，手机就突兀地响起来。

这个独特的专属铃声，大概一两年都不会响一次。崇光犹豫了一会儿，然后接起来。

他听了一会儿之后，小声说：“我不想去。有事你在电话里说吧。”

他握着手机没有动，站在没有开灯的房间里，静静地听着对方说话。

过了一分钟，他说：“那你等着，我过去。”

我们一直泡到晚上1点，才从温泉里爬出来。

我和南湘换好衣服出来的时候，我莫名其妙地觉得有灯光闪了一闪，我顿时一惊，抓着南湘，“我靠，刚不是闪光灯吧？我们被偷拍了？！”

南湘一边用毛巾擦她的头发，一边说：“得了吧，谁偷拍我们两个呀，你以为你林志玲啊。而且，要拍也要趁刚刚在里面赤身裸体的时候拍呀，你觉得你穿着衣服有人看么!”

我看着优雅的南湘，被她的话绕住了，过了两分钟才听出她在骂我。

也许是我们对唐宛如太过分，等到第二天早上我们要回上海的时候，报应来了。顾里的车死活开不了。那个司机在顾里冷静而无声的目光里，连死了的心都有。顾里还皮笑肉不笑地幽幽站在边上，装作随意地问着类似“你家应该就你在上班吧？”“儿子还在念书么？”“最近市场也不景气啊，到处都在裁员”之类让人毛骨悚然的问题。

我和南湘看不下去了，于是拖着顾里，说服她去乘火车，反复地告诉她D字头的火车从南京到上海只需要两个小时。我既然有信心把顾里从上海搞到南京来，那么，把顾里从南京搞回上海去，就更容易了——但要说服顾里乘坐一种她从来都没乘坐过的玩意儿，也不是轻而易举的事情。

顾里坐到火车软座席上的时候，依然铁青着一张脸。而且她更加过分地拉住走过身边的列车员，一脸不耐烦地说："拿杯橙汁给我。"说完，转过头对唐宛如说，"把遮光板拉下来，怎么还不起飞?"

我和南湘扶住了额头，内心充满了焦虑。

当我们再一次站在静安区的这个别墅小区门口的时候，我真是觉得像做了一场梦。

顾源和Neil都站在门口等我们。我看见这样两个绝顶帅哥，心情真是好得不得了。更何况我还和他们两个同床共枕过，关系匪浅。

我张开双臂朝Neil飞奔过去，用力跳到他的身上，抱紧他的脖子不肯松手。他个子太高，我的腿都够不着地。他身上那种暖洋洋的和煦香味，再一次把我包围住了。鬼知道这个香水一滴需要多少钱，但是，我真的想说，物有所值!

只是，Neil好像并没有和我一样激动。

我正在奇怪，就听见站在顾里面前的顾源低声问我们："你们……听说了没?"

那一秒钟，一种极其怪异而恐怖的感觉立刻把我包围了，就像是我的身后悄悄地站着一个幽灵。我忍不住回过头去，却什么都没有。

我全身的汗毛包括头发都快要竖起来了。这种恐惧感让我更加抱紧了Neil。

顾里的脸色也不好看，她应该也被顾源的这种表情吓住了。她说："听说了什么，别装神弄鬼了，快说!"

【四天之后】

当我和南湘从浴室出来之后，我已经洗过澡了。

顾里已经新换上了一套黑色的丝绒礼服。简洁的款式，领口很高，几乎可以把她的半个脸埋进去。

我裹着浴袍，走到她面前，伸出手抓住她的手，她的手冰凉冰凉的。我的一滴眼泪掉在她白皙而修长的手指上，我说："顾里，对不起。"

她揉了揉我湿漉漉的头发，对我说："没事。你去把头发吹干，然后去换衣服吧。"

我对着镜子整理好了衣服，镜子里穿着黑色大衣的自己，看上去苍白而憔悴。我找了一支桃红色的唇彩，淡淡地上了一点。否则我看上去就像一个死人。

我走出房间，南湘已经在客厅里了。她换上了另外一套黑色的衣服。

她站起来，拉起我的手。

"我们走吧。"

上海下起了难得的雾。

白茫茫的一片。

天气预报里说今天会有一场大面积的霜降，气温将在两三天里急剧下降。

上海漫长而寒冷的冬天，开始了。每一年上海的冬天都像没有尽头，持续切割着人的皮肤、瞳孔、心。苍白而混沌的颜色，像是死神吐出来的叹息，冬天里的上海，是最最绝望的一座都市，人们终于能够感受到，比他们的内心还要冰冷的东西了。

我、顾里、南湘、唐宛如，我们挤进顾里的黑色轿车里，我回过头看了看小区的大门，有那么一瞬间，我像是看见了简溪。他正走进我们的小区里，走到我们住的那栋别墅的门前。他的背影，像极了当初他离开上海时，留给我的那一个。

残酷的、温柔的、眷恋的、模糊的，背影。

我缓慢地把车窗摇上去，然后顾里对司机说了声“出发”。

南湘伸出手来握着我，但她的手冰凉一片，我心里突然生出一阵莫名其妙的抵触，这个时候的我，惧怕一切冰冷的、了无生气的东西。于是我轻轻地把手缩了回来。我转过头靠在车窗上，没有看她。

汽车缓缓启动了，我们出发，前往徐家汇教堂参加在那里举行的崇光的葬礼。

车窗关起来的时候，也把各种嘈杂的声音隔绝在了窗外。

包括某个角落里对着我们的、按动相机快门的声音。

咔嚓。咔嚓。

咔嚓咔嚓咔嚓咔嚓。

Tiny Times Season 2

Chapter.02

小时代·虚铜时代

无数的秘密，

就像是不安分的太阳黑子，卷动起一阵一阵剧烈的太阳风暴，

扫向冰蓝色的小小星球。

T o b e b l i n d , t o b e l o v e d .

2009年的第一个月，一股海啸般压倒性的冷空气席卷了上海。摩天大楼之间呼啸着刺骨的寒风，一直以来让上海人引以为傲的湿润的空气里，像是结满了锋利的细小冰晶，吹到人的脸上就像在被无数把手术刀切割着一样。

但如果用顾里的话来说，就是“感觉像是每天都在做Dr. Brandt的微晶焕肤一样”。当初顾里从久光百货买回第一瓶微晶磨砂膏的时候，我们都对这款号称充斥着钻石粉末的顶尖护肤品充满了恐惧，因为当我和南湘在顾里的怂恿下尝试了之后，我们都认为太过锋利了，极度自虐，感觉整张脸都在淌血。所以，能说出“钻石是女人永远的最爱”的人，一定没有尝试过这小小的罐子里装着的高科技护肤品。

可是对顾里来说，这是一种享受，“舍不得孩子套不了狼，舍不得磨皮就登不了堂”。对于美的追求，顾里永远都把自己当实验室的小白鼠一样搞。任何高科技她都愿意尝试，甚至某些看起来完全不靠谱的诡异偏方，她也丝毫不畏惧、大义凛然，跟面对铡刀的刘胡兰似的。我曾经看过她把一种类似沥青的绿油油、黏糊糊的腐烂玩意儿喝下去依然面不改色地对我说“我靠这东西吃起来像把蝙蝠和癞蛤蟆的尸体一起用榨汁机打碎再调上榴莲汁的味道一样”——在这一点上，我实在难以与她取得共鸣，因为我的人生还没有离奇到品尝过蝙蝠和癞蛤蟆打成汁后混合榴莲的味道……又或者，她一边面无表情一边反复抽打自己耳光时的那种淡定，让我和南湘望尘莫及。虽然最后唐宛如被这套“拍打面部有助于血液和淋巴循环，从而促进肌肤保持年轻”的理论蛊惑了，但是在顾里对她用力甩了两个耳光之后，唐宛如撕心裂肺的哭声惊动了距离我们宿舍一百二十米之外的正在寝室床上看书的简溪。

在这个压抑而寒冷的冬天里，我、南湘、顾里和唐宛如，我们四个裹着黑色的大衣，顶着充满着细小冰晶的寒风，穿过徐家汇教堂外的那一片曾经葱绿而今荒芜的草地。干枯发黄的草地上面结了一层透明的薄冰，硬硬的，走起来脚下打滑。顾里和南湘一左一右地搀扶着我，准确地说，是架着醉醺醺的我，朝教堂门口走。唐宛如走在我们的后面，她走两步滑三步的，还一边不停地说着“我受了惊吓，我受了惊吓……”最后一句的那个“吓”字还没说出来，就听见“扑通”一声重物坠地的声音。很显然，我们的如如摔倒了。但爆点在于我们都听见了她最后的那一句“我受了惊……(我受了精)”。顾里一边翻着白眼，一边不回头地往前走，“你想得美。”

徐家汇的教堂一直都这么漂亮。从我小学时代开始，每一次学校组织参观博物馆，或者秋天郊游的时候，我们都会路过这里。我总是幻想有一天可以在这里举行婚礼，我要走过教堂中央那条长长的铺满白色大理石的地面。直到上了高中之后，我的梦想破灭了，因为我发现这里几乎不对外承接任何的活动——除非是政府出面接洽。

而现在，崇光的葬礼在这里举行。

不过对于这一点，我们都没有任何的意外。以Constanly集团的实力，或者说以宫洺老爸宫勋的影响力而言，只要他愿意，他应该可以在珠穆朗玛峰上开出一家火锅店来，又或者能把徐家汇教堂周围能被购买的房产物业都买下来，甚至我们觉得如果他真的想在恒隆一楼买一个店面用来卖臭豆腐，努力一下，也不是什么太过困难的事情。

谁说金钱不是万能的？当有些事情你用金钱做不到的时候，只是因为你的钱不够多。就像我和顾里永远乐此不疲玩的一个游戏一样：

——给你多少钱你愿意把唐宛如呕吐出来的皮蛋瘦肉粥喝下去？

——滚你丫的!

——一百万？

——你怎么不去死!

——一千万？

——……

——亿?

——我喝!

而徐家汇教堂的背后，是号称“市中心最后一块黄金地带”的空地，如今也围起了工地墙。它的名称和浦东的那个未来世界一样的摩天大厦上海中心彼此呼应着，叫做“徐家汇中心”，仿佛世界上有钱的财团都是亲戚，取名字都取得大同小异。当几年孤单寂寞的打桩声音结束之后，这块空地上即将耸立起一栋锐利的银白色建筑，它会是浦西最新的第一高楼。

我在上海生活了二十几年，每一天，我都会有一种幻觉，那就是上海这块陆地，日复一日地往天空靠近，无数的建筑像是被施了魔法的巨大豌豆苗，疯狂地朝着满天星斗生长着，刺穿越来越高越来越薄的天。

红褐色的教堂外墙披着百年岁月沉淀而成的外衣，时间像一层一层的河底沉沙一般凝固在巨大的建筑上，把一切都包裹出一种厚重而悲怆的美。

无数沉甸甸的铅灰色云朵被狂风卷动着，飞快地掠过头顶的天空，教堂的尖顶像锋利的裁纸刀一样把这些云絮撕成长条。空气里一直是这样持续不断的类似裁剪布匹的声音。

时光、生命、爱恨、恩怨、血缘……都在这样持续不断的哗哗剪裁声里，消失在裹满锋利冰晶的呼啸北风之中。

我站在教堂的门口，透过两边长椅中间的那条走道，望见教堂尽头的祭坛上，一幅三米高的巨大的崇光的黑白遗像。

照片上的他干净爽朗，甚至微微带着笑意。锋利的眉毛永远都显得特别精神，他的眼睛里是一片静谧夜色下的大海，下巴的轮廓被浅灰色的阴影修饰出一种正经的英气来。

我站在教堂的门口，刚好听见钟声从高高的教堂顶笼罩而下。我站在崇光目光的尽头，中间隔着一个辽阔无边云遮雾绕的天地。

一个月前，他说着“嫁鸡随鸡嫁狗随狗”拖着我的手在雪里打雪仗；他把他的Hermes围巾裹在我的脖子上，当时我心里窜出一句“头可断血不可流——因为会弄脏”；他在雪地里皱着眉头抱怨不能喝香槟然后转身拿起一杯白葡萄酒(……)；他站在高大的绿色水杉旁边敲钟，他的一双眼睛看着我，像雪光般发亮；他跪在地上把一个一个的小礼物挂到圣诞树上去，牛仔裤的褶皱看起来松软而又迷人，他穿得很低的皮带上方露出的Armani的内裤边让唐宛如羞红了脸；他把衬衣的袖口卷起一半，小手臂上的绒毛在灯光下泛出柔软的浅金色；他穿着厚厚的羊毛袜子，走在地板上像是狮子一样没有声音；他的笑声像早晨照亮房间的第一缕光线；他讲话的声音低沉迷人，和他清秀的脸庞特别矛盾，他随便说话的声音都像是在讲一个古老的故事，他宽松柔软的灰色羊绒毛衣闻起来像一本欧洲古旧的书般和煦迷人，懒洋洋的香味。

而现在的他，只是一张黑白照片。

未来所有的岁月里，他在这个人间，只剩下了这样一张照片。

他再也不能发出任何一点声音来了。

他不能叫我的名字，他再也不能打招呼说“喂”，他甚至没办法“呵呵”笑一下。

他只能用这样略带悲伤而温暖的笑容，像一个终于把故事讲完的人一样，疲惫而寂寂地望着这个他短暂停留的人间。

我的眼睛迅速地充血，红肿起来。我甚至忍不住站在教堂门口“呜……”的一声哭了起来，虽然我刚一出声就被南湘和顾里一人一边用力掐在我的腰上。我不得不停止了我像疯子一样的行为——或者说，像一个宿醉未醒的疯狂助理。

模糊的视线中，宫洺和Kitty从我身边擦身而过，他从我身边走过的时候，转过头来看了看我，面无表情，像是从来不认识的人一样。他的目光直直地穿透过我的脸，看向门外一片萧条的冬日景象，他的目光和窗外的风一样天寒地冻。他的眼神像大雪包裹下的针叶林一样冰冷刺骨。

Kitty甚至看都没看我一眼。她和宫洺，像两个贵族一样，穿着精贵的黑丝绒严肃礼服，从我们身边走过去了。她精致眼妆的深处，是被疲惫冲淡、稀释了的悲痛，还有我看不懂的漠然。

我不明白这是怎么了。

【一个月前】

两个小时之前，我在世茂庄园的雪地里，看着全中国无数年轻女孩子疯狂迷恋的作家崇光和时尚主编宫洺两个人拿雪团互相乱丢，他们胸前别着的精致家族徽章让他们两个笼罩在一片我们脑海里臆想出来的“兄弟禁断”的粉红色氛围里，他们两个身上温暖细腻的黑色羊绒西装剪裁贴身笔挺，显得他们手长脚长，仿佛从杂志上撕下来的模特，薄薄的身材，让女人恨得咬牙切齿。

而两个小时之后，我随着我身边这个包里放着一捆捆粉红色现钞的疯狂女人逃窜上了开往南京的火车。

现在，我坐在他们两个人的对面——南湘和席城。我想我人生的主题曲，一定就是《你真的完蛋了》，并且还是由唐宛如亲自演唱的动人版本。

列车行进在一片迷蒙的风雪里。窗外的景色已经不再是无数的高楼大厦。上海的边缘是一片光秃秃的褐色田野，呼啸的白色碎屑把视线吹得稀薄。寒冷下的世界显得格外萧条。

还好车厢里是暖烘烘的空调热风。闷热有时候也让人觉得安全。

我的头依然隐隐地持续着刚刚撕裂一般的痛，仿佛拔牙之后麻药逐渐散去时的感觉。好在南湘的脸已经从阴影里出来了，现在她的脸笼罩在一片温暖的黄色灯光下。准确地说，在我的身边，而我们，共同用刀子一样的目光，仇视着坐在我们对面的席城。他依然是一副无所谓的邪邪的样子，看得让人恨不得扯着他的头发打他两耳光——当然，前提是他不还手，我才敢这样。

但是我和南湘都知道他冲动起来不管男人、女人还是女博士，他谁都打。所以，我们没敢造次。当年他把学校里一个欺负南湘的高年级女生扯着头发在地上拖了一百米，那个女生的脸被擦得皮破血流一直在地上惊声尖叫求饶的骇然场面，我们都清楚地记得，当时我们都觉得那个女生会死。后来那个女生的爸爸在学校训导主任的办公室里，当着所有老师的面抄起一支钢笔狠狠地扎进了席城的胳膊里，席城一声不吭，只是龇了一下牙。

一分钟以前，看见席城出现在南湘身后的时候，我万念俱灰，我以为我掉进了一个梦魇般的锐利陷阱里，我搞不懂这两人在上演什么戏码。

而一分钟之后，当南湘顺着我惊恐的目光回过头去看见站在她身后的席城后，她冷冷地站起来对他说："你在这里干什么？"说完停顿了一下，补了一句，"你他妈给我滚。"

很显然，南湘并不知道席城会出现在这列火车上。我从心里结实地松了一口气。但同时我也升起了一种庞大的内疚，我发现我对南湘这么多年来的信任不知道从什么时候开始，已经一点一点地土崩瓦解了，我很快又难受起来。要知道，当年我和南湘的感情，那真的是比环球金融中心的地基都扎实，一百万个天兵天将或者三十四个手持羽毛球拍的唐宛如，都很难把我们两个打散。想到这里，我突然觉得很心酸。我从座位下面摸索着伸过手去，找到南湘的手，用力地握了握。

南湘对我解释了她刚刚那句足够把慈禧吓得从坟墓里坐起来拍胸口的"席城上了顾里，是我叫他去的"惊人之言之后，我恨不得拿纸杯里的水泼她。但我胆小，怕她扯我头发，于是我只能猛喝了一口，然后对她说："你他妈能不能别这么玩儿啊？你以为你在写小说连载的ending么？我操，没人像你这么说话的啊。"

南湘白了我一眼，说："是你自己听了半句就开始瞎联想好不好，你好歹听人把话说完呀。"

我想了想，确实我有点太过戏剧化了。其实整件事情远没有我想象的复杂。

但事实也并不是两三句话就可以讲清楚的。当初席城同社会上一些渣滓赌博，输了没钱被人讨债，被别人追着打的时候，他问南湘要钱，南湘不想答理他。席城就一直死缠烂打的，并且反复说着类似"你姐妹不是每天都穿金戴银的么，你问她要啊!"的话。在这样的事情反复发生了很多次之后，南湘终于被惹怒了，劈头盖脸尖酸刻薄地说："你以为谁都像我这么傻啊？这么多年你要什么给什么。顾里和你非亲非故，人家又不是你女朋友，凭什么帮你啊？施舍一条狗都比帮你好，丢块馊骨头给狗，狗还会摇尾巴吐舌头感激涕零，你除了毁别人你还会干什么啊你？你有本事就自己去问顾里要啊，你也像糟蹋我一样去糟蹋顾里试试看啊，你有本事也把顾里的肚子搞大然后再踹她一脚看看啊!你他妈怎么死的都不知道，你敢碰她一下，她能把你的肠子掏出来打上十八个结!你以为全天下的女人都像我这么贱啊？都会为了你什么龌龊事情都做啊？我告诉你席城，你他妈自己去照照镜子，你就是一条长满虱子的狗!”

当然，说完这些话之后，南湘当场就被甩了一个重重的耳光，瞬间眼冒金星耳朵里“嗡”的一声。席城歪着脑袋，似笑非笑地抬起手把南湘嘴角流出来的血擦掉，然后恶狠狠地笑着说：“老子就偏偏要试试看!”当然，这之后南湘根本没把这番话放在心上，因为在南湘心里，顾里就是曼哈顿岛上高举火炬的自由女神，她是黄金圣斗士，她是挥舞皮鞭的女皇，别说去讹诈她了，就是问她借钱都得小心翼翼。所以她也完全不会预料到，之后的席城真的对顾里动了手，手段极其恶劣，被下完药后的顾里，变成了没穿圣衣的雅典娜，除了漂亮，就没别的本事了。

所以，当她听说顾里和席城一起睡过的时候，她压根儿没有联想起当初发生过的这样一出戏码。她在电话里听见“顾里和席城上床了”的时候，觉得五雷轰顶，而打电话给她的人，是唐宛如。

“你怎么连唐宛如的话都信啊!她还一直都坚持说她自己和蔡依林差不多瘦呢，你也信么?”

所以，当时盛怒下的南湘，才在顾里的生日会上，把一杯红酒从顾里的头上淋了下去。

“你知道顾里当天为什么那么生气么？”我想起了当天壮观的场景，突然煞有介事地问。

“是不是我泼的那件衣服非常贵？”南湘吓得两眼一闭，一张小脸煞白煞白的。

我翻了个白眼，思索了一下，“应该是吧!”

“等到你们都走了，席城才和我说了，他和顾里为什么会上床。我本来是想要追顾里去道歉的，但那个时候她爸爸刚好挂了……”南湘看着我，欲言又止。

我嘴角扯到一半，有点尴尬，对于“她爸爸刚好挂了”这种太过另类的修辞，我还是很陌生。过了半晌，我点点头，我其实心里释然了一大半。这件事情，确实也不关南湘什么事，南湘的那些话，对任何一个有正常心智的人来说，都会理解为一种歇斯底里、不留情面的羞辱，任谁也不会理解为“你去强奸顾里试试看啊”。

“你说……我要对顾里道歉么？”南湘满脸忧愁地问我。

“千万别！千万千万别啊我的祖宗！”我死命地摇头，我不用闭上眼睛，就能想象得到顾里如果被告知当初还有这样一档子戏码的话，她会如何地兴风作浪。这位白素贞姐姐，只要玩高兴了或者喝大了，水漫金山寺或者火烧阿房宫什么的，那不跟玩儿似的啊。

于是，我反复警告南湘，让她没事儿别自掘坟墓，这件事情就挖个坑，永埋地底吧，最好坑上面再盖个水泥盖子，加把锁，然后把钥匙吞进肚子里。

“从生日会之后我就没怎么见过你，你这段时间一直在干吗？”我伸过手去，握着南湘纤细而冰凉的手指。

“忙着抢钱。”南湘满脸苍白地看着我。

“少满嘴跑火车，我没跟你开玩笑……”我说到一半的时候突然心脏猛然一阵抽搐，整个后背像被贞子趴在上面一样彻底冰凉。看着南湘拼命压抑紧张的脸，我低下眼睛瞄了瞄她包里沉甸甸的几捆粉红色的钞票，我的心瞬间像被海怪吞噬一般地坠进了深深的海底峡谷。

“你到底拿这么多钱来干什么？”我假装非常镇定，很见过世面的样子，对她说。

她低着头，不说话。我又问了好几次，她才抬起头，眼睛红红的，“我家里其实早就没钱了，我得弄一笔钱，先想办法把最后这一年的学费交了，至少大学混毕业了，否则前面三年的钱不就白给学校那些教授买宝马了么……”

我看着南湘，她的目光里沉淀着很多愤怒，很多怨恨，当然，更多的是酸楚和不甘。我把头靠过去，靠着她的太阳穴，轻声叹了口气。

席城坐在我们对面，一边喝着矿泉水，一边像是看笑话一样冷冷地看着我们，满脸下贱的表情——至少在我看来是这样的。每次看见他那张脸，虽然有种落拓的迷人感，但是一联想到他这个人，我就恶心，南湘形容得极其准确，他就是一只浑身长满虱子的狗。

我站起来，对席城说：“把你手机给我，我要给顾里打电话。”这个时候，我觉得我和南湘都把手机丢得太早了。至少看见来电显示是“110”之后再丢啊。——很早以前我们一直争论着警察打电话给你的时候，来电真的会是“110”么，那个时候，我们从来没有想过有一天，我们可以有机会证实这个疑惑。

席城冷笑了下，掏出手机给我，“我可不保证她看见我的电话号码还会接哦。”

我站起来，走到火车的厕所里，拨电话给顾里。

我觉得如果有人能解决当下这个一团乱麻的残局的话，那一定就是女神雅典娜——顾里——我希望她此刻穿上了圣衣。

但我并不知道，当我站起来走向厕所之后，席城冷冷地看着南湘，他讽刺地笑着，说：“南湘，真会演啊，不过你这套把戏，什么没钱交学费啊什么的，也就骗骗林萧这种没心没肺的黄毛丫头吧。”

南湘看着席城，脸上的表情渐渐凝固起来。她那张美若天仙的脸，现在看起来就像是车窗外凛冽的风雪一样，透着一股逼人的狠劲儿。她面无表情，缓慢地对席城说："你如果敢对林萧和顾里说任何一个字，我把你的眼珠子挖出来丢进垃圾桶里。不信你就试试。"

"我试的事儿还少吗，不是把你口中的好姐妹也试了么。"席城跷着腿，笑着说，"我还真告诉你，挺爽。"

南湘没说话，轻轻拿起桌子上滚烫的热水，朝席城泼过去，动作优雅温柔，就像在浇窗台上娇嫩的玫瑰花一样。不过席城像是猜到了她会这样做，轻轻把头一歪，一杯水泼在椅子的靠背上。

席城看着对面冷漠的南湘，笑着说："你知道么，小学我们学过一个词儿叫做'蛇蝎美人'，我现在只要一看到这个词儿，脑子里就会立刻浮现出你的脸，真的，你就是'蛇蝎美人'的同义词，生动准确，活灵活现。"

南湘把头发别到耳朵后面，暖黄色灯光下她的脸有一种完美得近乎虚假的美，她露出洁白的牙齿，粉红而娇嫩的嘴轻轻地抿着笑了笑，对席城说："你知道么，在我的心里，每次想到一个词，也会立刻想起你的脸，你也有一个同义词，那就是，'狗娘养的'。"

在遥远的宇宙里，从某一个寂静无声的地方望向我们的地球，它始终这样寂寞而又无声地旋转着，小小一颗冰蓝色的眼泪，圆润地凝固在无边无垠的浩瀚里。动画片里说，来自外星球的、毁灭地球的那些人，都被称做使徒，使徒都被编了号。而人类是最后一号，第十八号使徒。毁灭地球的最后的使徒，从几百万年以前，早早地，就密密麻麻地挤满了这个世界。

他们像是无数蠕动着的虫豸，毫无知觉地本能地喷吐着黑色的毒液，把这个地球密不透风地包裹起来，等待着有一天，一起爆炸成宇宙里四散开来的星辰碎屑。

无数的秘密，就像是不安分的太阳黑子，卷动起一阵一阵剧烈的太阳风暴，扫向冰蓝色的小小星球。

世茂佘山庄园在冬天的夜晚里，显露出一种严肃的悲凉。

这种悲凉来自高处的孤独，或者形容得简单一些，来自高不可攀的价格过滤掉人群之后的孤掌难鸣——如果能买得起世茂佘山的人和每天拥挤在地铁一号线里的人一样多的话，那上海早就爆炸了。

而现在，几个穿着Prada和Dior礼服的面容精致的人，坐在巨大的落地窗前一言不发。从我离开之后到现在，他们没有人联系上我，当然，这个时候的我远在开往南京的火车上，我正在被席城那张英俊而又下贱的面孔吓得精神错乱。我离开的时候心里想的是去见一下我的好姐妹，顺利的话可以把这只迷途的羔羊带回崇光的生日聚会以及温暖的圣诞烛光里。我自然没想过会丢下崇光丢下我的老板丢下顾里丢下那个屋子里的一切就这么一走了之。

所以，自然，毫无意外，这个party被我毁了。

崇光坐在落地窗前面，身上披着一条驼绒的毯子，他一直拿着手机发短信。但是一条一条地发出去，却没有任何一条成功送达的信息报告，每一条都是"发送暂缓"。差不多隔一两分钟，他就会拿起手机拨打电话，但得到的永远是那个电子味道极重的冰冷女声："您拨打的电话暂时无法接通。"

宫洺把Kitty叫过去，对她说："你查一下刚刚我们叫的车是什么出租公司的，车牌多少，问一下把林萧送到的是什么地方。"

Kitty点点头，开始打电话让物业的人调一下监控录像。

顾源从顾里的背后轻轻地抱着她，他把脸靠在顾里的鬓角边上。

整个屋子的气氛一片压抑。

而这个时候，顾里的手机响了起来，所有的人都回过头去看她，她把手机翻开来，看见来电人的姓名：席城。

当第四次被顾里挂断电话的时候，我愤怒了。我躲在火车上狭小而臭气熏天的卫生间里，热烈地期待着我的好朋友能够拯救自己，而这种水深火热的关头，她竟然反复挂我的电话——当然，我觉得她已经算客气了，如果我是她，我看见席城的来电会直接关机。

当我忍不住打了第五遍之后，电话终于通了。我还没来得及说话，电话里就传来顾源低低的声音："你到底想怎么样?"

我趁顾源还没有挂断之前，用尽平生所有的力气冲电话喊："顾源我是林萧啊别挂啊别挂啊你可千万别挂呀！！！！！！"(后来顾源形容给我听我当时的声音，他说他以为我快要生了……后来，我从顾里的口中知道了他原话的版本，"我当时以为林萧羊水破了……")

我在电话里简单地告诉了顾里现在我和南湘面对的问题：

南湘因为没钱交学费，于是在夜店里兼职陪人喝酒(顾里："我操，你们拍戏呢？")，结果正好有一个头发差不多快要掉光了的满脸油光的男的，拉开自己的公文包，炫耀里面一捆一捆的钱，但实际上，这些钱根本就不是他的，而是他工作的公司用来支付保险的流动款项，第二天必须送到保险公司的。而按照瞎猫永远都会遇见死耗子的定律，这个男人看上了南湘，非要带她出去吃夜宵。于是，当南湘和他走出夜店，走上人行天桥准备过马路的时候，这个男的"哇"的一声吐了出来，然后醉倒在地上。当时南湘面前是一个醉得人事不省的男人，和他包里一捆一捆粉红色的钞票，说实话，没有人可以经受这种诱惑。就像是被父亲训练得筋疲力尽的唐宛如突然看见了别人柔软的King Size床垫一样，你能对轰然躺到别人床上的唐宛如指责些什么呢？这是一种本能。

"所以她就把那个男的从天桥上推了下去杀人灭口然后卷款潜逃了？"顾里在电话里压低着声音，鬼鬼祟祟地问我。

“我谢谢你姐姐，你拍戏呢？我们是在说南湘，我们又不是在聊唐宛如!你觉得这样娇弱的一个女人能干出这种事情么?”我气愤地回答她。

“我当然是在聊南湘，如果是唐宛如，我会问你她是不是把这个男的强奸了之后用硫酸浇成了一堆焦炭然后埋到了松江一号高速公路出口外的一块玉米地里。”

“你说的也有道理，”我抬起眼睛思考了一下，轻轻地点了点头，“南湘只是把那个人的手机掏出来扔了，然后把那个人的钱带着逃跑了而已——当然，是跑来找我了，就从她把那个男人的手机丢掉这一点来说，干得还算有智商，是个有计谋的贼。不过，那个男的醒了之后还是找了个公用电话报了警。是啊，我也觉得奇怪，这年头还能在上海街头找到公用电话也不容易，而且他哪儿那么巧身上还有硬币可以投啊，好了，不说这个，估计现在上海有无数个警察在找南湘。她也不敢开机，我也把我的电话卡拔了。警察肯定也会找你和唐宛如，顾里，你想想办法呀!”

“你是说想办法阻止警察找到唐宛如么?”

“……顾里，我用我的人格保证，你躺进棺材的那一刻，还是会气定神闲尖酸刻薄地羞辱给你盖棺材盖的人!”

“当然，不是有部小说么，叫什么《直到最后一句》。换了我就是直到最后一颗钉子钉下来。得了，你和南湘先在南京待着吧，剩下的事情我来处理了。我先去找到那男的，有我顾里在，没有搞不定的事情。抢了钱算什么呀，只要没把他杀了。”

挂完电话，顾里站在客厅里，看着周围一群几乎快要把眼珠子瞪出来了的人，表情特别的疑惑。而唐宛如虚弱地倒在沙发上，扶着胸口脸色发白，看上去和上次体检的时候发现自己胖了两公斤一模一样。但是在看上去快要奄奄一息的同时，她还在不停地往嘴里塞葡萄，吃得也挺流畅，几乎什么都没耽误。

顾里挑了挑眉毛，“干吗这么看着我呀？林萧她们只是抢了十几万现金逃到南京去了，又不是什么大事，你们至于么?”

崇光那双大眼睛，瞪得眼珠快要掉出来了。

顾里斜了他一眼，“你眼睛大了不起啊，吓唬谁啊。”

而如果说，这一刻，气氛还不算诡异的话，那接下来的一秒，整个房间里的气氛，像是被哈利·波特念了一句“赶紧往死里诡异起来吧!”的咒语，因为，宫洺他爸，对，就是那个以Constanly这个姓氏成为活教材的宫勋，从大门口平静而漠然地走了进来。

在他慢慢地从门口走过客厅走进里间的卧室的这个过程里，他一边翻动着手里的文件，一边抬起眼，目光缓慢而又若无其事地从顾里、顾源、Neil、蓝诀等他从来没有看见过的面孔上滑过去，同时还在对身边跟随进来的穿着黑色西服的三个像是保镖又像是助理一样的人说着“这个计划书明天带去给广告部的人看，然后取消我明天早上的会议，订晚上去香港的机票，等下你叫Rocky把明天需要签的合同副本从公司送到我房间里来，还有，让这些看上去不知道是干什么的人赶紧出去”。

整个过程行云流水面无表情，七秒钟之后他消失在走廊尽头转身进了他自己的房间。

顾源和顾里两个人，张着口，面无表情彼此对望。

而宫洺和崇光，低着头，尴尬地站在客厅里没有动。

顾里坐上顾源的车的时候，用力地把车门一摔，“我没见过这么气焰嚣张的人!我本来以为你妈叶传萍已经够让人受不了了，和宫勋一比，你妈简直是国际友谊小姐——而且脖子上还戴着花环!”说到一半，转过头望着握着方向盘不动、正在朝自己翻白眼的顾源说，“你翻什么白眼，我又没说你妈，我在说宫勋!”

顾源哼哼两声，说：“得了吧，顾里，当宫勋走进房间的时候你两个眼睛都在放光，你梦寐以求的不就是成为他那样的人么，每天坐着私人飞机满世界折腾，上午在日本喝清酒下午就跑去埃及晒太阳去了，在高级酒店里英文和法文换来换去地说，别人打你的手机永远都是转接到语音信箱的状态，并且身边随时都有西装革履的助理们去帮你完成各种匪夷所思尖酸刻薄的指令或者去帮你从Hermes店里抢Birkin包包……你还记得你高中写的那篇叫做《我的理想》的作文么？你的全文最后一句是：我觉得巴菲特是全世界最大的贱人——可是我爱他!”

顾里深吸了一口气，愤怒地转向顾源，咬牙切齿地说：“你说得很对!”

顾源满脸“受不了”的表情，把脸斜向一边，准备轰油门走人。

世茂庄园是个噩梦。

“如果可以成为宫勋，我愿意永远都不买Prada!”顾里补了一句。

顾源一边转动方向盘，一边说：“就算不买Prada，你也成不了宫勋。换我的话，如果可以成为宫勋，我愿意少活十年。因为可能我不顾性命地像他那么拼，我还真有可能变成他那样。而你不买Prada……这就像是唐宛如为了变得和欧美超模一样瘦而发誓她再也不用Nokia的手机了一样……哪儿跟哪儿的事儿!”

顾里转过头看着顾源，满脸写着“爱的火焰”。她就是喜欢他这种理智时的面孔，像是世界上的一切都是可以转换成标好克数的砝码一样丢到天平上去衡量的东西，任何的情感，都能用游标卡尺去测量到小数点后第三位。

顾里还记得在高中时候，第一次和顾源吵架，当天晚上，顾源咣当咣当砸顾里家的门，顾里打开门，门口是喝得醉醺醺的顾源。在一套小情侣常见而又庸俗的拉扯、赌气、互骂、拥抱、亲吻模式顺利走完一个流程之后，他们俩就你依我依地依偎在小沙发上。顾里心疼地摸着顾源通红的脸，说："你喝成这样，明天早上醒来头要痛的。"而顾源摇摇头，说："你放心吧，我喝的是红酒，而且是半发酵的低度甜酿，并且喝之前我已经吃了解酒药和保护胃的药了，放心。"那个时候，顾里看着面前这个就算是借酒浇愁也依然理智清醒的顾源，瞬间迷得神魂颠倒，一头陷了进去直到今天都没出来。

Neil和唐宛如还有蓝诀三个人，站在Neil的小跑车面前，发愁。

只有两个座位，却有三个人。

蓝诀把手插在口袋里，耸耸肩膀，他穿着一件咖啡色的羽绒背心，帽檐上一圈柔软的黑色绒毛，衬着他白皙的脸，像是童话故事里被变成了黑天鹅的王子。他一边在寒冷的空气里吐着白气，一边看着Neil那张在夜色里显得更深邃的混血侧脸，说："要么你送唐宛如吧，她是女孩子。我要么等等看，看能不能叫一辆出租车过来。"

深夜的佘山世茂庄园，很少有出租车出没。能住在这里的人，车库里一般都停着几辆豪华轿车，轿车里坐着二十四小时时刻等待着召唤的戴白手套的司机。

蓝诀拿出手机，准备查一下出租车的叫车电话。

唐宛如看着Neil，忧心忡忡地问他："你说这孤男寡女的……我坐你的车没事儿吧？人家还从来没有这么亲密地和异性接触过……"

Neil看着唐宛如，举起手，"姐姐，只是让你坐一下我的车而已……"

唐宛如抬起头，认真地问Neil："那你保证不玷污人家？"

Neil转过头，问蓝诀："玷污是什么意思？"

蓝诀字正腔圆地回答他："Rape her!"

Neil大手一挥满脸通红地说："No!Are you crazy?"

蓝诀一张俊俏的脸瞬间垮了，他的表情仿佛咬了个柠檬，"我的意思是告诉你，玷污的意思，是rape。"

Neil松了口气，然后他转过头看着唐宛如，半晌，认真地摇了摇头："Sorry，I can't. "

下一个镜头，蓝诀坐在了Neil的副驾驶位子上。

因为当唐宛如看见崇光从房子里走出来开车回市区的时候，就像是一只饿了三天的黄鼠狼看见了一只在大街上招摇溜达的白斩鸡一样目光炯炯地扑了上去，蓝诀在她身后笑着吼的那句"那你保证不玷污人家"她也完全没听见。Neil问崇光怎么不住在家里，崇光笑了笑，说："我几乎没在这里住过，这里不是我家。我家在市区里。"

而当Neil的车子开出去十五分钟之后，蓝诀笑不出来了。

公路的两边，是茂密的落叶红松树林，前面大概还要一个小时才到市区，而在这类似原始森林的山里，Neil的车子抛锚了。

Neil回过头去对着正在瞪自己的蓝诀，举起手摆了摆，有点坏笑地说："我不是故意的哦。"然后看到蓝诀满脸无奈的表情，又安慰他说，"我下去看看吧，应该是小问题，我这车也没买多久。"

结果，当Neil试图开车门下车的时候，他自己也笑不出来了。不知道是汽车的电力系统坏了还是什么见鬼的原因，车门和车窗，全部一动不动。Neil看了看自己的手机，信号是零。

汽车内的气氛迅速地尴尬起来。闷热而狭小的车内环境，让Neil浑身燥热。他把身上的羊绒毛衣脱了下来，只穿着白色的衬衣，想了想又把衣服穿上了。他回过头去，想和一言不发的蓝诀随便说点什么，结果刚回过头，就看见满脸通红的蓝诀，他低着头，看上去又着急又生气，长长的睫毛把他的眼睛装点得楚楚动人。Neil喉结滚动了一下，他扯了扯领带，放松了下领口，刚要说话，就看见蓝诀转过头来，用一张像红番茄的脸，害羞而小声地对他说："我……要上厕所了……"

宫洺走进房间的时候，宫勋从一堆文件里抬起头。

他示意宫洺在他桌子前坐下来，然后拿起一份文件，递给宫洺，平静地问他："这份文件，Kitty给你看过了吧，就是她在公司的系统里发现的那个让她惊慌失措的文件。"

宫洺的心突然被一张无形的网狠狠收紧。

"崇光的病真的好了么?"宫勋突然转了个话题。

"做完手术后，稳定了下来，不过医生说要看后面的情况了，如果不复发，应该可以多活好多年。"宫洺不知道他为什么提起崇光的病。

"也就是说，还有可能因为病情复发而死了？"宫勋站起来，盯着宫洺，问他。

"嗯……也有可能。"

"那么有没有办法让他死，并且看起来和我们没关系，像是自然死于他得的胃癌?"

黑暗里破土而出的嫩芽，顶破泥土的刹那，发出蛋壳碎裂般的轻柔的声响。

宫洺看着光线下面容冷峻的父亲，闭着嘴没有回答。

"有办法么?"宫勋依然冷冷地看着他，问道。

过了好久，宫洺慢慢地点头，"有。"

疯狂的人类文明，创造出迷宫、矩阵、陷阱、斗兽场之类各种各样的血腥存在。

黑暗里肆无忌惮的呼吸，把世界搅动得混浊一片。

汪洋下的尸骸，被月光照出苍白而阴森的轮廓。

“既然有办法，”宫勋把文件丢到宫洺手里，“那就让他死。”

【一个月后】

夜晚的南京西路像是一条发光的河。无数拥有闪光鳞片的游鱼，游动在深深的河水之下。

这条光河横贯整个上海最顶级的静安区域，把一切冲刷出金粉扑鼻的奢靡气味。

别墅小区人口的保安，正坐在门口小亭子里翻报纸。离他一条马路距离之隔的恒隆广场，此刻被圣诞的巨型灯饰装点得高不可攀，广场门口的喷泉边上，是七八个用蓝色彩灯扎成的长角驯鹿，它们拖着马车上的圣诞老人，冲向无数的名牌LOGO。

窗户上的一阵敲打声让他抬起头来，他看见窗户外站着个年轻的男孩子，看上去大学生的年纪，英俊的眉眼，或者准确点说是阴郁的眉眼，黑色的修身羊绒长外套让他看上去像一个现代版的死神。他咧咧嘴，露出白森森的牙齿笑了笑，算是打了个招呼。

保安推开窗子，问他找谁。

男孩子用一种弥漫着蛊惑力的低沉嗓音说：“我找顾里，不过好像她家里没人。”

“她们出去了。”

“哦。那等她回来，麻烦你告诉她，她的弟弟来找过她。”

保安哼哼两声，说：“她弟弟？我从来都没听说过她有弟弟。找错人了吧你？”

年轻的男子笑着，说：“别说你没听过了，连她自己都没听过她有一个亲弟弟。你就这样对她说就行了，还有，”他眯起眼睛，漆黑的瞳孔仿佛发亮的墨汁，“我的名字叫顾准。”说完他挥挥手，转身走出了小区。

地球旋转不停，每时每刻，每分每秒，都在变换着不同的角度。

当光线从东方的地平线上穿刺而来，我们渐渐地从梦里苏醒，然后一点一点，看清这个沉睡在阴暗里的世界。

——又或者，还来不及睁开眼睛，就又跌进另外一个混浊黏稠的梦魇里。

滴答滴答的声音，快要爆炸了呢。

你说是吧。

Tiny Times Season 2

Chapter.03

小时代·虚铜时代

自古以来，年轻的俊男美女站在一起，都是一幅吸引人的美好画卷。

但是，也有可能，是一幅让人毛骨悚然的恐怖场景。

比如现在站在走廊里的顾里和顾准，两张几乎一模一样的脸孔，

在灯光和阴影的交错映衬下，显得又美好，又阴暗。

之前单独游走在草丛里的白蛇，

终于找到了另外一只，

可以够资格站在她边上的蝎子。

蛇蝎美人。

To be blind, to be loved.

新年过去了，上海的冬天却并没有随之慢慢地消散。从进入冬天开始，就一直像是有人拿着一个巨大的超强制冷鼓风机，从上海的天空上把这座钢筋水泥森林笼罩着死命地吹。所以，当我们几个歪歪扭扭地走出大门准备去吃“早餐”(因为前一天晚上我们几个干掉了别人送给顾里的五瓶高级白葡萄酒，所以导致我们起床的时候已经下午3点了)的时候，我们都被别墅门口结了冰的绿化湖泊给震惊了。

顾里盯着那个结冰的湖泊，非常清醒地撩了撩她刚刚找沙宣来上海讲课的外国顶级造型师剪的刘海，目光精准有神，清醒无比。当然，背后的故事是她威胁我和Kitty在利用《M. E》采访那个叫做Jason的造型师的时候，把她伪装成一个纯情的小白领丽人，推到Jason面前然后供他做模特使用。否则，即使是我们的顾里大小姐，也没办法预约到Jason帮她剪头发。特别是当她得知Jason刚刚带着两个巨大的箱子(里面大概有一百五十把闪闪亮亮的剪刀，看上去像是一个有洁癖和强迫症的变态连环杀人狂)去宫洺家帮他设计了新的发型之后，她愤怒了，一把抓过我和Kitty的领口，用一种女特务特有的凶狠目光对我们说：“如果你们没办法偷偷把我塞到采访现场让他给我剪头发的话，我会在财务账单上让你们两个多交百分之百的税!”我被她抓得快要窒息的时候，听见Kitty小声地尖叫：“顾里，放开我……真的……求你了别抓这么用力……我今天穿的衣服非常贵!”(……)

当隔天顾里耀武扬威地走到《M. E》和宫洺核对公司下季度预算的时候，从进入公司大堂开始，一直到她走到宫洺的办公桌前面，整个过程她都表现得仿佛是行走在高速摄像机的捕捉和耀眼的灯光下面——并且脚下是柔软的红毯。她顾盼生姿的样子完全就像是走完这条充分展示自己的红毯，到达尽头之后，我丝毫不怀疑她会微笑着从自己的Hermes包包里拿出一张写着剪发价格的标签贴在自己的脑门上。

顾里站在宫洺面前的时候，宫洺抬起头，在她脸上扫了两下之后，淡淡地说："Nice new look．"而这个时候，顾里的虚荣心爆炸到了巅峰，她再一次撩了撩她现在脑门上那价值千金的刘海，装作非常不经意地说："I got a haircut．"接着，她再一次撩了撩头发，"by Jason．"

不过，我们亲爱的顾里小姐忘记了，再嚣张的白素贞，在尖酸刻薄的法海面前，依然只是一条扭来扭去尖叫着"别抓我呀"的小白蛇。宫洺的下一句话就让她僵硬在原地，感觉像是被法海的金钵罩在了头上般痛不欲生。

宫洺幽幽地抬起头，用他那张万年不变的白纸一样冷漠的脸，认真地思考了一下，然后说："Jason是?"

顾里："……"

当我们几个人站在家门口，对着面前这口在(上海的)大冬天里竟然怪力乱神地结冰了的人工池塘目不转睛地盯了三分钟之后，美少年Neil打破了沉默。

"Oh,my God．"Neil红着眼眶，眼神飘忽而缓慢地在周遭的空气里漫无目的地扫来扫去，"I hate Beijing!"

"打电话叫蓝诀帮我订最早的机票回上海，我受不了待在北京，一直以来我都怀疑北京人是怎么生活下去的，看在上帝的分上，他们有种东西叫秋裤……"顾里自以为非常清醒地从她的包里掏出一瓶保湿喷雾，在自己的脸上喷了两下，以抵抗又干又冷的冬风。结果三秒钟之后她发现了这是一个非常不明智的举措，她只能略显尴尬地用手指敲碎自己脸上迅速结起来的那层薄冰，假装没事地把那些冰壳从脸上拿下来……

我站在寒风里，揉了揉太阳穴，有点忧愁地告诉他们俩："嘿，嘿，俩疯子，你们醒醒，这儿是上海，不是北京，并不是只有北京的湖才会结冰的。这里是我们家。"

顾里冷笑一声，红通通的双眼朝我扫过来，她用她那张看起来就像是三分钟前刚刚从厕所里呕吐完毕出来的宿醉的脸，用她一贯尖酸刻薄的表情，对我说："别开玩笑了，我们家怎么可能有送快递的人能进得了这个小区?"

我顺着顾里跷起来的兰花小指望过去，看见了裹得像一个粽子一样的唐宛如，正粗壮地喘着气，从我们面前一溜小跑过去。(……)

说完之后，她和Neil两个贱人就手拉手地朝大门外走去了。一边走我还能一边听着他们俩的对话：

"Lily我们现在可以先去吃一顿早餐，我知道北京有一个地方超cool的，那里的豆浆卖九十七块一杯!"

"那可真是个好地方!Neil我们现在可以让蓝诀帮我们订好机票，这样我们吃完就能直接飞回上海去了哦!"

"让蓝诀一定要订first class啊!Economy class kills me!It feels like travelling on a train!"

"呵呵，亲爱的，别说笑了，你从生下来就没坐过火车那玩意儿。"

"No，but I watch movies!"

……

我看着他们俩那两具裹在Burberry情侣款长风衣里的(神经病般的)背影，深刻地觉得如果没有血缘关系的话，他们两个简直是天造地设的一对(贱人)，他们两个生一个儿子应该可以直接去竞选美国总统，三个奥巴马都不是对手。但不得不承认，顾里那张精致得仿佛从杂志上剪下来的标准面容(即使是喝醉了的现在)和Neil天生散发的那股混血儿的英伦气质(尽管他在美国念书)，实在是让人觉得赏心悦目。特别是配合上他们远处高高耸立着的恒隆I和恒隆II两栋超高层帆船造型般的建筑，看起来就像是时装杂志上刚刚拍好的广告大片。

而下一秒，喘着粗气的唐宛如叉着腰站在我的面前，指着自己的乳房，对我一边喘气一边娇羞地说："林萧，你来听一下我的心跳，感觉就像是Rihanna的电子舞曲……"我看着她红彤彤朴素的脸，一下子从梦幻般的时装广告里清醒了过来。

唐宛如眉飞色舞地对我使了个眼色，说："林萧，她们都说跑步可以消耗大量的热量，而在冬天里跑步可以消耗更多的卡路里。怎么样，你觉得我瘦了么?"她抬起胳膊抱着后脑勺，做了个撩人的姿势，但我总觉得似曾相识，几秒钟后想起来了，电视里治疗狐臭广告上的那些女人老做这个动作。

我刚想回答她，身后的门就打开了。醉醺醺的南湘东倒西歪地冲出来，她蓬松而卷曲的长发软软地依偎着她白皙的小脸，她睁着那双迷蒙的大眼睛，在冬季的晨雾里，像一只温驯的梅花鹿，有一种让男人怦然心动的柔弱美。她抬起头，用浑浊而又涣散的目光看了看我和唐宛如，又看了看那个结冰的人工湖，丢下一句"我讨厌哈尔滨"之后，就追"吃早餐"的顾里和Neil去了。

我："……"

我看着南湘纤细而又优美的背影，又看了看面前壮硕而又……壮硕的唐宛如之后，幽幽地叹了口气，我忍住了没有告诉她"估计等你死的那一天，尸体躺在火化箱里被推进焚化炉之前，你的体重也比怀孕时的南湘要重"，我不愿意说出这样的话来，因为那样看上去太像顾里了。

我不是顾里，我好歹是个人。

我在恒隆对面的屋企茶餐厅找到正在喝下午茶的顾里、Neil和南湘时，我自己也没有多清醒。昨晚的白葡萄酒现在似乎依然充满了我的整个胃部，早上张开嘴照镜子的时候，我似乎隐约看到了我一直满溢到喉咙口的白葡萄酒，水平线就快要冲破我的扁桃体了。

我刚坐下来几秒钟，顾里就神奇地从她的包包里拿出了一瓶香槟，我、Neil和南湘同时发出了声响，他们俩是高举双手的“Yeah”，而我是在喉咙里的一声“呕……”。

强大的顾里把服务生叫过来，幽幽地对他挥挥手，说：“拿四个杯子过来。”

服务生尴尬地对顾里说：“我们这里不能外带酒水……”

顾里撩了撩头发，目光浑浊而又表情严肃地对服务生说：“你说什么呢，别闹了，快去拿。”她顿了顿，补充道，“记得是香槟杯，别拿错了。”

南湘和Neil两个喝醉的人，用同样的表情看着服务生，而我在他们三个面前，尴尬地拿起一张报纸遮住自己的脸。

三分钟后，他们三个开始“呵呵呵呵呵”地拿着香槟杯开始碰杯豪饮了。(……)

我坐在他们对面的位子，看着面前这三个都长着非正常人类般美貌面孔的人，轻声谈笑，偶尔尖酸刻薄地讽刺别人，顺带着一张微醺发红的脸，看上去就像是一部描写上流社会的美剧般散发着致命的吸引力。

而我，一个穿着Zara(并且还是打折品)的小助理，坐在他们的对面，生活平稳，无所牵挂，除了刚刚失去一个谈了好多年的男朋友和死了一个刚刚开始交往的新男朋友之外，我的生活真的很好，没什么好值得担忧的。

我能快速地恢复过来，这里面也有顾里的功劳。过去的一个月我一直沉浸在悲伤中。开始的几天，顾里和南湘都非常温柔地呵护着我，陪着我伤春悲秋。但是，江山易改本性难移，没过几天，顾里就再也受不了我这副德行了。对她来说，永远地沉浸在这种毫无建设性的悲伤情绪里，是一件比买错了股票或者投资理财失败都更难以饶恕的事情。谁都知道她可以在台下对着台上正在朗诵“我的悲伤就像这秋天里永恒飘摇的落叶”诗歌的文艺男青年理直气壮地吼出“飘你妈你怎么不去死啊你”，所以，我们也可想而知，她会如何地对付我。我想我永生都不会忘记她对我的安慰。她拉着我的手，在沙发上坐下来，慈母一般在我耳边温柔而又体贴地，羞辱我：“林萧，说真的，不就是死了个新男朋友么？有必要把自己搞得每天都是一副像是得了直肠癌的样子么？你那一张脸，不知道的人，还以为你信用卡欠费太多被起诉了呢。真的，这有什么好严重的？你既没有把你的处女之身奉献给他，又没有怀上他的孩子，他死了就死了，一个男人而已，你把自己搞得像三个月没有接到生意的鸡一样，何必呢？”她顿了顿，认真地看着我，说：“顺便问一下，你没怀他的孩子吧？”

“当然没有。”我虚弱地说。

“那不就得了。”顾里翻了个白眼，松了口气，继续说，“男人嘛，再找一个就是了。就像你一直都喜欢去大学图书馆一样，你就在言情小说那个区域溜达溜达，看见样貌还行的男的直接把腿盘上去就行了呀。多符合你的要求，又拥有青春，又拥有知识，也拥有文艺气息……不过在言情小说区域溜达的男的多半也拥有一个同样爱看言情小说的男朋友，这一点你得当心……”

我看着她，她这张喋喋不休的脸上刚刚涂抹完一种号称是拥有中胚层细胞再生拉皮紧致效果的精华液，我的心脏不时地被狠狠地戳一下。我揉着自己头昏脑涨的太阳穴，心里想，这辈子永远不要指望顾里能安慰你，她的安慰就像是伏地魔一本正经地对你讲鬼故事一样，太他妈折磨人了。我宁愿去听超女的演唱会或者唐宛如表演的歌剧，也不要坐下来和她聊这些灵魂话题。

而这里面也有宫洺的功劳。新年过后第一天去上班的时候，本来沉浸在悲痛里的我，被叫到了他的办公室里，然后我看着那张依然英俊无比邪气无比的脸，面无表情地对我平静而流畅地说完：“10点开的那个会议的资料你现在去影印十三份，然后去Tod's把那十二双男模特的鞋子拿回来，顺便绕去外滩三号楼上的画廊把那幅我订了的油画拿回来。接着你和Kitty去把下周召开发布会的场地定下来，他们的开价是租金三万，你们去谈到一万五。用什么方法？哦，那是你们的问题，上次Kitty好像是把裙子掀起来就解决了……还有今天要取回来我送去干洗的衣服以及帮我的狗预定一次健康检查。哦不，不是上次那个医生了。自从上次他帮我的狗剪指甲剪出了血之后，我就再也没见过他了，可能搬家离开上海了吧。还有我家的地毯要预约一次彻底的杀菌处理，中央空调要做一次管道除尘……记得不要再找上次那家地毯清洁公司，他们用的药水实在太难闻了，整整一个月我都觉得自己像是被泡在福尔马林里，我还不想永垂不朽……”

他没有丝毫停顿地说了三分钟之后，抬起他那张脸，闪动着他长长的睫毛，最后补充了一句：“就这些了。你先出去吧，还有其他的一些事情，Kitty会交代你的。”

我回到座位上，两腿一蹬。蹬之前我迅捷地把MSN的签名档改成了“我是世界上最倒霉的人”。

三秒钟之后，Kitty在MSN上敲我：

“不，我才是。”

“林萧，我今天要下午才能回上海，我现在正在广东的一个乡下。”

“前天宫洺不知道在哪个妖蛾子地方买了一本特变态的笔记本，他摸了摸那个纸就着魔了，死活要我问到这个纸的生产厂家。”

“我现在一路摸索了过来，远远地看见一个矗立在长满野草的田野里的一个茅草棚，我琢磨着应该是造纸的……”

“如果我死了，那就是被这排水沟里的恶臭弄死的。我和你说，这水脏得能让你把小肠从喉咙里呕出来。”

一分钟后，我把我的签名档改成了“人要知足”。

渐渐地，我就在顾里的羞辱和公司的忙碌里，从悲痛中恢复了过来。

只是，当我在夜深人静的公司加班的时候，看着我工作备忘录上每个月催崇光稿子的任务上面是一道红色的被画去的标记时，心里还是会涌起一阵淡然的悲伤。这种淡然化成我眼睛里薄薄的一层泪水，我只需要轻轻地抬起手擦去，温暖的暖气几秒钟就会吹干它们在我脸上留下的痕迹，有时候我都怀疑这样的悲伤是否太过轻盈，没有重量。MSN联系人里崇光的名字一直是黑白色的，他的那个穿着背心露出肩膀结实肌肉线条的头像，再也不会“噔”的一声登录了。但我有时候还是忍不住点开他的黑白头像，在他的MSN上留言，“记得写稿子啊。”他的头像照片目光温柔，嘴角含笑，一动不动地看着我，仿佛在回答我，“知道呢。”

我从回忆里回过神来的时候，我对面的三个妖物，已经把一瓶香槟又喝掉了。喝完酒之后，他们的话匣子显然都打开了，聊得很开心。他们的对话非常简单，一个人说：“呵呵呵呵呵呵呵。”另一个回答：“哈哈哈哈哈哈哈。”第三个人接着说：“嘿嘿嘿嘿嘿嘿。”

我想他们三个人的名片上应该都印着同样一行地址：上海市沪青平公路2000号(上海民政第一精神病院)。

而这个时候，顾里的手机响了，她拿起来看了看屏幕，皱着眉头，痛苦地说：“我要呕了……”

南湘探过头去，看了看她的屏幕，说：“唐宛如打电话给你干吗？”

顾里接起来，用手压着胸口，看上去像是要吐了的样子，对着电话说：

"如如，你最好是有正经事情找我，如果你敢约我逛街或者想要和我聊天的话，我会报警让警察抓你。"

然后电话那边传来唐宛如高声的尖嗓门，说了什么我听不清楚，只知道顾里听了几句之后就开始疯狂地笑了起来，笑了一会儿就直接把电话挂掉了。(……)

她挂了电话，把她刚买的74000块钱一部的Vertu的手机朝桌子上一丢，倒在Neil的肩膀上，笑着冲我说："唐宛如肯定是把我藏在家里的酒找出来喝了，现在在发疯呢。哈哈哈。"她再一次撩了撩她的刘海，然后说："她肯定醉得不轻，她在电话里和我说我弟弟在家里沙发上坐着等我，叫我快点回去。你说有病吧，我弟弟不就坐在我边上么?"

Neil在她旁边跟着她傻笑着。上帝是不公平的，就算是傻笑，他那张英伦气质的混血脸孔，依然充满了迷人的光芒。

这样的傻笑一直持续着，当甜点送上来的时候，他们仨傻笑着；当Neil的Prada钱夹突然掉在菜汤里面的时候，他们仨傻笑着；当看见戴着墨镜的上海三流艺人推门走进来的时候，他们仨傻笑着；当付完账单一路走回家的时候，他们仨还是傻笑着。我觉得在酒精挥发完毕之前，他们会一直这么笑下去。当然，我们都爱看这样的风景，观赏着三个俊男美女穿着时尚地从南京西路上走过去，总比看着两个蓬头垢面的黄脸婆在莘庄菜市场上四处溜达寻觅着更便宜的腌带鱼要好。

多看看顾里他们，会觉得生活非常美好，全世界爆炸的金融危机仿佛根本就不存在一样。

这样的"哈哈哈哈哈"终于在顾里打开门回到家的时候停止了。

我们看见唐宛如坐在沙发上，双手夹在两腿中间，摆出一个非常扭曲而腼腆的姿势，她看着刚刚走进来的顾里，面红耳赤地说："顾里，你弟弟真是……真是……太好看了啊!"

顾里看着空空荡荡的房间，看了看唐宛如，转身把她的大提包放下，一边放，一边说："说实话，你偷喝了几瓶?"

而这个时候，背对我们的沙发靠背后面，一直躺在上面休息的顾准，缓慢而优雅地站了起来。他用一种混合着邪恶和不羁的动人目光，把顾里从上到下地打量了一遍，然后抬起手挥了挥，咧开嘴，从两排整齐而又密集的洁白牙齿中间，说了声："嗨，姐姐。我是顾准，你弟弟。"

从我看向顾准的第一眼，我就丝毫都不怀疑，他是顾里的亲生弟弟。他那张脸，就仿佛是和顾里一个模子印出来的，精致的轮廓，充满光芒的眼睛，除了更明显的男性荷尔蒙象征，比如浓密的眉毛，挺拔的鼻子，青色的胡碴以及突出的喉结等之外，他就像是一个穿着Prada的男顾里。他裹在一身剪裁精致的黑色羊绒外套里面，浑身上下笼罩着一层神秘而又冷漠的气质，和他的笑容特别不搭配。他看着人的笑容，像是在冲你喷冷气。我想起前段时间看过的金城武演的《死神的精度》，他看起来就像金城武扮演的那个英俊的年轻死神。

Neil看着面前的顾准，悄悄地在我的耳边说："他长得真好看啊。"

我鄙视地瞪了他一眼，小声地回击他："Snow White，他是顾里的弟弟，也就是你的哥哥!你们是近亲!"

Neil歪头想了想，说："Even hotter!"

我要呕了，"You slut!"

显然，顾准并不打算长时间逗留，我甚至觉得他就只是想来打个招呼，轻描淡写地说声："喂，你有一个弟弟哦。"然后就潇洒地转身走开。如同一个高段位的忍者杀手，缓慢而优雅地靠近你，不动声色地就捅了你一刀，你甚至都没看清楚他怎么出的手，然后他就留下神秘的香味，烟雾一般消散了。留下你自己在原地捂着汩汩冒血的伤口。

亲爱的顾里在父亲被钢管插穿头骨身亡之后，生命里再一次被投下了一枚炸弹，又或者说，被人悄悄地塞了一枚拉开了环扣的手榴弹在手里，等到顾里用尽力气再也握不住了的时候，就准备好闭上眼睛迎接一场血肉横飞的爆炸吧。

顾准关上门离开之后，留给客厅里一片坟墓般的寂静。

过了大概两分钟，顾里从惊慌中恢复过来。每一次都是如此，无论再大的惊吓，她都像是安装了最强的防毒软件和随时备份的电脑一样，总能恢复到完美无缺的系统程序。她在沙发上坐下来，看着被震惊得合不拢口的我们四个，说："你们想说什么就说吧。"

我们四个互相看了看，然后异口同声地说："顾准真是太帅了啊!"

顾里一脸扭曲的表情看着我们，像在看四个神经病，她把眉毛一挑，怒了，"So?"

在顾准莫名其妙的拜访之后，我们本来预想着生活肯定会发生翻天覆地的变化，但事实是，顾准再也没有出现过。他就像是一场格外美好的春梦里的男主角，乘着夜色而来，驾着晨光而去，面目模糊，只剩一个"他很帅"的印象。

就连这个春梦，我们也没有时间回味，我们紧接着被到来的上海高校艺术展给弄得手忙脚乱四脚朝天了。(当我在电话里对顾里这样形容的时候，她轻轻地对我说："林萧，你好歹是学中文的，你用'四脚朝天'来形容自己的忙，总让我觉得你的职业是鸡，真的……")

这场整个上海最高水准的艺术巡礼，囊括了从表演、服装设计、美术到影视、音乐等艺术门类，是上海这些艺术类专业的学生梦寐以求的展示自己的机会。无数的艺术公司、广告公司、画廊、影视制作公司以及各个准备包养二奶的啤酒肚老板们，都摩拳擦掌地，准备在这次的巡礼上物色猎取自己的对象。所以，南湘也不例外地开始忙碌了起来——当我说完这句话时，南湘冲我翻了一个巨大的白眼。

但是，我和顾里的忙碌，则完全是因为宫洺——这句话听起来，也足够让宫洺冲我翻一个巨大的白眼。

《M．E》作为这次活动的官方指定平面媒体，负责了其中的几个环节，比如最让人头痛的就是负责开幕式之后的一个服装设计展示会。

这玩意儿让人头痛的地方在于，之前承接国际著名设计师的fashion show是一种享受，我们要考虑的是如何用最简约而大气的灯光和舞台效果，去尽量少地影响那些本身不需要任何多余的灯光就已经像是艺术品一样的华丽到登峰造极的服饰。而现在，我们头痛的问题在于如何使用最炫目的灯光和舞台效果，才能让那些设计得像一堆叠在一起的旧报纸一样的大学生作品看起来不那么丢人。

而且最恶心的地方在于，那些从来没有接触过外界社会窝在象牙塔里的大学艺术生，他们的眼睛都是长在天灵盖上的，全世界似乎都是围着他们转的。在接到任务的第一天，Kitty就被一个大三的女学生给惹毛了，“我靠，林萧，你真应该看看她那副德行，她以为自己是谁啊？Coco Chanel么？”我非常能够理解Kitty，因为当时我也在她们两个边上。Kitty在企图和她沟通展示会上的流程时，那个女的一直戴着蛤蟆墨镜，把自己裹在一张巨大无比、花色艳俗的披肩里，旁边还有一个看上去不知道是她助理还是男朋友一样的男人，弯腰给她递咖啡，她拿过去喝了一口之后，幽幽地递回去，说：“No sugar.”我当时忍住了没有恶心地呕出来，她以为她是宫洺么？当我和Kitty口干舌燥地对她解释了大概一刻钟关于流程的安排之后，她幽幽地望着我们两个，然后从口里吐出四个字："你说什么？"

Kitty彻底被激怒了。

在Kitty一把甩下台本，踩着十二厘米高的高跟鞋风驰电掣头也不回地出走了大概十五分钟之后，又满面春风、脸色桃红地回来了，几分钟后，工作组把关于这个女人的所有环节都从彩排表上删除了。

Kitty拿着一杯超大的星巴克榛果拿铁，站在那个戴着墨镜依然窝在椅子里的女人面前，居高临下地对她说："小姐，现在请把你那肥胖过度的臀部从椅子上挪起来，然后带着你这堆廉价布料组成的衣服和你那个廉价的男朋友兼男助理，从这里赶紧离开，把你的这些花花绿绿的玩意儿挂到七浦路(上海廉价服装批发市场)去，不过我也不能保证可以卖掉。但是听我说，就算卖不出去，也请你千万不要把它们捐给地震灾区的小朋友们，他们已经够可怜了，你就别再给他们雪上加霜了，为自己的下辈子积点德吧。"

那个女的显然受到了惊吓，她把巨大的墨镜从脸上拿下来，用她那双浮肿的水泡眼看着Kitty，显然不能接受这个事实。而Kitty却一眼都不会再看她了。

她转过头，冲门口的工作人员挥舞着手上的流程台本，"叫下一个学生进来，再迟到的话，就让她滚回她廉价的学生寝室待着去。"

我一边喝着Kitty带给我的星巴克咖啡，一边幸灾乐祸地看着面前这个摘下墨镜一脸惊吓的女人。当一头狮子在沉睡的时候，你随便怎么弄它，它都无动于衷，感觉像一只巨大的可爱猫咪；但一旦它苏醒过来，张开血盆大口的时候，亲爱的，你怎么死的都不知道。更何况，这还是一头母狮子。

"你如果早一点把墨镜摘下来，你就应该能够看见，哪怕Kitty在对你微笑的时候，她的牙齿依然闪着发亮的毒液。你兴风作浪还早了些，再过十年你来和Kitty玩儿吧。”

如果说Kitty还只是一把小小的匕首(尽管上面闪烁着绿幽幽的剧毒)插进我们大学的心脏的话，那么，宫洺派出的第二个人选，就像是一枚光滑圆润的核弹，轻轻地放在了学校的广场上。这枚核弹的弹头上贴着一张醒目的大字：“别惹我，我会爆炸呢。”

这枚核弹，当然是我们亲爱的顾里。

她和Kitty两个人，就像是两台加满油的巨大推土机冲进了我们的大学，任何阻挡她们的东西，都被“轰隆”一声夷为平地。

顾里本来只是公司的财务总监，但是，如果说《M. E》里要挑一个又熟悉我们公司又熟悉我们大学的人选的话，那只能是我和顾里；而如果这个人还要又牙尖嘴利又精打细算又善于讨价还价并且能够运筹帷幄唯恐天下不乱的话，那么这个人只能是顾里。

所以，顺理成章地，她就从财务部门调了过来，临时负责这次整个活动的制片。

我总是非常佩服宫洺看人的眼光，精准无比。顾里的表现理所当然地可圈可点。比如在最开始和学校院长谈预算的时候，说好了《M. E》来承办这个服装设计展示会的酬劳就是总预算的百分之十。接过院长的支票的时候，顾里微笑着说：“这个数目作为我们的酬劳非常合理。”

院长摇头微笑着说：“不不不，这个是总预算，你们的酬劳是这个的百分之十。”

而接下来的三分钟里，顾里从座位上站起来，在院长的办公椅周围走来走去，全方位地展示着她今天穿在身上的那件Marc Jacobs的新款羊绒大衣。当然，在展示的同时，她的嘴不会闲着，从“我不介意做一场看起来就像是农业大学学生会主办的服装设计秀”，到“但是问题是《M. E》也从来不刊登这种低档次的活动介绍和采访，这样的话这些钱不就是白花了么?”，以及“哦对了，市领导对这次的文艺巡展非常重视，好像很多高层也会出席呢，经费不够的话，要么就别给他们预备茶水或者礼物了吧”……

五分钟之后，顾里拿着这张被当做支付《M. E》酬劳的支票心满意足地走了。同时她当然拿了一张新的支票，一张十倍于之前金额的支票，踩着她尖得像一个锥子般的高跟鞋走出了院长的办公室。

离开的时候微笑的顾里用她那张妆容完美无瑕的笑脸，留下了一句“谢谢大学把我养育成材”。

院长看着她裹在黑色大衣里的纤细背影，眼神恐惧得像在看一个女鬼。

下午的时候忙完了参加演出的其中十个学生设计师的作品整理和背景音乐收集，我拖着我一双踩在高跟鞋上一整天现在像要爆炸一样的小腿，拎着一个巨大的Gucci袋子(当然不是我的，我问顾里借的)，打电话约了顾里去我们曾经非常熟悉的图书馆下面的咖啡厅喝咖啡。

我疲惫不堪像个鬼一样地走到咖啡馆门口的时候，看见了站在那里的顾里，她整个人闪闪发光，丝毫没有疲惫的倦容。相反，她看起来状态奇好，马力十足，就像是一只刚刚拆掉塑料套的圆规，铮铮发亮，毫无划痕，两腿儿细长，尖牙利齿。又或者看起来就像是随时准备登场的女飞人坎贝尔一样，随时准备“嗖——”的一声冲出去消失得无影无踪。我站在顾里面前，虚弱地对她说：“你好，圆规。”

顾里摘下墨镜，看着我，礼貌地点点头回答：“你好，扁担。”

我没听懂，“扁担啥意思?”

顾里的假睫毛纤长柔美，“没啥意思，就觉得你长得挺像的。”

我：“……”

我和顾里走进咖啡厅里，走向我们之前一直坐的老位子，顾里刚刚点头冲老板娘打了个招呼，还没来得及把包放下来，一个女人就风一样地冲过来，把包朝我们的椅子上一放，然后一屁股坐在了另外一张椅子上。她在三秒钟之内用动作完成了一个对话，“这个位子我占了。”

我抬起头看向顾里，她的眼光一瞬间变得凶狠起来，这种凶狠里还带着一股非常明显的兴奋的味道。这种眼神我习以为常了，每当她要开始和顾源斗嘴的时候，她的眼神里都会出现这种像信号灯一样的闪烁光芒，“嘟嘟嘟”的，预示着她快要开战了。顾里礼貌性地对这个女的说：“你没看见我们已经在这个位子上了么?”

但很显然，这个风一样的女子并没有感觉到目前的平静只是龙卷风到来前的预兆，她呵呵笑了笑，对顾里说：“你们站在这里又不坐，谁知道你们是服务生还是什么呀，我都坐下来了，你们就挑别的地儿吧。还有啊，大姐，这是大学的咖啡厅，你们都一把年纪上班的人了，没事儿进来干吗呀?”

顾里摘下墨镜，在她的对面坐下来，心平气和而又不急不慢地对她说：“我的名字叫顾里，我依然在这个学校念书，如果你没有听过我的名字，也无所谓。当然，我年纪是比你大。不过，希望过一两年你在我这个年纪的时候，能穿得起一条像样一点的裙子，而不是像今天这副德行，你知道么，你这身打扮，只要再给你一个电线杆子往上一靠，你就能上班了。”

那女的把眉毛一挑，“你骂我是鸡?”看来这女的还挺聪明。

“我俩吵架归我俩吵，关鸡什么事儿，你别侮辱鸡行么？我告诉你，我在这个咖啡厅里喝了四年的咖啡了，你要知道去年这个时候当我还在这里和朋友们聊天时，像你这样的人面对这里的酒水单价格，是根本进不来这个店的，更别说和我争抢位子了。如今老板娘低价招揽顾客，我尊重她的决定，但很显然，低价格就一定会有低素质的顾客，比如你。还有一定要提醒你，我刚看见你手上拿的资料了，你是参加这次艺术展的雕塑系的学生吧？我碰巧也是这次的总制片，刚刚我们还在讨论雕塑和装置艺术展的名额多出来了两个人，我们正在为此头痛呢。我来这里，也是想好好考虑下，把哪两个倒霉透顶或者说有眼无珠的人删除掉。”

顾里看着面前脸色发白的女的，补上了最后致命的一击：“所以现在，拿着你这个从太平洋百货里买来的廉价包包，赶紧找一个新的位子去吧。最好也别在这里浪费时间，好好回家把你那本自传《穿Only的女贱人》赶紧写完。”

那个女的面红耳赤地推门走了之后，我看着顾里，摇着头，痛心疾首地对她说：“你死后一定会下地狱的，你会被拔舌头。”

顾里把包往边上的椅子上一放，轻蔑地看我一眼，“是啊，我还相信有圣诞老人会从烟囱里爬下来送我礼物呢。”

我摇摇头，“真的，你一定会，并且你电梯肯定坐很久，一直坐到最下面一层。当你听见电梯‘叮’的一声打开的时候，你会发现电梯里除了你之外，一个人都没有了。”

顾里喝了一口咖啡，悠闲地说：“是啊，‘叮’的一声电梯门一开，电梯里一个人都没有，就看见你站在电梯门外面了。”

我：“……”

服装设计发布会的那天中午，所有人都早早地出现在了会场。

学校给了我们最豪华的那个礼堂供我们使用，并且也请了非常好的舞台设计。当各大媒体陆陆续续地就座之后，宫洺也走完了红毯坐在了嘉宾席上。

礼堂里黑压压的都是人。

Kitty依然像个女超人般地飞檐走壁翻江倒海，她戴着耳机手拿对讲器，神色镇定而又紧绷，仿佛一个在联合国埋伏已久的女间谍。有她在，我没什么好担心的，无论出什么乱子，她都能斗转星移地给解决了。更何况有一个双保险——顾里。在我的概念里面，任何事情有她们两个一起去做，就几乎没什么解决不了的了。我觉得就算是去美国请赖斯来我们学校跳一段秧歌这样的任务，搞不好她们两个都能完成。

观众们陆陆续续地把手机调成震动状态。而这个时候，顾里的手机嗡嗡地震动起来。她瞄了一眼手机，看见陌生号码发来的一条短信。她看完之后，轻轻地从座位上起来了。她拖着她长长的礼服裙子，从礼堂走出来，走到后台区域的一条走廊上。

走廊里，穿着白衬衣打着小领结的顾准，微微笑着靠在墙上等她，看见顾里走过来的时候，抬起手招呼了她一下。

“找我干吗？我这会儿没工夫和你认亲。”顾里不冷不热地笑着。

“我手上有原来盛古的百分之二十的股份。我想你一定对这个感兴趣。屈居宫洺集团的领导之下，肯定不是你的作风。我想，以你现在对《M．E》财务的了解和控制以及你手上原来的股份，再加上我这里百分之二十的股权，收回盛古只是举手之劳。我感兴趣的，是不知道姐姐你有没有兴趣进一步，把《M．E》吞并到盛古的旗下。”

顾里看了看自己面前的年轻男孩子，过了很久，她终于微微地笑了，她伸出手拉起顾准的手，说：“从我看见你第一眼起，我就觉得，你一定是我的弟弟。”

滴滴答答。不知名的角落里，跳动着的计时声响。

自古以来，年轻的俊男美女站在一起，都是一幅吸引人的美好画卷。但是，也有可能，是一幅让人毛骨悚然的恐怖场景。比如现在站在走廊里的顾里和顾准，两张几乎一模一样的脸孔，在灯光和阴影的交错映衬下，显得又美好，又阴暗。

之前单独游走在草丛里的白蛇，终于找到了另外一只，可以够资格站在她边上的蝎子。

蛇蝎美人。

礼堂里，宫洺静静地坐在座位上等待开场。他的面容依然镇定而冷漠，如同一直以来的，孤傲的狮子一样。对于和顾里的较量，他一直都处在绝对的上风。但是，当他面对着前面吐着红信子的白蛇，并且并不知道身后还有一只高举着猩红毒针的蝎子时，不知道他又会处于什么样的局面中呢。

不过，精彩的故事里，永远都不仅仅只有三足鼎立。

在正常精彩的三人角逐背后，永远都会隐藏着第四个角色。狮子、毒蛇和蝎子都没有注意到，它们的头顶上早就撑开了一张天罗地网，毛茸茸的巨大毒蜘蛛，此刻隐没在浓厚的白色大雾里。

但总有一天，风会吹散白色的混浊雾气。那个时候，我们一定会看见顺着蜘蛛网流下来的，绿色的毒液，以及那只蜘蛛长满坚硬刺毛的下颚。

突然震动起来的手机，不止顾里一个人的。

南湘把手机翻开来，看了看之后，也提着裙子，悄悄地从会场离开了。

她小心翼翼地确认没有人发现她后，快速走到了礼堂外的走廊里。

等在那里的，是第一次穿着正式西服的卫海。虽然没有穿着平时的运动装，但是依然从他挺拔的身躯上，散发着浓烈的运动男生的健康气息。

他伸开双手抱过朝他走来的南湘，把脸埋在她长长的头发里，低声说："我好想你。"

南湘四下看了看，确定没有人之后，把头埋到了卫海的胸膛上，说："我也好想你。"她在卫海胸膛上烈日般和煦的香味里，轻轻地闭上了眼睛。

而我的手机，也开始闪动起来，只是在我关了音效和震动之后，我完全没有注意到有人给我来电。

唐宛如的名字闪动在我的手机屏幕上。

她此刻正在从寝室赶来礼堂的路上，她气喘吁吁地扶着胸口，却并不是因为跑得太累，而是因为她此刻迫切地想要告诉我一个她刚刚看见的巨大的秘密，这个秘密像是一个怪物一样，快要从她的胸口挣扎着跳出来了。

Tiny Times Season 2

Chapter.04

小时代·虚铜时代

我闭上眼睛，点点头，脑海里是崇光悲伤的脸。

就像几个月前,我和简溪分手的那天晚上，我做梦梦见的场景一样。

他站在窗外的大雨里，

黄色的街灯照着他那张英俊的面孔，

大雨把他的头发和肩膀都淋湿了，雨水在他的脸上流淌着，

最后他无声地冲我摆摆手，

看起来像是没有办法般的充满了放弃者的神情，

然后悲哀地转身消失在黑色的雨夜里。

留给我一双像被大雨淋湿了的悲伤的眼神，湿漉漉的黑色瞳孔。

T o b e b l i n d , t o b e l o v e d .

【早上10：00】

我做了一个梦。

我之所以能够非常清醒地认识到“那仅仅是一个梦而已”，是因为梦里的那些事情，如果是发生在生活中的话，我就应该直接让唐宛如送我去精神病院挂急诊，或者直接写好遗嘱吞枪自杀。

梦里的第一件事情，顾里亲切地挽着我的手，我们两个在李宁专卖店里逛来逛去，她兴奋地不断拿起那些新款的球鞋，往脚上试穿着；并且她那张冰雪漂亮的脸上，还不时做出惊讶而耸动的夸张表情，“哎呀，人家受到了惊吓——这鞋怎么能这么好看呢!”而这个时候，我的手机响了，接起来，是佐丹奴专卖店的店员打来的，她在电话里冷静地告诉我，他们店里到了一批新货，如果宫洺先生感兴趣，他们会预留下来，供宫先生挑选。

第二件事情，唐宛如接到了Chanel的广告邀约。南湘路过恒隆广场的时候，兴奋地打电话给我说，Chanel那个经典的白色棱格纹的玻璃幕墙上，唐宛如苗条而又冷艳的最新广告大片，实在是拍得太棒了，她在照片里演绎出来的那副冰雪女王般的锋利眼神，真是让人看了毛骨悚然——对，她电话里用的词就是这个，“毛骨悚然”，特别精准。

第三件事情，早上我醒来的时候，简溪温柔而无声地坐在我的床边，是的，他回来了。窗帘外透进来的清澈阳光映照着他那张青春而动人的面容，看起来就像是言情小说封面上那些笼罩在柔光镜头下的男主角。

我就是在这样三个梦境的轮番轰炸之下，睁开了眼睛。梦境都是反的，空荡荡的酒店房间里没有顾里没有宫洺没有唐宛如，更没有简溪。

空气里弥漫着昨晚我们喝醉时留下的酒气和呕吐气息，宿醉让我的头像被绿巨人捶了一拳般嗡嗡作响。我挣扎着坐起来，听见厕所里发出声音，过了会儿，厕所的门开了，一个男人穿着一件看上去又柔软又舒服的纯白色T恤走出来，我看着他的脸，怀疑自己并没有清醒过来。我看着他挺拔的身影走到我的床前，在床沿上坐下来，身上的白色T恤褶皱在阳光下流淌出柔软的光。我揉了揉自己的眼睛，然后用力在脸颊上拍了拍，面前的身影依然没有消失，他活生生地坐在我面前，表情如同十八岁时的他那样温柔而又干净。他把手里的杯子递到我的面前，用他那低沉而又宠溺的声音对我说："先喝水。"简溪那双乌黑的大眼睛此刻正深深地望着我，像一潭辽阔无边的黑色湖泊。

而离我十七米距离之外的另外一个房间里，顾里也在早上柔软而又纯净的光线里，轻轻地睁开了眼睛。她抱着身边散发着青春气息的结实身体，双手在他的胸膛上像抚摸羽毛一般轻轻地划来划去。

她把自己的脸贴到顾源的胸膛上，闭上眼睛，"我们有多久没见了?我都快忘记你胸膛上的气味了。"顾里挪了挪身子，空气里都是从他胸膛上散发出来的沐浴露的干净清香，"你最近在健身么?"

没有说话的顾源应该还沉睡着没有醒，不过顾里很快听见了他胸膛里越来越响的、像鼓点一样剧烈的心跳声。顾里嘴角轻轻地上扬，"装睡吧你就。"

顾里把手撑在他胸膛上，抬起身子，在他脖子上咬了一口，然后抬起头望向顾源的脸，那一秒，整个房间的空气凝结了……

此刻睡在顾里身边的，并不是顾源，而是赤裸着身体的卫海，他结实的胸膛在阳光下泛出性感的小麦色。他的瞳孔此刻正直勾勾地和顾里对视，两颗葡萄般水汪汪的眼珠，正上下左右像是电动马达般全方位持续颤动着——仿佛他眼前看到的不是一个绝世美女，而是一个刚被人吐了口水在脸上的伏地魇。

而顾里也一动不动地盯着他，就像是拿着注射针的科学家正慈祥地看着自己面前的小白鼠……空气像是冻成冰一样，甚至听得见“咔嚓咔嚓”冰块碎裂的声音。

三十秒钟过去之后，卫海在喉咙里咽了很多次口水，说道：“你先冷静一下……”

我和简溪一前一后从房间里出来，我的头发依然乱蓬蓬的，身上裹着昨天充满酒气的衣服，我无心思考自己现在看起来像一团胡乱捆扎起来的稻草，还是像一坨热气腾腾的屎。这些都不重要，重要的是，我身边站着简溪，一个我不知道应该用什么样的形容词和语句，去作为定语来修饰他的人。他和我一起站在走廊里等电梯，甚至温柔地把他的手轻轻地放在我的后背上，特别体贴的样子。而我的脑海里，每隔三秒钟就有一颗原子弹爆炸，思维被炸得外焦里嫩，完全无法思考，只剩下大大小小的各种蘑菇云，壮观得很。酒精把我的智商和逻辑全部摧毁了，我脑子里现在有一百个唐宛如在载歌载舞。

过了一会儿，我看见了披头散发的顾里和面红耳赤的卫海，他们两个一同从走廊里走出来，和我们一起，等电梯。

我的目光没办法聚焦，眼前四个人组成的这样一幅诡异画面，让我的脑子直接变成了电脑死机时的状态。我清了清喉咙，“顾里……”我刚叫出她的名字，她就优雅而迅捷地抬起手掐在了我的喉咙上，动作行云流水快如闪电，她转过头来，非常完美而自然地对我微笑着(尽管她的头发像是刚刚被拴在飞机翅膀下吹了两个钟头一样疯狂地耸立在她的头上，她的眼睛周围一圈乌青，如同卸妆卸到一半的Kitty)，说：“林萧，闭嘴。”她脸上的表情太过柔媚，以至于她的语气听起来就像是在说“林萧我爱你”一样温柔而动人。只是她掐着我脖子的手，如同《东方不败》里的林青霞一样有气势。我被掐得直想吐。

电梯“叮”的一声，到达了我们的楼层。不过，先打开的并不是电梯的门，而是正对着电梯走廊的第一间房门。我和顾里望着走出来的两个人，大脑同时“轰——”的一声，不约而同地被引爆了。

宫洺那张万年不变、苍白如平面模特般的脸上，带着微微的红色，他的头发蓬松而凌乱，看起来有一种英伦不羁的美感。不知道是喝醉了还是害羞，他看了看我，我甚至觉得他对我不好意思地微笑了一下。而他身后随着出来的Neil，一边把胸前敞开的衬衣扣子扣上，一边转身关上了门，然后，他非常自然地“哗啦”一声把他的拉链拉上了。(……)

六个人走进电梯里，彼此心怀鬼胎但又寂静无声地往酒店大堂而下。这一刻，我和顾里彼此对望了一眼，心里肯定都是同样的感觉：此刻我们置身的这个小小空间，活脱脱就是一个往十八层地狱不断下坠的棺材。

当然，这样有意思的旅途，怎么能少得了我们的南湘呢？于是在下降到十二楼的时候，电梯中途停下，迎接了走进来加入我们这趟地狱之旅的同样面红耳赤衣冠不整的顾源和南湘。

当他们走进来的那一刻，我两眼一闭，心里许愿：“就让这电梯坠毁吧。”

【十八个小时之前】

我从礼堂后门走进来，坐到自己座位上的时候，转头往身边看了看，顾里不在，南湘也不在。我不知道她们都去哪儿了。我低头看了看自己的手机，发现了唐宛如的未接来电。我把电话打过去，刚响起“嘟嘟”的声音——甚至连“嘟嘟”声都没响，电话里就直接传出了唐宛如中气十足的呐喊：“林萧!我在后台!我有一个惊天大秘密要告诉你!”

说实话，我并没有激动。在我心里，唐宛如根本就藏不住什么秘密，她所谓的惊天阴谋，估计也就是计划着去报名瑜伽班企图减肥之类的。对于我来说，她就像一个透明的塑料袋，里面装着什么都一目了然，她压根儿就藏不住事儿。所以我能这么坐如钟站如松地听她在电话里尖叫。而如果换了顾里，我早就从座位上一跃而起了。在我心里，顾里就像是外滩银行总部地底下的那些炸药都炸不开的巨型保险金库，她身体里如果藏了秘密，只要她不对你敞开心扉，你就算把她炸成碎片也没用。所以就算顾里对我微笑着说“有件小事儿麻烦你一下”，我也得一边随时做好掐自己人中的准备，一边听她说完，以防自己随时昏厥过去。

而南湘，我就不说了。那简直是一个潘多拉的魔盒。外表看上去精雕细琢镶金嵌玉的，打开来的话就是世界末日，什么妖魔鬼怪都能从里面踩着高跷溜达出来摇旗呐喊，雪山飞狐或者神雕侠侣，霸王龙或者草泥马，应有尽有。

至于我自己，就是一个纸盒子。看上去还算牢靠，但其实包不住火，也装不了水，还呼啦啦地一直漏风。

但唐宛如很快用下一句话征服了我，她幽幽地说：“你快来后台找我，我闯祸了。”

于是我从座位上一跃而起。我真是谢谢这个姑奶奶了。我听到“闯祸”二字，眼前就闪过了宫洺那双仿佛玻璃弹珠般的冷漠瞳孔里散发出的温暖而又慈祥的目光，每看我一眼就等于在我的天灵盖上戳了一刀。

我踩着脚上的十二厘米高跟鞋，仿佛穿着Nike的气垫跑鞋一样在走廊里健步如飞。在飞过第一个转角的时候，我顺手拉过了惊慌失措的南湘，拖着她和我一起去面对后台由唐宛如引起的灾难。当然，我眼角的余光还是瞟到了西装笔挺的卫海，但是，当时我并没有意识到自己正面对着一个不为人知的秘密。我只是简单地和卫海点头打了个招呼，就拖着南湘朝后台走去。

正所谓无巧不成书，我再一次飞过了第二个不为人知的秘密，我从顾里和顾准身边继续健步如飞地走过时，也顺手拉上了顾里，如果说要找一个最能简单有效地解决麻烦的人选，那一定是我面前这个双核女电脑。同样地，我也只是笑眯眯地对着黑色礼服映衬下的顾准点了点头。

我拖着两个心怀鬼胎的女人，朝后台飞奔而去。

走廊尽头隐隐传来唐宛如的高声喧哗。

当我们推开后台休息室的大门时，映入视线的首先当然是扶着胸口的唐宛如，她红彤彤的脸蛋就像是两颗大苹果。

“唐宛如，就算有一天我看破红尘出家去了峨眉金顶潜心修行，”顾里环顾了一圈，平静地说，“我也毫不怀疑，当我早上面对着滚滚云海念经诵佛的时候，依然可以听见云遮雾绕的天地尽头传来你雄浑的呐喊。”

唐宛如回头看着顾里思考了一会儿，显然她并没有听懂顾里在说什么。所以她大手一挥，像是把顾里的话给挥散一般，说：“这种时候了，说这些意识流的东西干吗!(顾里：……)顾里，我闯祸了，怎么办呀?”

我们顺着她跷起的兰花指看过去，就看见了一堆花里胡哨的礼服裙。

其中一条雍容华贵的白色婚纱一般的裙子上，此刻染着各种眼影、腮红、粉饼、指甲油的缤纷色彩……

而设计师，那个大三的小姑娘，此刻坐在旁边的椅子上，哭得上气不接下气。

“我当时只顾着跑来后台找你了，”唐宛如对着我说，“我只是轻轻地推开了门，我哪儿知道门后面堆着化妆箱啊，我哪儿知道化妆箱后面挂着礼服裙啊，我哪儿知道这条礼服裙是最后的压轴设计呀……”她一连串的“我哪儿知道”说完之后，她边上坐着的那个女设计师，直接从“哽咽”变成了“垂死”……

我和南湘都揉着自己的太阳穴，我们闭着眼睛也能想象出唐宛如是如何“轻轻地”推开了门。

顾里转身出去打电话了。南湘低头想了想，然后也转身出去了，不知道去干什么。后台剩下我和唐宛如，还有那个倒霉的女设计师，以及一堆工作人员。我鼓起十二万分的勇气，哆嗦着走上去安慰那个女设计师，我小心翼翼地碰了碰她的肩膀，伸出去的手指都在哆嗦，仿佛在碰一个随时都会爆炸的雷管。

几分钟后，顾里回来了，她步伐矫健，像是一阵风一样地卷了进来，她走到我们跟前，说：“你还有其他类似的礼服设计么？现在换还来得及。设计的样品目录，只有第一排的VIP客人才有，其他观众都不知道你更换了作品。而第一排的客人，也不一定看得那么仔细。”

女生抬起婆娑的泪眼，想了想，拿出手机，让她同学去系里的服装陈列室里把她另外的一套礼服裙拿过来。虽然没有这件让她满意，但至少还能撑一下场面。

刚打完电话南湘就进来了，她扛着她那个炸药包一样的巨大画箱，走到那条裙子边上，问那个女生：“你这条还登场么？”

女生茫然地摇头，说：“已经决定换一条了。”

南湘点点头，撩起袖子，“好，那我就动手了。”说完，她从画箱里拿出画笔颜料，然后就刷刷地朝裙子上涂抹起来，她旁边的女生一声惊呼，抬起手扶住了胸口。(……)

而此刻，唐宛如悄悄地把顾里拉到了一边，用一种鬼祟而又神秘的语气，对她说："顾里，我要告诉你一个出人意料的秘密!"

顾里一边对着镜子照了照自己的妆容有没有花开，一边头也不回地回答她："你是不是又去报了减肥训练班？我告诉你，没用，那就是浪费钱。"

"哎哟喂，说什么呢？"唐宛如的眼珠子瞟来瞟去，脖子水平着移来移去，显得特神秘，特诡谲，就像是葫芦娃里那个尖嘴猴腮的白蛇精在打坏主意时的样子。

"你好好说话行么？"顾里行云流水，闪电般地伸出手掐在正摇头晃脑的唐宛如脖子上，唐宛如一声惨叫，翻着白眼哗啦吐出一条半尺多长的粉红色舌头，湿答答地甩来甩去，吓得顾里赶紧缩回了手。

恢复了呼吸的唐宛如迅速地好了伤疤忘了疼，又重新搞出了她仿佛奥斯卡最佳女主角般演技派的嘴脸，抬起手半掩着她的小嘴，悄悄地靠近顾里的耳朵边。但她的这个动作迅速地被顾里制止了，顾里伸出胳膊笔直地撑着企图靠近她的大脸，唐宛如又耐心地把顾里的手拿开，再次靠近，顾里再次伸出胳膊撑住她的脸……两个人来去了好几个回合，最后顾里怒了，一把捏住唐宛如的下巴，凶狠地说："够了，奥斯卡影后宛如·基德曼，你到底说不说，姐姐我还忙着呢!"

唐宛如看拗不过她，于是放弃了，但她还是把眼珠来回扫了四五下，才幽幽地对顾里说："我看见顾源和简溪在一起了。他们终于在一起了。"

说完之后，唐宛如得意地看着一脸茫然的顾里，脸上的表情写着"我就说是个惊天大秘密吧"，而在巨大刺激之下，顾里大脑里的数据线"毕剥"响了几声、爆炸出几个小火花之后，她恢复了意识。她盯着唐宛如问："你是说……简溪回来了？"

一脸得瑟的唐宛如被问蒙了，她翻着白眼，像是努力思考着：“……我是和你说我看见顾源和简溪在一起了……这样说起来，确实是，简溪回来了。”她放下了她的眼珠，肯定地点点头，然后又说，“你抓住重点好不好，我是说，他们两个在一起了!你怎么把重点放在‘简溪回来了’上啊。”唐宛如不解地抱怨。

顾里嗤笑一声，“得了，关于放错重点这件事情，那是你独有的天赋。而且，顾源和简溪这两个小崽子，我们从高中就开始YY他们两个，要成早成了，何必等到现在?”

唐宛如又恢复了那张奥斯卡影后的脸，说：“可是这次不一样，这次，我看见了顾源给简溪一个首饰盒，你猜里面是什么，是一枚戒指!”

直到这一刻，顾里才突然意识到了事情的严重性。当然，她并不是和唐宛如一样神经搭错了线，真的认为顾源给简溪戒指，她终于意识到了简溪回来的目的。

她转身抓过旁边的包，像一阵龙卷风一样冲出了休息室，来无影去无踪，把惊讶的奥斯卡影后独自留在了原地。

我和南湘回到礼堂的时候，演出已经开始了，我们只得从舞台旁边的侧门溜进去。我拉着南湘的手，偷偷摸摸地潜到了Kitty身边。我悄悄地告诉了Kitty刚刚在后台发生的插曲，同时也对她介绍了一下南湘。Kitty听完之后冲南湘竖了竖大拇指。我在黑暗里捏了捏南湘的手，在心里替她开心。

而十几分钟之后，那条被南湘改造后的礼服裙子，作为压轴作品登场了。炫目的舞台灯光下，那条裙子下摆弄上的各种颜色的污渍，被南湘用画笔画成了无数缤纷的花瓣、云朵、霞光……整条裙子像是一堆晕染后盛开的花簇，而模特就像从这些流光溢彩的渐变色泽里飘动而出的精灵。全场掌声雷动。

我回过头去，看见南湘眼睛里闪烁的光芒。我心里真为她高兴。

当那个女设计师走上台发表感言的时候，她自己也特别兴奋，在感言的最后，她握着话筒激动地说："在这里，我一定要特别感谢一个人，如果没有她，就没有最后这件压轴的充满艺术气息的作品，可以说，我的这个设计展，没有她就不存在……"

我和Kitty同时回过头，对南湘微笑着。

"这个人就是我去世的外婆，她给了我创作的灵感。这条裙子，就是根据我外婆曾经的一件刺绣设计的……"

话还没说完，Kitty就满脸厌烦地一把把麦克风音量的控制键推到了静音，"我靠这个不要脸的塑料婊子!"

我一瞬间被Kitty如此精准、仿佛中文系研究生般的用词惊住了。

女学生在台上空洞地张着口，然后她在拍了拍麦克风、依然没有声音之后，只得尴尬地下了台。

南湘苦笑了一下，冲我耸耸肩膀。

我心里其实挺难过。这个世界总是这样，太多有才华的人，被埋没在社会的最底层，他们默默地努力着，用尽全力争取着哪怕一些些、一丝丝的机遇。而上帝敞开的大门里，走进去的却有太多太多的塑料婊子。

我想起有一次在顾里的杂志上看到的一段话，Chanel设计总监Kar Lagerfeld说的。他说想要在娱乐圈或者时尚圈立足，那就只需要做到一点：接受不公平。

礼堂里的掌声渐渐散去。

而礼堂之外，当顾里赶到唐宛如说的那个咖啡厅的时候，她迎面就看见了正走出来的顾源和简溪。

她走过去，冷冷地站在简溪面前。她望着简溪，目光像是在看一条结了冰的河，“你回来干什么？”

“找林萧。”简溪揉了揉鼻子，低头看着顾里，目光没有丝毫的退缩。

“你还有脸找她么？”顾里冷笑着，“当初你走的时候怎么不想着这一天呢？你当初玩劈腿不是玩得出神入化么，现在怎么了？被甩了？那也是理所当然的，你以为你种的是一棵小茉莉吗？你招惹的可是一株食人花。”

“我知道，一棵高中时被你们逼得跳楼死了的食人花，”简溪沙哑的声音像风中一把一吹就散的尘埃，“林汀的妹妹，林泉。”

简溪看着面前突然像是被拔掉插头的电视机一样沉默不做声的顾里，然后苦涩地笑了笑，面容充满了无法描述的心酸以及愤怒，“你知道当我知道这件事情的时候，我心里是什么感受么？一直以来，你虽然很多时候都挺锋芒，也挺咄咄逼人的，但是至少在我心里的你是善良的，更别说林萧了。她在我心里就是个连蚂蚁都舍不得碰的单纯女孩儿。而当我知道你们两个身上背着一条人命的时候，说实话，他妈的顾里，我都快疯了！”简溪的眼眶在风里红起来，他说，“你们怎么就能活得这么心安理得呢？这是人命啊！这条人命除了你们两个背着，连我也背着，至少那个女生是因为喜欢我才死的。我好多个梦里想起来都能一身冷汗地惊醒。我在替你们还债!我不想以后有报应!我不想林萧有报应!”

顾里冷冷地笑着，但是明显看得出她心虚，她硬撑着，“得了哥哥，你拍戏呢？你别说得这么好听行么。还债？你以为拍《聊斋》啊，你自己出轨爱上了林泉，非得扣一个这么惊世骇俗的帽子，你演的这出《人鬼情未了》应该直接去冲击奥斯卡，那《贫民窟的百万富翁》肯定没戏!”

简溪用力一把抓住顾里的肩膀，顾里痛得眉头刷地一下皱起来，旁边高大的顾源用力把简溪的胳膊扯开，低声对简溪吼：“有话说话，你要对她动手我就不客气了!”

简溪红着眼圈，松开手，冲顾里恶狠狠地说：“我他妈告诉你顾里，我对林萧的感情不需要经过你检验，你没这个资格。而且我简溪对天发誓我从头到尾就爱林萧一个人，我就是爱她!林泉当初和我讲好的条件，陪她谈三个月的恋爱，她说让她替她姐姐完成心愿。无论你信不信，我觉得那是我欠的孽，也是你们两个欠的孽。我不还，我之后的人生就一直活在一条人命的阴影里。顾里，我知道你冷血，但那是一个人啊，一个活生生的人啊，一个才十几岁的少女就从你们面前跳下去，摔得血肉模糊……”简溪的眼睛像刚杀过人，通红通红的。

顾里看着面前激动的简溪，无话可说。一直以来，她并不是像简溪说的那样蛇蝎心肠。很多个晚上，她和我都在被子里发抖，流眼泪，做噩梦。直到很多年过去之后，这件事情在她心里留下的伤口才缓慢地结痂了。而且轻易不敢提起，一碰就冒血。所以她只能哑口无言地看着简溪，过了会儿，她倔犟地转过头去，盯着顾源，说：“简溪回来，你早就知道了吧？”

顾源点点头，风吹乱了他精致的头发，深褐色的头发遮着他深深的眉眼。

“我是你的女朋友，你也不告诉我，要不是今天唐宛如看见你们，你准备一直都不说么？你明明知道简溪给林萧的伤害有多大，也知道我和林萧的关系，你竟然可以沉默到现在，你当我是什么人？”

“那我和你呢？”顾源望着顾里，眼睛里盛满了深深的失落。

“我和你？我和你怎么了？”

“你说我当你是什么人，可你问过你自己这个问题么？我想要和你沟通，我想要和你交流，我想要分享你的世界。可是我每天给你打电话，每天给你发短信，我写五十个字的短信，你回我两个字‘好的’，我给你打电话聊不上三分钟你就说有电话插进来了，聊上十分钟你就说你困了明天还有工作。你心里除了你的工作，除了你的姐妹，还有多少的空间，可以容纳我？”

顾里看着顾源，她的目光在风里渐渐冰凉起来。

顾源接着说：“我不是小说连载里的人物，被作者想起来了就写一写，没想起来就好多回都不出现，没有戏份。我是活生生的人，我是你生活里的人，我不是只有你想起的时候才存在的。你遗忘了我的时候，我也活在这个世界上。我一个人活在这个世界上。”顾源把头别过去，“你记得今天是我的生日么？你记得么？”

顾里看着面前的顾源，还有简溪，她什么话都说不出来。

她转过身走了。

走了几步，她想起了顾源给简溪的戒指，没有猜错的话，那应该是简溪给林萧的礼物。她回过头，走到他们两个面前，从包里掏出两张请柬，一张递给简溪，“晚上的酒会林萧也会在，如果你真的爱她，就去找她吧。”

然后她拿过第二张，伸出手把顾源的手牵起来，放到他的手心里：“你生日我记得，我没忘。我永远都不会忘。”

当晚的酒会，在学校对面的那个五星级酒店里举行。

我再一次穿起了我非常不习惯的小礼服，并且踩在高跷般离谱的高跟鞋上，小心翼翼地走来走去。当然，礼服和鞋子都是向公司借的，脖子背后的标签都不能拆，所以一晚上我都觉得后背痒痒的。

当然，比我更不舒服的，就是唐宛如了。当她听说几个活跃在杂志上的帅哥男模也会出席今晚的酒会时，她就像是一只树懒般挂在了顾里身上，直到顾里翻着白眼，咬牙切齿地从包里拿了一张邀请卡给她。而这种场合，她总是会不时地拉扯着她的低胸小礼服裙。当然，为了不再上演上一次的悲剧，顾里在出发前，一边对着镜子涂唇膏，一边警告她：“如如，我丑话说在前头，如果你再敢当着所有人的面，把你的Nu Bra从胸里掏出来丢在茶几上的话，我一定当场把它塞进你的食道里。”

“哎哟，吓死我了，还好是‘食道’，我以为你要说什么道呢。”唐宛如扶住胸口，松了一口气。

而顾里的唇膏一笔走歪，涂到了脸上，唐宛如的这句话具有一种微妙的杀伤力，听者智商越高，伤害越高。

当晚，顾里穿着一身仿佛黑色雾气般飘逸的纱裙，出现在了酒会上。当然，她的衣服不是从公司借的，她的衣柜里有无数这样的漂亮裙子供她换来换去。她双手戴着一副长长的手套，头发上有一枚黑色的羽毛钻石头饰，脖子上有一圈闪烁的水晶项链，看上去高贵极了。当然，这一切美丽的背后，充满了戏剧化的对比——出门之前，她一边吸气，一边尖叫着让我们帮她把后背的拉链拉上去，她裹在紧得快要透不过气的胸衣里一边吸气收腹一边翻白眼的样子，让唐宛如觉得“连我看了都觉得呼吸困难”。当然还包括我和南湘反复地帮她调整她的Nu Bra，把她的胸型衬托得更加完美，然后再缠上一圈一圈的胶带，以达到她死活要求的“呼之欲出”的视觉效果。她还在家里穿着拖鞋走来走去，直到最后一刻，才肯把脚塞进那双高得简直不像话的鞋子里面去，看她站立时痛苦的表情，真让人怀疑鞋子里是不是撒满了碎玻璃碴子。

而这些痛苦，换来了顾里美艳的登场。她从门口的红毯上走进来，就像一只修长而又冷艳的天鹅。她走路的姿态优雅而不可方物，让人感觉之前家里踩在这双细跟鞋上龇牙咧嘴的那个女人不是她，她如履平地一般，从半空里飘浮了进来(……)。沿路的闪光灯不断地捕捉她，她圆满了，她升天了，她达到了人类新的境界和高度。我看傻了，唐宛如更看傻了，她抓着我问：“你确定走进来的这个女人，就是之前我们在家里帮她裹胸部的那个龇牙咧嘴的女人?”

然后这个梦幻般飘逸的女人，幽幽地凌空浮到我的身边。她顺手牵了个男人，往我面前一送，“来，林萧，和他聊聊。”

我抬头一看，简溪。在我大脑一炸的同时，我对着顾里微微一笑，心里说：“操你妈。”

如果说半个小时之前对我提起简溪的话，我心里能够想起来的，除了伤痛、悲哀、失败的恋爱、背叛之外，没有别的。而半个小时之后，这个我以为再也不会出现在我生命里的男生，正坐在我的身边，握着我的手，看着我的眼睛，对我讲着他过去的一切，讲着那些分别的日子，讲着当初各种各样如同肥皂剧般荒谬的故事。他用那双乌黑的大眼睛望着我，滚烫的目光下，我内心那些锋利而寒冷的冰块，渐渐融化开来。所有的感觉都在融化之后复苏，当然，包括那些痛苦和恨。他低沉而充满磁性的声音，像一把被煎炒得滚烫的沙子。

“林萧你知道么，过去的那几个月，我一直让着她、迁就她。她让我干什么，我就干什么。我想让她尽快厌倦我。等她腻烦我的时候，我就能回到你身边了。我总是这么跟自己说，真的。

“后来她就开始折磨我，想和我吵架，想各种方法折磨我，有时候她大半夜的在外面喝得大醉，大冬天的让我出门去找她，在大街上，下着雪，她把大衣脱了从天桥上丢下去，我脱了衣服给她穿，北京的冬天特别冷。有时候她大半夜故意说想吃什么东西，让我去给她买，我也二话不说，低头就出门去给她买回来，很多商店关门了，我就满大街挨着找给她。我什么都为她做，但我就是不肯碰她，也不亲她，我都是自己睡沙发，或者地板上。

“还没去北京之前，我和她吵过一次架，唯一一次，是我睡着了，她到我身边来，和我接吻，然后拍了照片，之后发给你了。有一天她给我看手机里拍的照片，不小心就看到了那张，我问她这是什么时候的事，因为我知道根本没亲过她，她就告诉我了，说故意发给你的。那次我和她吵得特别凶。

“你知道么，我在北京老想着回来。好多次，我都快要摔门走了，但是每次都能听见她在房间里哭，我又忍不下心了。很多时候我想你，特别想你的时候，我也受不了。我就对自己说，等结束了这边的事情，我一定立刻坐飞机回去，大半夜我也立刻飞回去，然后就跟你在一起。这辈子无论你怎么踢我，怎么撵我，我都不走了。我怎么都不走了。

“我总是安慰自己，甚至开玩笑跟自己说，这就像是小两口贷款买了房子，老公有责任还房贷。当初是我们惹出来的事，那就由我来还。我把自己当奴隶，陪着她，她想干吗我就干吗。

“在北京的时候，我给你写了好多信，特别多的信，但是我没敢寄给你，我怕你不肯看，直接烧了。我记得高中那会儿有次吵架，我写信给你你也是看也不看就烧了。后来还是得当面哄你。但是我高兴，我乐意。我在北京的时候就想，要是能回上海当面哄你，该有多好啊，我就死死地抱着你，你拳打脚踢我都不放你走，就让你在我胸口里发脾气，反正最后你总会乖的。想到这些有几次我都哭了，呵呵，真的，你别笑话我。后来她看见了这些信，发了很大的脾气。她把这些信都从窗户扔了出去。晚上她睡了之后，我去楼下找，有些找回来了，有些没有，可能掉到河里被水冲走了。

“后来她终于受不了了。因为她知道我不爱她。最后她问我，是不是这辈子，我都不可能爱她，是不是只有林萧死了，我才会和她在一起。我就和她说，是的，这辈子我都不可能爱她，而且，就算林萧死了，我也不会和她在一起。”

简溪抬起头，抓着我的手放到他的脸上，这么久没见，他变成熟了，下巴上甚至有了一些扎手的胡碴。他的轮廓像是在冬天的风里被雕刻得更深，眉毛投下的阴影里，是他水汪汪的大眼睛。不再是以前那个阳光下灿烂的少年了，他以前纯净得像是天山上的湖泊般动人的瞳孔里，现在飘浮着一层风沙，他的目光让人看了胸口发紧。

他的喉结滚动着，用沙哑的声音对我说："我只爱你，我他妈这辈子只爱你。"他的眼眶红红的，在灯光的照耀下，泛滥着悲痛。他张开手臂抱着我，用了很大的力气，都把我抱痛了，像要把我揉进他的胸膛里一样。

我的心里，像是淋了一杯冒着热气的柠檬汁，酸涩地皱在一起。我看着面前的简溪，他凌乱的头发软软地挂在额前，他睁着他那双漂亮的大眼睛看着我，脸上是揉碎了的心酸，像一只受了委屈的大狗狗坐在面前抬起头寂寂地望着你一样。

我的眼眶里滚落出一颗浑圆的眼泪，我从来没看过自己掉出过那么大滴的眼泪。

简溪往沙发里面坐了坐，把他长长的腿张开，在他面前空出一小块地方来，他把我拉过去，坐在他的腿中间，从背后抱着我。他把头放在我的肩膀上，用脸摩挲着我的脖子，皮肤上是他胡碴的触感。

周围的空气里都是他的气味。所有的酒味、烟味、香水味，都退散不见。只剩下他身上散发出来的、几年来我熟悉的那种清香，温暖而又和煦的阳光味道，如同太阳下发光的溪涧。

而在那个瞬间，我脑海里一闪而过崇光的面容。我甚至在幻觉中看到酒会大厅的某个角落里，崇光的身影一闪而逝，我整个后背都僵硬了起来。

"好久没有被我抱了，都不习惯了吧？"简溪在我的耳边，温柔地说。他肯定也感觉了到我后背的僵硬。

我闭上眼睛，点点头，脑海里是崇光悲伤的脸。就像几个月前，我和简溪分手的那天晚上，我做梦梦见的场景一样。他站在窗外的大雨里，黄色的街灯照着他那张英俊的面孔，大雨把他的头发和肩膀都淋湿了，雨水在他的脸上流淌着，最后他无声地冲我摆摆手，看起来像是没有办法般的充满了放弃者的神情，然后悲哀地转身消失在黑色的雨夜里。留给我一双像被大雨淋湿了的悲伤的眼神，湿漉漉的黑色瞳孔。

与我和简溪这边悲伤而宁静的气氛不同，唐宛如、南湘和卫海那边，完全是一幅热火朝天的景象。但是在这番火热的表面之下，三个人各怀鬼胎。纯洁的如如盯着英俊而健壮的卫海盯了一晚上，眼睛都没挪开过，当然，嘴也没闲着，一杯一杯地喝着各种鸡尾酒。在迷上了Mojito之后，她更是连要了三杯，只是对杯子里那些薄荷叶末有意见，所以她都是用嘴把漂浮在表面的薄荷叶吹散，然后再喝——动作就和老年人喝盖碗茶一模一样。而卫海，看着身边美丽动人的南湘，也高兴得很，于是一不小心，也喝高了。而南湘如履薄冰，小心翼翼地不露出自己和卫海的马脚。她揉着太阳穴，非常焦虑，她一直都没想好，应该怎样告诉如如自己和卫海的关系。而身边这个大男生，一点心眼也没有，特别是喝醉了之后，好几次握着自己的手，用炽热的目光盯着自己。如果唐宛如的神经有顾里十分之一敏锐的话，今晚这个棚早就垮了。

酒会还没过半，卫海已经躺在沙发上了，像一只睡熟的黄金猎犬。南湘头痛，等下要把这么一个庞然大物给搞回家，还真是件麻烦的事情。而旁边的唐宛如，酒过三巡之后，旁若无人地做起了瑜伽，表情安静而祥和，目光游离四散，无法聚焦。她把脚扳到头上的时候，南湘都怀疑自己听见了“咔嚓咔嚓”的声音，特别吓人。

顾里走过来的时候，看见了昏睡过去的卫海，和淡定地坐在原地一动不动像一尊雕塑一样的唐宛如。她和南湘对望一眼，此刻的南湘也喝得差不多了，眼神迷离，看上去不知道是醒是睡。顾里皱着眉头打了个电话，过了一会儿，Kitty走了过来，顾里问Kitty："公司给客人订的那些房间有多余的么？我这儿有个朋友，估计走不了了，让他住这儿吧。"Kitty从包里掏出个本子，查了查，然后掏出一个装着房卡的小信封给顾里："上面写着房号，你让服务生送他上去吧。"

顾里回头叫了个服务生，把房卡给他，然后指着沙发上那个庞然大物，说："你送这位先生去这个房间休息吧。"

过了几分钟后，那个服务生回来了，把房卡交给顾里，说已经把那位先生送到了。顾里随手拿了张一百块的钞票给那个服务生，然后顺手把那张房卡丢进了自己包里。南湘刚要和她说什么，她就转身朝舞台边上走过去了。因为她要代表今天的主办方发言。

当喧闹的音乐停下来之后，黑天鹅一般的顾里，优雅地站在了舞台的聚光灯下面。作为这次主办方的代表，她举着香槟杯，用她那张精致而虚假的笑脸，感谢着八方来客。

坐在台下的我、简溪和顾源，看着灯光下闪闪发光的顾里，都觉得她真美。

简溪用手撞了撞顾源，对他说："喂，你不是准备求婚么？就趁现在啊。"

我一口酒喷了出来，"你说什么？顾源准备求婚？"

简溪冲我眯起眼睛笑着，"是啊，这小子买了个戒指，今天拿给我问我好不好看，说是准备向顾里求婚了，准备订婚呢。"

明显有些酒意的顾源，红着一双眼睛，盯着舞台上的顾里，心有不甘地说："我今天生日，她都忘记了。求个屁!"

"她记着呢，"我心虚地喝了口酒，"我和你说了你不准说是我告的密，她在楼上订了一个情侣套房，房间里布置着玫瑰啊蜡烛啊各种各样的东西，我和南湘忙活半天呢。她晚上要给你个惊喜。”

顾源的眼睛刷地一下就亮了。我发现他和简溪一样，都像个小孩儿似的，特别好哄。用南湘的话来说，就是我和顾里简直把他们两个吃定了，丢块骨头就能乐半天。我以前对简溪这样说过，简溪斜眼看我，鄙视地说：“得瑟什么呀，那是因为我爱你。我要是不爱你，你捧着金砖跪我面前帮我捶腿你都没戏，小妞知足吧你。”

“最后，请允许我说一点私人的事情，”台上的顾里把目光投到人群中，“今天我想要向大家介绍一个人，是我生命中最特别的一个人，今天是最特殊的日子，我想要大家都认识他。对我来说，他像是上帝给我的一个礼物，我从来没有奢望过生命里能有这样的一个人，而且，最特别的，他和我是一个姓氏，请让我为你们介绍这位顾先生……”

“快去吧，趁现在，多浪漫呀。”简溪对着顾源起哄。

顾源挠挠头发，揉揉自己发烫的脸，笑了笑，有点不好意思地站起来，把手伸进裤子口袋里，摸着那个红色的Cartier戒指盒，准备朝台上走。刚走一步，就听见顾里说：“……他是我的弟弟，顾准。”

顾源刚刚迈出的步子，停在了顾里的话里。他望着舞台上和顾里并肩站立的顾准，两个人就像是按照一个程序生产出来的机器人一样，完美、精致、冷漠、高傲、贵气。

灯光下他们站在一起，就像是一幅最美的画面。

顾源的手放在口袋里，用力地捏了捏那个红色的戒指盒，他的背影在灯光下一动不动，像是一个沉默的缺口。他退回来，坐到沙发上，拿起面前的一大杯酒抬头喝了下去。

我和简溪看着他，都不敢说话。

不到十分钟之后，顾源就喝醉了。他倒在沙发上，灯光不时照着他的脸，他的嘴角向下抿得很深。我心里叹息了一声。

我朝顾里走过去，没敢和她说顾源打算求婚的事情，我只是告诉她顾源喝醉了。她回过头看了看远处躺在简溪边上的顾源，对我说："我这边事情还没完呢，要么你先把他送到我订的那个房间去吧。"我点点头，顾里从包里把房卡掏出来给我。

当我们把顾源放到那张铺满了玫瑰花瓣的床上的时候，他已经睡着了。我们关掉了灯，帮他把被子盖上。黑暗里，简溪握着我的手，我们一起走出了房间。

回到大堂里，我们把房卡还给了顾里，她点点头，顺手把房卡丢回包里，然后对我说了声"谢谢"。

我说我要先走了，顾里回头看了看远处的宫洺和Kitty，又看了看正和一些出版人聊天的顾准，对我说："你先走吧。明天起床之后联系你。"

当简溪拉着我的手走到大堂的时候，他突然停下来，然后看了看我，转身拉着我去了前台。他对前台小姐说："有情侣房间么？帮我订一间。"

前台小姐抬起头看了看我，我在她的目光里，刷地涨红了脸。简溪在柜台下面用力地握了握我的手，然后转过来低头冲我笑了笑，他的笑容和以前一样好看。

而此刻，喝得醉醺醺的南湘，看了看身边已经睡着的唐宛如，又看了看远处正睁着一双发亮的眼睛目露精光地和人聊天的顾里，她悄悄走到顾里身边，打开顾里的包，拿出了那张房卡。她想去找卫海。她怕卫海喝醉了吐得难受，没人照顾他。

她按照房卡的号码走到房间门口，把门卡插了进去。迎面而来的黑暗里，是强烈的玫瑰香气。“卫海。”她叫了几声，床上的人没有反应，应该是睡着了。她抬起手，想要按亮房间的灯，但是，她突然发现自己没有勇气。黑暗里的心跳，强烈得像要从她胸口挣脱出来。

而当顾里搞定了所有她想要搞定的客户和想要认识的大人物之后，她也喝得差不多了。但是她有一个优点：她总能让已经喝醉的自己，看起来完全没有喝醉。在她神志不清的灵魂外面，依然包裹着一层清醒而锐利的肉身，她那表情仿佛一只修炼了千年终于即将位列仙班的妖精一般，灵台一片澄明。

她镇定地走到顾准身边，从包里掏出房卡，塞给顾准，说：“送我去这个房间，我喝醉了。”

当顾准扶着她到达房间的时候，她回过头，冲着走廊里的那只红色的消防栓优雅而又癫狂地说了再见。(……)

顾准看着顾里，她此刻就像一个故作镇定的神经病人，她鬼鬼祟祟地打开房门，然后又堂而皇之地走进去把门关上。顾准叹了口气，有点无可奈何地笑了笑，转身慢慢地走回电梯里。

黑暗里，顾里没有开灯，她借着窗帘外透进来的星光，看着床上躺着的背影。她的眼泪在眼眶里浮出浅浅的一层。她喝醉了，但是心特别清醒。

她走过去，从背后轻轻抱着他。在他身体的香味里，睡着了。

差不多已经散去的酒会上，只剩下坐在吧台上的宫洺，以及此刻正在他旁边的Neil。

宫洺回过头看着自己身边这个眉目英挺的混血儿，轻轻地扬起他薄薄的嘴角，说：“你是顾里的那个从国外回来的弟弟吧？上次好像来过我们佘山世茂庄园的家里。”

Neil露出他那标志性的笑容，充满着野性的英伦杀伤力，“是啊，我记得你叫宫洺对吧？我姐和林萧老提起你。”

宫洺点点头，没再说话，回过头继续喝他面前的那杯酒。过了会儿，他回过头，对Neil说：“你知道么，其实我也有一个弟弟。”

Neil坏坏地笑了笑，说：“和我一样帅么?”

宫洺笑了，脸上是层薄薄的粉红色，看起来一点都不像平日里冰冷而漠然的他，柔和的灯光下，他微微喝醉的样子，看起来像个精致的大学男生。他说：“我弟弟比你好看。”

Neil挑了挑眉毛，盯着宫洺的眼睛，认真地说：“那不可能，你喝醉了。”

宫洺：“……”

Neil依然用一副正儿八经的表情看着宫洺，于是宫洺也忍不住哈哈地笑起来，“你想听故事么?”

Neil稍微皱了皱眉，然后说：“行，但是你别讲得太复杂，而且别出现成语什么的，我中文不是特别好。”

电梯狭窄的空间里，灯光把空气烤得发热。Neil扶着身边这个平日里呼风唤雨、眼下却七荤八素满脸通红的主编，朝楼上走去。

电梯打开了之后，Neil按照宫洺给他的那张房卡，对照着房间找过去。把房卡插进门后，“嘀”的一声绿灯亮了，门打开了。

Neil对宫洺说：“我先走了啊。”

宫洺搂着Neil的肩膀，冲他说：“我故事还没说完呢。你今天就住这儿，这个是套房!”

Neil瞄了瞄面前“不知死活”的宫洺，他那张纸一样锋利的脸上，此刻是一双没办法聚焦的狭长的眼睛，浓密的睫毛上下闪动着，让他的眼睛看起来格外动人，脸颊上滚烫的红色，散发着香氛气味的热力。

Neil靠近宫洺的耳朵，悄悄地对他说了一句话。

宫洺迷糊的脸稍微清醒了一点点，他愣了愣，然后又哈哈大笑起来，“我还怕你啊，小崽子!”宫洺低头眯了下眼睛，然后抬起头来把嘴一咧，“进来!”

宫洺东倒西歪地拉着Neil进了房间，转身关上了门。

【早上10：15】

“地狱之旅”随着电梯“叮”的一声到达了终点，电梯门打开的时候，里面的几个人都不约而同尴尬地咳嗽了几声。大家彼此心怀鬼胎地走出了大堂。

一群人站在马路边上，阳光从头顶直射下来，大家都纷纷从包里掏出墨镜帽子往头上戴，仿佛一群被阳光照得痛苦不堪的妖物。其中以顾里最为明显，我甚至觉得她的头顶此刻正在丝丝地冒着白气。吓人。

随即这帮妖孽们有的钻进了高级黑色轿车，有的拉开出租车的大门，有的转身朝街角的Starbucks走去……几秒钟之内，大家彼此心照不宣地逃离了这个让人异常尴尬的局面。

不过，逃得了和尚逃不了庙，当我们集体回到静安那栋别墅里的时候，我难以想象，我面对的是什么情况。

我不由得在出租车里念起了经，甚至动起了想要吃素积德的念头。

(……)

俗话说人去楼空，客走茶凉。

然而，当我们离开了那栋酒店之后，楼也没空，茶也没凉。

酒店的总统套房里，宫勋坐在书桌后面。他面前站着两个年轻人，一个漂亮的女人，一个英俊的小伙子。

宫勋面前放着两堆文件。

穿黑色套装的女人，对宫勋说："宫先生，这是这个月跟踪他们几个人偷拍到的照片，包括他们平日出入的场所、他们的作息时间、他们接触的人等，都有拍摄到。"

年轻英俊的男孩子，对宫勋说："宫先生，这是顾里的个人财务情况以及她掌管《M. E》以来公司的财务报表及各种支出收入，还有就是她调用查看过的公司内部文件。有几个文件她也企图调用查看，但是以她的权限没办法查阅，我也将这几个文件的名称记录在里面了。"

宫勋点点头，挥了挥手。

两个人恭敬地退出门去。

年轻的男女走出了大堂，阳光照耀在他们精致的脸上。Kitty的烟熏妆依然那么完整，而蓝诀棱角分明的面孔，在太阳下散发着暧昧的吸引力。他们两个互相挥了挥手，就彼此戴着墨镜，迅速地消失在滚滚人流里。

Tiny Times Season 2

Chapter.05

小时代·虚铜时代

我抬起眼看了看宫洺，他正低头喝着香槟，
香槟杯里的液体和他的瞳孔一个颜色，琥珀般透彻发亮。
他嘴角挂着一丝明显的笑意——一种充满期待、充满讽刺的笑意，
仿佛观众们等待一场闹哄哄的马戏开场时的表情。
他英俊而冷漠的五官，在摇曳的烛光下，
像极了那个最后堕落为恶魔的大天使路西法。
又纯洁高贵，又邪恶残暴。

T o b e b l i n d , t o b e l o v e d .

如果说最近我的生活里，有什么玩意儿比四月里上海连绵不断的阴冷春雨还要来得频繁的话，那就是顾里的电话。

这已经是今天的第七次了，我默默地把她的电话转到了秘书台，我相信她一定会被我电话语音信箱里那个仿佛Kitty附身的职业苍白女声给刺激到："您好，我是宫洺先生的助理，非常抱歉我现在不方便接听您的电话，请留下语音内容，我会尽快给您回电。"

我能够想象顾里拿着电话翻白眼的样子，事实上，如果列举一个全世界她最讨厌的事物清单，那么语音信箱一定能够挤进Top5。我记得大学的时候，有一次唐宛如心血来潮给自己的手机设定了一个语音信箱，当顾里听到电话里突然传来娇喘不停的"您好，是的，我就是宛如，是的，我现在实在是不方便呢……"的时候，她直接把手机朝我砸了过来，"林萧你听听这个声音，她在电话里喘个屁啊，听上去她像是刚把火锅底料端起来喝了一盆似的。"

"又是顾里？"Kitty扛着一个仿佛炸药包一样的玩意儿——巨大的黑色LV男士提包，从我身边飘过的时候，拿眼睛扫我。

我冲她点点头，然后从宫洺那辆公司新配给他的黑色奔驰S500上下来，从包里拿出一根发带，迅速地把头发一扎，准备投入热火朝天的战斗。当我撩起袖子扎起头发之后，我抬起头看到了面前像是刚刚从《VOUGE》杂志第三页中走下来的模特般的Kitty，她精致的眼线和卷翘的睫毛把她的目光衬托得如同黑色琥珀一般动人。不过这不是重点，重点是，她为了行动利索，和我一样，也把头发扎了起来，但是，她用的是Chanel的黑色缎带——是的，我清晰地记得这条价值4965元的黑色发带，我还捧着这条缎带拿去给模特拍过照。我看着奥黛丽·赫本一样的她，然后对着车窗看了看仿佛上海纺织工厂女工一般的自己，叹了口气。她默不做声地从她那个巨大无比的LV包里拿出另外一根一模一样的黑色缎带，递给我，然后不发一言地伸着她那根娇嫩白皙的修长食指，对着我头上的那个粗布发带左右晃动了几下指尖。于是，我迅速领悟了她的重点，接过Chanel的发带，骄傲地绑在了我的头发上，"Kitty，你人真是太好了，我怎么能要这么贵重的礼物呢，借我戴一下就行了，我戴一下就还给你，真的。"

"不用还我，还给公司服装部的人就行了，那是拍照用的样品，我头上这个也是。"她窈窕的背影像是骄傲的天鹅。我不得不承认，我输了，要拥有这样能够把赃物也戴得如此高贵大方的气质，除了Kitty，全世界也就只剩下顾里能够做得到了。

这场(该死而丧尽天良的)旷日持久的上海高校艺术展依然还在持续，我和Kitty像是抗战八年的女烈士——当然，是穿着高跟鞋和调整型内衣的烟熏女烈士——一般，以每十五秒钟翻一次白眼的表情，游走在整个偌大的校园里。

Kitty瞄了瞄美术学院门口停满了的一辆接一辆的庄严肃穆的黑色高级轿车，从她的渐变色Prada墨镜里，我能够清晰地看见她再一次翻了个白眼，"我感觉像是在出席华尔街哪个银行家的葬礼。"

那一个瞬间，我心情复杂地回头瞄了瞄宫洺那辆新车。

被顾里电话轰炸的人，当然不止我一个。

事实上，那天出现在那个"通往地狱十八层的小棺材"一样的电梯里的所有人，除了宫洺之外，都受到顾里一个接一个的电话骚扰——宫洺没有被电话骚扰，是因为他和顾里在一个公司上班，她直接踩着高跟鞋"啪嗒啪嗒"地摇曳进了他的办公室里。是的，宫洺受到的是当面骚扰。

回想起来，那天早上，当所有人回到了我们住的别墅之后，每一个人都心照不宣地以逃命的速度飞快地换了衣服刷牙洗脸，然后在顾里收拾完毕之前逃离了那栋房子，准确地说，是逃离了顾里能够触及的范围。

我们所有人都想把那个灾难一般的夜晚从记忆里抹去，就像我经常把我高中日记本里特别恶心的矫情片段撕毁一样。

但顾里不会，我知道她被我和简溪站在一起“旧情复燃”的样子刺激了——尽管她忘记了这完全是她一手策划的，她忘记了当晚她仿佛牵了一只纯良的小绵羊一样把简溪牵到我面前，只不过她现在醒悟过来牵过来的是一只披着羊皮的草泥马；她也被一起走进电梯的衣冠不整的顾源和南湘刺激了，这个我可以理解，因为换了谁看见自己的男朋友一大清早蓬头垢面地和南湘这种段位的妖精一起从房间里走出来，都会立马把屋顶掀到黄浦江里去；同时，她更是被面红耳赤的宫洺和Neil刺激了。

当然，压死骆驼的最后一根稻草，是她不能容忍躺在自己身边的赤身裸体的卫海。

以我对她的了解，她肯定会像召开法庭审判大会一样，把所有人聚集起来，用她那套昂贵得可以买下我家一个卧室的Hermes茶具，装满浓香滚烫的砒霜、鹤顶红、敌敌畏、含笑半步颠，灌进我们的嘴里。我能想象最后的场面，她一定要弄清楚所有事情的原委之后，才能放我们去睡觉。否则，她可以神采奕奕不知疲倦地和你耗上一天一夜。我太清楚这个女人了，她是不吃东西的，她依赖光合作用生活。每天早上当阳光照耀着她那张脸，她的眼睛就开始刷刷地放光。

所以，当我从手机里听到了顾里给我的留言之后，我两眼一黑，迎面撞上了正在朝墙壁上挂巨大油画的两个工人。

“亲爱的林萧，晚上准时回家，我约了所有的人在我家聚会。”她用春节联欢晚会上主持人董卿般娇嫩的声音在电话里说，末了，还下了句重话，

“我亲自下厨。”

——可能我血压太低，听成了“我亲自下毒”。

——不过话说回来，感觉“我亲自下毒”更接近事实，也许我并没有听错。

而刚刚在我的手机里“下毒”完毕的顾里，又把她涂着高级水晶指甲的魔爪，伸向了此刻正在巨鹿路一幢法式老别墅的庭院里喝早茶的南湘。这家咖啡厅是我们念大学的时候除了学校图书馆楼下那家之外，最爱去的咖啡厅。

而此刻，南湘和卫海正窝在绿草茵茵的庭院角落里那个白色的布艺沙发上，面前是两杯香浓的热拿铁。

南湘咬了咬牙，两眼一闭，哆嗦着把手机接了起来，然后就听见电话里顾里动人的音色，她那句“晚上你一定要来呢，我们好姐妹这么久都没正式地聚在一起了”在南湘的耳朵里听起来就像是“晚上你一定要来呢，否则我把水银从你天灵盖里灌进去”。

南湘挂了电话，愁眉苦脸地对卫海说：“怎么办？要么就对他们说了吧。”

卫海挠了挠他刚刚剪过的清爽碎发，看着南湘的脸，有点心疼她这么发愁，他说：“我听你的。”

南湘点点头，突然想起来，“晚上唐宛如也在……”

卫海“嗷”了一声，痛苦地用双手抱紧后脑勺，然后“砰”的一声把头砸到面前的桌子上。南湘揉着太阳穴，也不知道如何是好，正发愁，突然埋头在白色桌布里的卫海抬起头来，双手捧过自己的脸，然后双唇迅速地靠了过来。“管它呢，死就死吧。”卫海浅浅的胡碴摩挲在她的脸上。

春天早晨明媚的阳光像是黄油一样，把油亮浓郁的草地，涂抹得金光闪闪。春日里蓬勃的气息混合着整条巨鹿路上的法国梧桐树叶的香味，弥漫在鼻尖上。闻起来像是面包店里浓郁甜腻的奶油香味。墨绿色的空气里，还有从卫海呼吸里传来的男生蓬勃烈日般的气息。南湘从漫长窒息的亲吻里悄悄地睁开眼，离自己的瞳孔几厘米处，是卫海闭着的双眼和他柔软羽毛般的长睫毛，浓密的眉毛像两把小小的刷子藏在他额前的刘海里。

像被融化般的拥抱。南湘感觉到卫海贴着自己的结实胸膛里，仿佛跳动着一个滚烫的星球。

挂上给南湘的电话之后，顾里满脸得意的神色。她拿着白色瓷杯小口地喝着伊尔比诺伯爵红茶。这是她刚刚从恒隆楼顶的“欧洲顶级红茶展览会”上搞来的一小包五百克的玩意儿，她买回来的当天，就用两根水晶指甲捏着茶包的一角，悬在唐宛如的面前，用一种听了只想让人往她脸上泼咖啡的语气阴阳怪气地说，“你知道么，这玩意儿，”说到这里，她停下来看着唐宛如思考了一下，然后果断地转过身，把茶包提着悬在我面前，“比你都贵。”——她总是能够找到最简单最有效最便捷的方式，一句话一次性地羞辱两个人，这是她的天赋。

顾里看着刚刚起床、包着头巾贴着面膜的唐宛如，说：“如如，晚上我在家里组织了聚会，我们把卫海也请来吧？”说完之后，她得意地望着不出她预料的唐宛如迅速发光起来的脸，“那你给卫海打个电话吧，你亲自邀请他比较有诚意。”于是，顶着面膜的唐宛如仿佛一朵粉红色的蘑菇云一样，雀跃着冲去卧室拿手机了。卧室里传出宛如雄浑而激动的声音，“顾里我爱你!”

客厅里的顾里，仿佛一条白蛇一样盘踞在沙发上，优雅而小声地点头，“我也爱你，如如。”

——如果是在八点档电视剧里的话，此刻，导演一定会特写一下顾里的眼睛，镜头里一定会出现她目光里“叮”的一声亮起的邪恶而欠揍的光芒。

当然，如果你以为这场精心策划的“鸿门宴”的宾客名单到此为止的话，那你就太低估顾里“唯恐天下不乱”的本事了。她在邀请名单最后一个空格的位置，填写上了“宫洺”的名字，当然，倒数第二个空格，她填写上了她亲爱的弟弟顾准——也许连她自己都不知道，她在引火上身，她在刀尖舐血，她在对着伏地魔念夺魂咒，她在冲着唐宛如打羽毛球……又或者说，是她铁了心要在上海寸土寸金的静安区炸出一个创世纪的大窟窿来。我丝毫不怀疑如果她当上了美国总统，那么第三次世界大战就等于正式拉开了序幕——从某种意义上来说，她和唐宛如一样，有一种与生俱来的、把一切搞得鸡飞狗跳一发不可收拾的天赋，这种天赋驱使着她，让她每一次都歇斯底里地，把场面飞快地拖向一个无法收场的局面。

其实我能够理解她邀请宫洺的原因，那天早上宫洺和Neil一起从房间里走出来的暧昧场景绝对把她的心给刺了个透。想当年，顾源和Neil的接吻乌龙事件，就仿佛一枚手雷般摧毁了她的生日party，而这一次主角换成了宫洺，也就等于手雷里的火药被换成了一枚小小的核聚变反应堆。“就算他们两个真的搞在了一起，也得当着我的面搞!”这是那天顾里回家路上对着我的耳朵发出的咆哮——但是她并没有意识到自己说了一句多么下流(却振奋人心)的话，唯独我天资过人地领悟了精髓，一路上面红耳赤心神不宁，满脑子爆炸着粉红色的蘑菇云，好几次差点被出租车撞死。

而这些天以来，我们这一群人都像是事先约好了一样(事实上我们确实互相约好了……)绝口不提那天发生的事情，并且几乎都不在我们住的那个别墅里太多逗留，每天清早当顾里梳洗完毕从厕所出来的时候，所有人都已经趁着晨曦消失在茫茫的人海，就跟身手敏捷的采花贼一样，把伤痛留给美女，把背影留给日出……对于顾里来说，“蒙在鼓里”是一件绝对不能容忍的事情。所以，她爆发了。

而在她爆发五分钟之后，我接到了宫洺的电话。

“刚刚顾里邀请我晚上去她家吃饭。她有邀请你么?”

“有的。”我的表情就像是清明节时参观烈士陵园一样。

“那我想请问一下，”宫洺在那边显然疑惑了，“这个晚宴，究竟是什么性质?”

我沉默了半天，忍住了，没有告诉他我的心里话，“最后的晚餐。”

我小心翼翼想了半天，选了个措辞：“家庭商务聚会……”然后宫洺在电话那边就沉默了，我能想象得到，他那英俊的五官此刻肯定像一张抹布一样皱在一起。

整个上午，我都怀着一种快要被执刑的死囚一样的心情，跟着Kitty上蹿下跳。准确说来，是我在旁边观摩学习，她在上蹿下跳。我没办法做到像她一样穿着十四厘米高的细高跟鞋依然能在一大堆木材和纸箱中间如履平地般走来走去挥斥方遒，我看着她，丝毫都不怀疑她当年也是这样穿着高跟鞋直接从她母亲的子宫里刷地一下就蹿了出来，稳稳地落地站在手术台上的白色瓷盘里，就像刘璇从平衡木上跳下来落地一样纹丝不动。

我也没有办法像她一样穿着低胸黑色小礼服裙，用Nu Bra把半个胸部都挤在领口外面，然后依然面不改色地对着一大帮荷尔蒙旺盛的中年壮汉指点江山激扬文字，更加没办法像她一样面对着已经被她羞辱得脸红脖子粗的工人依然镇定且嚣张地警告对方：“你敢动手碰一下老娘，老娘就能把你送进派出所关五天，而且没有饭吃!”

我不知道像Kitty和顾里这样的女人，到底是用什么东西制造出来的。很多时候我都想挖开她们的天灵盖，看看里面是否都是密密麻麻的芯片和电子回路。

我们花了一个上午的时间，协调那些工人弄好美术学院底楼的那个展厅，我们把它设计成了一个高级画廊的样子，白色的展板墙壁边角处都是细腻的欧式线条设计，头顶的天花板上拉扯起了巨大的白色幕布，幕布背后是巨大的冷光照明设备，透过幕布投下和自然光几乎一样的光影效果——用一句言简意赅的话来说，那就是：我们把一大堆人民币堆在了这里。

坐上宫洺那辆新的奔驰S500黑色座驾往回开的时候，我和Kitty开始进行我们的午餐。是的，我和她同时接到了宫洺的短信，短信里通知我们马上回到公司，有一场紧急的会议等着我们。所以，回程的半个小时，也就是我们的午餐时间。

我拿着从学校门口的KFC买来的汉堡，配着奶茶大口大口地吃着。当然，我在自己身上铺满了白色的餐巾纸，借我三个胆子，我也不敢掉任何食物残渣到宫洺的车后座上，我相信Kitty肯定会立刻把我送进派出所关五天。我回过头看了看Kitty，她优雅地从她那个巨大的黑色LV炸药包里拿出一个纯白色的MUJI饭盒，打开来，我看见了一盒青翠欲滴的蔬菜。她面不改色地一边核对着自己手里的文件，一边咔嚓咔嚓地像只兔子一样把那些生菜往嘴里送。当她吃了三四片只有我的巴掌那么大的薄菜叶之后，她摸了摸自己的喉咙，难受地说："我吃太饱了，有点想呕。"

我默默地把我手里的汉堡收拾起来，放进了包里。

我和Kitty回到公司之后，精彩的戏码又开始上演了，如同每一天一样，我和Kitty的MSN窗口每隔几分钟就轮流跳出宫洺的对话框，每条指令都言简意赅，不超过十个字："咖啡。""衣服。""给我7号文件。""咖啡。”“去会计部取回单。”“后天我要去北京，订机票。”“咖啡。”“查一下VAIOP的资料。”……

各种对话像是中了病毒后纷纷弹出的对话框一样，密密麻麻地轰炸着我和Kitty的显示屏。

不过这还不是每天最精彩的时刻。

公司里所有的人都知道，《M. E》的每一天，是从宫洺和顾里跨进公司的那“光速三分钟”开始的。对于这让人刻骨铭心的光速三分钟，作为助理的我、Kitty、蓝诀，更加深有体会。顾里和宫洺两个人，像是约好了彼此较劲一样，从电梯“叮”的一声到达我们楼层开始，他们一步出电梯的瞬间，就开始工作了。从电梯走到他们分别位于走廊两端的办公室这短短的几十米的路程，简直就是助理的老虎凳。我和Kitty从电梯口就开始拿着各自的笔记本轮番叮嘱他今天的行程安排，同时，还要忍受他的心血来潮，“哦，3点的会取消吧”或者“对了，下午4点帮我集合所有广告部的人开会，让所有人把今天4点的时间空出来”。并且，在这一分钟的路程里，Kitty还要捧着一杯药剂师专门为宫洺配的混合了胶原蛋白和各种抗氧化剂的“生命之水”让他喝下去——这是他那张看起来仿佛永远不被岁月摧毁的白纸一样的精致脸庞背后最大的动力来源。同时，我还要递上装在盒子里的各种维生素药片以及青花素、葡萄籽、茄红素、深海鱼蛋白等等等等各种提取物药片，每天看着他面不改色地吞下这样一大把药丸和喝下那幽蓝幽蓝的一杯生命之水，我都觉得他这样“抗氧化”下去，总有一天会把自己抗成一个万年永存、无限鲜活的木乃伊。当然，还要把前一天所有的开销发票给他签字报销。

之所以一定要在这三分钟之内把这些事情像赶集一样弄完，是因为一旦宫洺走进他的办公室，把西装外套一脱，除非他有事要找你们，否则，你休想打扰他。又或者，你还没来得及喘一口气，他就像幽灵一样又从办公室里飘出来了，然后风驰电掣地坐进他的黑色高级轿车，消失在上海无数座摩天大楼的阴影里，然后一整天都别想再找到他的人。

而走廊另一头的顾里，几乎就是另外一个翻版。可怜的蓝诀必须一个人做我和Kitty两个人的工作。唯一的区别，是宫洺走进来的三分钟里悄无声息，而顾里的高跟鞋会在大理石地面上敲打出一连串清脆的声响，像是炸弹滴答滴答的倒计时一样。

——从某种意义上来说，我觉得顾里比我更崇拜宫洺。我觉得她应该是在她二十多年来的生命里，第一次看见了一个活得比自己还要变态的人，我理解这种心情，就像是一台酷睿双核电脑突然看见了酷睿四核电脑一样，于是她有了一种憧憬。憧憬的第一步就是让我去逼Kitty交出了宫洺那杯“生命之水”的配方。之后每天，蓝诀手里也多了一杯蓝幽幽的玩意儿，顾里一边走一边仰头喝下去的表情，就像《西游记》里的那些偷吃了王母娘娘仙丹的妖精一样眉飞色舞啧啧得意。

我回到公司，把电脑从休眠状态里弄醒，然后马不停蹄地开始处理我电脑下面一长排的各种妖孽的MSN留言。当我刚刚敲完一句“来不及了，我写一个仿冒的给你”用来回复美编那边留给我的“赶快给我郭敬明的亲笔签名字体，马上排版需要了”的问题时，我的电话响了，宫洺说：“你现在来1号会议室。”

我扯下自己头上那条黑色的Chanel赃物发带，然后矫健地朝会议室走去。

当我推开会议室的大门，迎面看见穿着Burberry最新一季的灰色羊绒滚边窄身西服的宫洺，他正好坐在窗口一束金黄色的阳光里，长长的浓密睫毛在光线下仿佛一根柔软的金色羽毛。只是他的表情依然充满了莫名其妙的苦大仇深，仿佛我欠了他两百块钱。多亏了他英俊的五官，否则我总觉得以他这样一张仿佛看谁都充满了微妙的轻蔑感的脸，走在街上不知道会被人打多少次。当然了，他从来不走在大街上。他连车窗都很少摇下来。我只能说他没有给大众百姓们机会。

我刚要开口，结果，背对我坐在宫洺对面的两个人，一男一女，回过头来，他们亲切地招呼了我。

那一刻，我迅速地揉了揉眼睛，我没有看错。

顾源那张贵公子的脸微笑地对我打招呼："嗨，林萧。"

旁边是他妈，叶传萍，她正在用类似顾里看见佐丹奴店面里堆得高高的打折T恤时的目光上下打量着我。

这个时候，宫洺突然对我说话了，他在开口之前，轻轻地对我笑了笑，金灿灿的阳光下，他的笑容真的很惊人——我没有夸张，你在那些好莱坞的浪漫电影里看见的彩虹光晕里的男主角慢镜头特写也就这样了。但是，对于我来说，这个笑容就等于一张"地狱一日游"的邀请函。他每次这样一笑，我就知道自己差不多了。

他用他迷人的金黄色笑容对我柔声说："是这样的，我们准备把顾里从她的职位上换下来，即将上任的新财务总监是顾源，也是你的朋友了。我们明天会正式开会宣布这件事情。不过今天晚上希望你能先去和她说一下，免得她明天突然面对这个情况，会表现得失态。当然了，我相信顾里的专业，这只是以防万一而已。"

我不知道我是用手还是用脚从会议室里走出来的，我满脑子都是刚刚宫洺给我交代的那个类似"去伏地魔脸上吐一摊口水然后跳起来扇他一耳光说操你妈"的任务。

"你能找一把枪来瞄准我的太阳穴，然后毫不怜悯地扣动扳机么？"我对着正拿着一杯咖啡飘过我身边的Kitty说。

"当然可以，不就是一把枪么，你以为我搞不到啊，我当年帮宫洺搞到了一辆柴油拖拉机!”Kitty见多识广地从我身边走过去，不屑一顾。

我揉了揉太阳穴。我满以为她会觉得难度在于“冲我毫不怜悯地扣动扳机”，结果没想到她以为我挑衅她的地方在于她“能不能搞来一把枪”。

我发现人和人的境界是不一样的，思考的问题也是不一样的。

你知道减轻痛苦最简单最快捷的方法是什么吗？很简单，只需要两个条件。第一，你有一个很好的朋友；第二，把痛苦毫无保留地砸给她(并且不要管她是否愿意)。

于是，我毫不犹豫地拨通了南湘的手机。

下班之前，我装作若无其事地飘到走廊的另一头，去顾里的办公室外瞄了两眼，结果她办公室里没人，只有蓝诀在整理文件。他看见我，抬起头笑了笑。

我鬼祟地问他：“顾里呢?”

他耸耸肩膀，“好像说是晚上有个聚会，提前下班回家买下厨用的东西去了。”

我无奈地点点头，然后又猛地摇头，“买菜？她省省吧!”

蓝诀看着脸色苍白、呼吸虚弱的我，问：“你没事吧？病了?”

我用手在自己的脖子上做了个“咔嚓”的动作，说：“如果我死了，请记得明年清明节的时候给我扫墓。”

我让Kitty帮我掩护一下，提早了一点下班，走到楼下的时候，我站在路边想要打车，刚左顾右盼着，脑海突然被路边的一个身影轰炸了。

坐在马路边花坛台阶上的一个戴着灰色兜帽的身影，长长的腿，低着头，看起来孤单的样子。我感觉有一口血从我的肺里冲向喉咙。

“崇……”我刚张口，那个人把帽子从头顶拿了下来，他站起身，朝我走过来。

简溪。

那一个瞬间，我觉得自己特别可耻。我生平第一次对自己产生了这么浓烈的厌恶感。仿佛一摊恶臭的黏液泼在了我的头发上，我觉得自己浑身都散发着让人恶心的味道。

简溪站在我的边上，宽松的灰色帽衫把他挺拔的身材勾勒得年轻有力。他的头发在金黄的阳光里显得毛茸茸的，漆黑的发色变成了巧克力的颜色，在温度里汩汩地冒着香气。他把手伸过来抓着我的手，问我："去哪儿?"

我说："约了南湘。"

简溪问我："晚上顾里不是约了大家一起去她家吃饭么?"

"是啊，但是我要先和南湘碰一下。"我反手回握着他宽大而温暖的手掌。

"那行，我陪你一起去。"他抬起手招呼过来一辆出租车，然后替我拉开了车门。

我和南湘约在南京西路老式弄堂里的一家咖啡厅。

这家咖啡厅是一个外国设计师开的，特别小众，没有显眼的招牌，也不吆喝，所以一直都特别安静，而且现在差不多快到晚饭时间了，咖啡厅里几乎没什么人。喝下午茶的都散去了，而晚上约会的人还没那么快来。于是，空旷的店里就我们这一拨人。

我和简溪到的时候，南湘还没来。

简溪拿着酒水单轻轻地皱着眉头端详着，他替我点了一杯热拿铁，然后给自己点了一杯依云水。他太了解我了，知道我每一次都只喝拿铁。我看着他用英文小声地对那个金发的外国服务生点单，我特别喜欢他这种时候认真的样子。

以前在一起的时候，每一次我看见他坐在图书馆认真地看书，或是在我宿舍的床上看小说，抑或是陪着我在自习教室里复习考试资料时，我都会对他那张因为认真而变得性感的脸痴迷起来。真的，每当他认真的时候，他脸上的沉默和寂静，都会把他包裹出一种性感的味道来，就仿佛是湿漉漉的雾气包裹下的黑绿色的原始阔叶林，有种神秘的静谧感。

我们的很多亲吻也都是发生在这样的时候。

他放下单子，看着我望着他的眼神，笑了笑，伸手放在我的后脑勺上，拉向他。我闭起眼睛轻轻把嘴唇迎向他，然后他在我的额头轻轻地吻了一下。

我尴尬地睁开眼。

这个时候，南湘推门进来了。

她穿着一件别致的暗绿色绒线连衣裙，腰上几条精致的褶皱让她的腰显得更加盈盈一握。她的头发柔软地卷曲着，被阳光晒得蓬松而芬芳。

她时时刻刻都这么动人，和顾里对自己的严格要求不一样，她是天生的，不用努力就能这么好看。

她在我对面坐下来，抬起头看了看我，又看了看我身边的简溪，只是笑了笑，没说话。我特别喜欢南湘这一点，就算她心里有什么疑问，她也会等着你来告诉她，从来不逼问你什么，这让我和她的相处，一直都特别的轻松。

我伸过手，在桌面上抓住南湘纤细的双手，盯牢她的眼睛，说："南湘，在回家之前，我必须先告诉你一件事情……"

南湘看了看简溪，说："其实你不用特别告诉我，那天你们一起从电梯里出来的时候，我就知道你们又重新在一起了。”南湘反过来拍拍我的手，安慰我。

“当然不是这个。”我眉毛一挑，“宫洺解雇了顾里，他让我晚上去告诉顾里这个消息。”

“什么？!”南湘和简溪同时脸色惨白地望着我。

五分钟的沉默之后，南湘一脸羞涩地冲我温柔地撒娇：“林萧你这个贱人，你会下地狱的。”

我摊开双手，做了一个“你们与我同在”的表情。

简溪揉着额头，愁眉苦脸地对我说：“林萧，我一想到顾里爆炸的样子……我能不去么?”

我非常理解简溪的为难，所以，我善解人意地点点头，“亲爱的，当然不行了，你想什么呢?”

简溪恶狠狠地瞪了我一眼。

对面的南湘拿起桌上的银叉子，抵到我的喉咙上，“林萧，我恨你。”

“难道你要我一个人承受这个悲剧么？这种时候你就应该和我站在一起!我说上半句，你就去对顾里说下半句!”

南湘表情严肃地看着我，然后她仿佛痛下决心般地把眉毛一挑，说：“好，林萧，既然这样，我也有一件事情要和你分享。”

“什么事情?”我心里突然莫名其妙地“咯噔”一下。我太了解我们这群人了，“分享痛苦”这样的天赋，几乎每一个人都玩得炉火纯青。

这个时候，咖啡店的门推开了，一个高大的身影走了进来，我转过脸瞄了一下，看见了卫海。我正在奇怪他来干吗，结果他径直走到南湘身边坐了下来。

我和简溪望着对面的两个人，彼此沉默了两分钟后，我们痛苦地捂住了脸，“南湘你会下地狱的!”

当我们四个人从咖啡厅出来，一路朝不远处我们的那栋别墅走去时，我和南湘都不打算放过对方。

“顾里会把你埋进土里，然后在上面淋硫酸!”南湘同情地望着我。

“是啊，亲爱的。不过，唐宛如会放过你么？她一定会从胸罩里掏出汗淋淋而又滚烫烫的Nu Bra，然后恶狠狠地砸到你的脸上!”我深情地回应着她。

而简溪和卫海两个大男人，满脸尴尬地走在我们身后。

走到小区门口的时候，我们迎面碰到了正从保时捷跑车里下来的Neil。他怀里抱着一个墨绿色的精致纸袋——一看就知道是刚刚从久光楼下的超市买回来的，纸袋上方露出绿油油的蔬菜和被干冰包裹着的各种海鲜——每次看见这个奢侈的超市专用的这种没有提绳、只能抱在怀里，并且使用了一种特别昂贵纸浆的纸袋，我都特别愤恨，干脆直接在袋子上印一个特大的“贵”字算了!

我刚要和Neil打招呼，结果，车的另外一边，一个穿着黑色小西装的帅哥下车了，我两脚一软。“嘿，林萧。”英俊的蓝诀抬起手对我打招呼——他的怀里抱着另外一个同样的墨绿色纸袋，站在保时捷旁边的样子看上去像一个养尊处优的小少爷。

在晕眩的同时，我的某种雷达又启动了。这种雷达在高中时每次看见简溪和顾源的时候都会启动；而现在，我看着站在面前的Neil和蓝诀，这种雷达又滴滴答答地响了起来。我回过头，正好对上南湘火热的目光，我明白，她的雷达也启动了。

不过，我迅速从这种腐败的思想里醒悟了过来，我问Neil：“蓝诀怎么会在这里啊?”

可能是我的语气太过直接而显得非常不客气，蓝诀一瞬间有点尴尬，

“啊……Neil在超市里正好遇到我，然后他说顾里晚上有一个聚会，就顺便邀请我一起过来了……如果不方便的话，没关系的，我正好回家也不远。”

Neil看了看蓝诀，觉得特别过意不去，于是冲我恶狠狠地吼了句：“林萧你怎么了你？他是我请来的，而且，就算不高兴也轮不到你吧？”

我看了气鼓鼓的Neil一眼，心里想：你这个见色忘义的小崽子，你让顾里的助理参加一个“宣布顾里被解雇”的晚宴，多精彩呀。我翻了个白眼，也懒得说什么，心里想，爱谁谁吧。反正我已经作好了死在这个别墅里的准备，我也不介意多几个陪葬的。

于是我随便敷衍了一下，“哦，因为顾里说这是一个家庭聚会嘛，所以我怕蓝诀尴尬。蓝诀来我当然高兴了。我和你一样，也‘特别喜欢蓝诀’！”我在最后一句故意加重了语气，阴阳怪气地对Neil说。Neil的脸刷地一下就红了。简溪忍不住在我身后轻轻笑了下，伸过手揉揉我的头发，“你啊。”我回过头，陶醉在他宠溺的笑容里。南湘一直都是我的好战友，于是她也补了一句：“是啊，我也‘特别喜欢蓝诀’！”她说得更加妖媚动人，听得我一身鸡皮疙瘩。

不过，下一秒，我刚刚“家庭聚会”的谎言，就如同肥皂泡般破灭了。宫洺那辆黑色的奔驰笔直地开进了我们小区。开过我们身边的时候，他还把车窗摇了下来，用他那张白纸一样的面容，冲我们皮笑肉不笑地点了点头，算是勉强打了个招呼。

我瞬间就尴尬了，于是拉着简溪和南湘赶紧朝家里走去。

留下身后在暮色里烧红了脸的Neil和蓝诀。

说实话，我觉得可能当初刘胡兰一步一步走向铡刀的时候，都没有我现在的心情这么复杂。我不知道晚上到底有多少个炸弹会在这个别墅里引爆。我只知道，自己是负责引爆最后那颗炸弹的点火员。

我们走到门口，正好宫洺也刚刚下车。

几个人站在门口，我和南湘谁都不敢去按门铃。虽然说伸头缩头都是一刀，但我们都觉得能拖一秒就拖一秒。

在这种“尴尬地站在门口”的巨大静默里，宫洺忍不住了，他不耐烦地翻了个白眼对我说：“按门铃啊!”

我对身边的南湘说：“我不按，你按!”

结果宫洺以为我是对他说的，他惊了，“你说什么?”

我赶紧一哆嗦伸手按了门铃，感觉像在按引爆的按钮。

开门的不是顾里，而是我们亲爱的如如。在我和南湘松了一口气的同时，如如的目光仿佛一条湿淋淋的舌头一样，在卫海、宫洺、Neil、蓝诀四个人的脸上肆无忌惮地舔来舔去。我看着她深呼吸像要昏厥的样子，不由得有点担心，等下当顾源、顾准这两个大帅哥也一起到齐的时候，她会不会休克过去。

宽敞的餐厅被顾里布置得非常高贵。不知道她从哪儿搞来的巨大的白色古典桌布，我一看桌布上那些细密的纺织纹路就知道价格不菲。我们那张长餐桌此刻被装饰得格外高雅，上面摆满了各种银质的烛台和刀叉，白色的陶瓷盘子像是牛奶一样光滑，盘子的中心印着一个小小的碎马赛克拼成的H图案。客厅的几个角落里也点着带有香薰的蜡烛，所以房间里弥漫着一股清雅的高级香料味道。沙发的茶几上放了一大捧白色的绣球花，CD机里播放着帕格尼尼——宫洺一进门，环顾了一下这个透露着诡异气氛的布局，转过头有点认真地问我：“是有人准备在这里自杀么?”我在心里默默地接了一句：“是的。我。”

顾里在我们所有人都走进来的时候，轻轻地把她腰上的围裙解了下来，她里面是一件Nina Ricci的嫩绿色高级羊绒连衣裙，我记得很清楚。因为她买回来剪下吊牌的时候，顺手把价格标签丢到了我的桌子上，当时我瞄了一眼吓了一跳，我以为她逛街逛着逛着就随手买了一辆车……

她在灯光下显得优雅而又迷人，身上没有丝毫厨房的气息。我真是佩服她，我甚至毫不怀疑她就算刚刚从矿坑里挖完煤炭出来，她的双手依然纤白细长，水晶指甲闪闪发亮。

不过当我转身走进厨房的时候，我看见了满脸油烟、气喘吁吁如同一头牛一样忙得死去活来的Lucy……于是我知道了顾里说“我亲自下厨”的精准定义——“我亲自让Lucy下厨”。

同样在厨房里的还有顾源，他正在从橱柜里拿出一个一个高脚玻璃杯。

我走到他身边去，悄悄地对他说：“顾里这事儿，我可不会说，要说你自己去说。”

顾源回过头来看我一眼，一半幸灾乐祸一半冷笑地说：“你就知道把烫手的山芋丢给我。我可不说，这是你上司给你的任务，自个儿顶着避雷针带个安全帽你就上吧!”

我用尽最大力气瞪了他一眼，“你不要脸!”

他用怜悯的眼神打量着我，“你不要死。”

我忧心忡忡地坐在餐桌上。

一长条的餐桌上放满了各种(高级餐厅里叫的外卖)菜肴，顾里谦虚地微笑着，口里不断地说着“没什么，家常小菜，大家不要客气”。

而我看着顾里神采飞扬的脸，有一种悲怆感。她可能完全不清楚自己今天组了一个什么样的局……我觉得我们这群人，就是有这样的磁场：我们总是善于把各种矛盾聚集起来，然后约一个大家都在场的日子，集中引爆，谁都别落下，一个都不能少。

简溪悄悄地把他的手从餐桌下面伸过来，握着我。不知道为什么，顾里特别地看了简溪一眼，用一种很复杂却又有点幸灾乐祸的表情。我不知道顾里是什么意思，只是简溪手心里迅速冒出的冷汗，把我的手也打湿了。

而我对面的南湘和卫海，低着头，一句话也不说。我想他们会一直保持这种沉默，直到第一把火烧起来。

满场的气氛尴尬而又恐怖。

顾里清了清嗓子，站了起来，她拿着一杯琥珀色透明的气泡香槟，用优雅的声音，说："那，我们就开始吧？从谁开始呢？"

她用一句含义复杂的双关语，挑衅地看着所有的人。她的表情就像是一个开庭的法官，正等着审问在场的所有犯人。她在灯光下看起来高贵极了，冷艳极了，她的脸上甚至有一种悲悯。

——可是顾里，你并不知道你头顶已经有一锅煮烫了烧沸了的狗血，正翻滚着随时准备当头泼下来吧。

我抬起眼看了看宫洺，他正低头喝着香槟，香槟杯里的液体和他的瞳孔一个颜色，琥珀般透彻发亮。他嘴角挂着一丝明显的笑意——一种充满期待、充满讽刺的笑意，仿佛观众们等待一场闹哄哄的马戏开场时的表情。他英俊而冷漠的五官，在摇曳的烛光下，像极了那个最后堕落为恶魔的大天使路西法。

又纯洁高贵，又邪恶残暴。

刚才我说了，我们这群人，总有办法把所有荒唐的事情吸引到一起，集中引爆。事实上，此刻正在天上喝茶的上帝，似乎觉得天平上的砝码还不够重，于是，他又轻轻地放下了一枚。

是的，这个时候，门铃突然响了，Lucy走过去把门打开。

望着走进来的人的时候，一瞬间，我胃里所有的胃酸朝我的喉咙涌上来。

我觉得自己要吐了。

Tiny Times Season 2

Chapter.06

小时代·虚铜时代

仿佛没有尽头的雨水从天而降，肆意地冲刷着城市的每一寸土地。
摩天大楼在这样昏黄色的光线里，看起来像是一个庞大的生锈了的遗迹。
马路上雨水横流，卷裹着各种垃圾，流进城市的地底。
混浊的雨水，铺天盖地地肆意腐蚀着上海每寸土地的表面，
肆意腐蚀着每一个人的心。

你没有看见，你也一定听到了。
你没有听到，你也一定感觉到了。
那逐渐靠近着的，寒冷的呼吸。

To be blind, to be loved.

差不多一年之前，我们的生活都还像那些看起来似乎并没有经过大脑而是直接由打印机的墨水自我书写出来的幼稚韩式小说一样，充满了各种各样美好浪漫天真轻松愉悦的情节——当然，南湘对那些封面花花绿绿的小说有更加传神的描述，“当你翻开那些书的页面，把那些排版花里胡哨的字放远了看，对，就是从十米开外的地方看过去，那些密密麻麻的字会排列成四个图案，‘傻、×、作、者’。”

我记得有一次唐宛如莫名其妙地从图书馆借了一本封面是两个青春美少女横构图的小说回来，南湘和顾里仅仅只是瞄了瞄封面上那行惊心动魄的宣传语“带你抵达青春疼痛的最深处”，两个妖精般的女人就风情万种不发一言地飘走了，顾里用彻底沉默的背影向唐宛如表达了她的轻蔑和不屑，而南湘在离开的最后补了一句“如如，尽快找个男人吧，让他带你抵达疼痛的最深处——至少，带你抵达那儿的是个人，而不是这种(指着她的书上下左右摇了摇食指)莫名其妙的玩意儿”。

一年前的这个时候，你如果开着一辆保时捷——或者是凯迪拉克也可以——从学校的草地边上迎风而过，你一定会看见三个美少女和一个少女(……)冲你投来各具风情的目光，仿佛四朵娇艳的花朵，一个是纯洁而又清新的邻家茉莉(那就是我)，一个是幽香神秘旷世罕见的空谷幽兰，一个是高贵冷漠价值连城的法国郁金香，一个是茁壮的铁树。正值年少的你一定会被吸引住目光而险些撞到路边的法国梧桐上。

是的，那就是我们。

如果你继续往前开的话，你会看见露天网球场上几个正赤膊挥汗如雨的年轻男孩子，阳光照耀着他们汗涔涔的裸露胸膛，小麦色的腹肌在阳光下泛出充满青春气息的性感，他们故意把运动短裤穿得很低，以便露出他们花了大量的时间练出来的腹股沟肌肉——这就和我们在出门前愿意花半个小时来往我们的胸罩里面塞Nu Bra是一个道理。男人爱看我们的胸口，我们爱看男人的皮带(上面露出来的腹肌)。他们笑容满面，声音粗犷，像夏天里奔跑着的刚成年的雄狮。狮子们勾肩搭背，用汗水扩散着他们混合着高级香水味道的荷尔蒙。是的，那就是我们的男朋友们。当你把车开过他们身旁的时候，你一定会嫉妒。

然而一年之后，我们的生活突然从没有大脑的青春言情小说变成了恐怖惊悚的江户川乱步。或者更疯狂一点，变成了郭敬明正在疯狂连载的那个人和兽、鬼和怪们杀得昏天黑地的小说《爵迹》。

仿佛我们每一天的生活里，都充满了各种各样的刀光剑影。今天张小红用鸡毛掸子把王二麻子打得血肉横飞支离破碎，明天刘大兄弟就赤手空拳地把叶二娘的肠子扯出来往树杈上甩，昨天你用魂器把我的大腿砍成了三截，明儿个我一定放出魂兽咬着你的屁股不撒口。精彩跌宕，且未完待续。

就像今天这样，一群人默默地坐在长餐桌的两边，各自拿着白花花的银质刀具，面无表情地切割着自己盘子里血淋淋的牛排，整个房间里除了刀叉摩擦陶瓷的诡异声响之外，鸦雀无声。此情此景，我们就像是恐怖片里一群围聚在停尸房里开party的变态解剖医生一样——唯一的区别是我们没有穿上整齐的白大褂。

我切下一块血淋淋的牛排，塞到自己嘴里。

从刚刚顾里她妈林衣兰按响门铃到现在，已经过去整整十五分钟了。

一屋子的人没有说一句话。

除了顾准和林衣兰以外，所有的人都默默地低头对自己盘子里的牛排千刀万剐，而他们两个，则彼此沉默而又目光凛冽地对看着。

我悄悄地抬起头，发现正好顾里和南湘也抬起头在偷偷地交换眼色。凭借我们多年来的默契，我们用复杂的眼神和扭曲的表情，进行着心灵上的交流。

我用便秘般的表情对顾里“说”：“这下怎么办？你之前从来没告诉过你妈你还有一个私生子弟弟!”

顾里眯了眯她那双刚刚打了电波拉皮的毫无皱纹的眼睛，媚眼如丝地“说”：“老娘反正没有说过，她又不一定猜得出来顾准的身份!你们紧张个屁啊!”

南湘用抽搐而轻蔑的嘴角冲顾里“说”：“得了吧，就顾准那张脸，戴一顶假发那就是一模一样的你。你妈又没瞎，能看不出来么。”

我用眼白叹了口气“说”：“需要先把他们俩的刀叉收起来么……那好歹也算是凶器。”

而在我们三个进行着复杂的眼神交流的时候，卫海、顾源、简溪三个人不时地抬起眼睛看我们，我们同时用凶狠的眼神制止了他们的偷窥：“吃你们的饭!不关你们的事!”

于是他们三个像刚刚被训斥完的三条金毛大猎犬一样，乖乖地低头继续吃东西。这个时候，他们表现得完全是模范男朋友的形象。

而从头至尾，唐宛如都非常的平静，她像一个优雅的贵妇般，把牛肉切成一小块一小块的，然后用一个大勺子把这些肉丁舀起来一口送进嘴里(……)。她完全没有发现她身边的顾准和对面的林衣兰，两个人就像是互相靠近了彼此地盘的野猫一样，龇牙咧嘴，背毛像是通了电般地耸立着。

她是瞎子。

而这两只彼此已经对峙了很久的野猫，终于展开了进攻。林衣兰一边切着牛肉，一边对顾准轻描淡写地说：“你长得和顾里很像啊，是顾里的新男朋友么？很有夫妻相啊。”

顾准露出白牙齿，礼貌地笑着：“是啊，这得感谢我妈，都说我长得和她一个样，我妈妈特别漂亮。”说完又看了林衣兰一眼，“还年轻。”

我同情地看了顾里一眼，她现在的表情就像是在喝她那种类似癞蛤蟆和蝙蝠尸体打碎了搅拌在一起的抗老化药水一样，充满了慷慨就义的深刻内涵。我很理解她，左手边是一个有着和自己几乎一模一样DNA的至亲血缘的陌生人，而右手边是一个完全没有血缘关系却叫了她二十几年“妈”的人。

林衣兰被顾准噎了一下，脸色一白，于是只能转过头来把火撒到顾里身上，“怎么不介绍一下啊，顾里？”

顾里深深吸了一口气，放下刀叉，缓了大概五秒钟后，抬起头，视死如归地对林衣兰说：“妈，这是我弟弟，顾准。”

我听到这句话的时候，我的头像被唐宛如抽了一球拍似的。

这句话听上去简直像柬埔寨话。

我想不出整个中国除了她们顾家之外，还有哪个家庭能够戏剧化到产生出“妈，这是我弟弟”这样匪夷所思的对白来。

最会做人的宫洺识趣地拉开椅子站起来，“谁需要点红酒，我去拿。”蓝诀也非常识趣地站了起来，说：“宫先生，我和你一起去，我帮你。”然后两个人离开了这个仿佛插满了钢针般难熬的尴尬局面。

我和南湘彼此对看一眼，表情都很痛苦。我想，如果这个时候我说“谁想去死么，我要去死”，南湘一定会识趣地站起来说：“林小姐，我和你一起去，我帮你。”

我和南湘都太了解顾里和她妈了，如果说这个世界上还有什么灾难比面对顾里发疯还要恐怖的话，那就是面对顾里和她妈一起发疯。当年她爸爸顾延盛死的那段日子，我们天天都在看八点档的母女恩仇记。

三分钟之后，顾源站了起来，借口要去厨房把剩下的菜端出来，简溪这个聪明的家伙，立刻勾着顾源的肩膀“你一个人拿不了”，顺势逃进了厨房。五分钟后，Neil受不了了，他站起来，说：“家里有香槟么，我去拿出来。”我立刻站起来，极其配合地说：“有的，让我带你去厨房拿吧，你不知道在哪儿，我知道。”我刚拉开椅子，南湘就优雅地站了起来，温柔地拉着我的手，笑着说：“林萧你不知道呢，我下午才把香槟换了个地方，你们找不到的。我带你们去拿吧。”说完，我们三个“女孩子”掀起裙子飞快地逃离了现场。简溪没有管我的死活，和他的姘头顾源早早逃命了，同样南湘也没有管卫海的死活，拉着老相好我，溜之大吉。

剩下满脸尴尬的卫海和认真品味着美食的唐宛如，以及顾家三朵奇葩，在餐桌上怒放着，争奇斗艳。

卫海头皮发麻，于是站起来，嘀咕着：“我……我去上厕所……”然后也站起来往厨房逃。刚走了几步，活生生被唐宛如叫住：“你往厨房去干吗呀，厕所在那边呢!”卫海停了停，然后两眼一闭，也管不了那么多了，直挺挺地继续往厨房逃。

当他逃到厨房，看见我们所有人沉默着团聚在厨房小小的空间里时，他擦了擦头上的汗，说：“你们都这么走了，真的没事么？他们手上都拿着刀呢……”

南湘看着面前被吓坏了的高大的卫海，心疼极了。对于他这样一个仿佛依云矿泉水般单纯的体育生来说，这样复杂的场面，实在太过超出他能应对的范围了。她走过去伸开手抱了抱他，像一个美艳的少女安慰着自己那条刚刚被三只窜出来的耗子吓坏了的金毛猎犬般温柔而又性感。

——话说回来，别说是金毛猎犬，就算今天是一条藏獒，也会被吓住：一只穿着Gucci小靴子的尖牙利齿的女耗子再加一只阴森诡异穿着Prada衬衣的男耗子已经够吓人了，更何况边上还有一只带着Hermes丝巾的歇斯底里的母老鼠。

南湘把头埋在卫海结实的胸膛上，她在卫海胸膛上散发出的清新的沐浴露香味里，听见唐宛如的声音："你在干什么?"

我和简溪迅速回头看了一眼厨房的那扇窗户，我们在寻找第二次逃脱的方式。

南湘尴尬地从卫海胸膛上把头移开来，她非常不自然地朝唐宛如走过去，"宛如，不是你想的那样的……"

唐宛如的脸涨得通红，她颤抖着，胳膊上的肌肉拧在一起，看起来就像是准备变身前的希瑞一样让人害怕，她憋了半天，太阳穴上的血管乌青一片，她终于忍不住冲南湘大声吼过去："所以顾里才说你是个贱货!!"

南湘本来伸过去拉住唐宛如袖子的手，在听到这句话的时候，突然停了下来，她似乎还没反应过来唐宛如刚刚那句话是什么意思，而下一秒，唐宛如激动地一挥手，想要把她推开，但她忘记了自己手上还拿着刀，我还没来得及看清楚，一股血腥味就冲进了我的鼻腔。我身后的Neil转身趴到水槽上呕吐起来，他晕血。

但刀子划开的是卫海的胳膊，不是南湘的。在刀子快要扫到南湘的时候，卫海上前一把把南湘拽向了自己。

唐宛如手上的刀"咣当"一声掉在厨房雪白的大理石上，她目瞪口呆的脸上，两颗泪珠仿佛玻璃球一样地滚了出来。

卫海的伤口不大，他摆了摆手，说不用去医院，只是拿了一块厚厚的纱布按在伤口上，纱布浸湿了很大一块红色的血迹。

南湘低着头，什么话都没说，只是静静地站在卫海的旁边——但是，哪怕就是这样无声的动作，也代表了她的决心：她在用行动向唐宛如宣战。

是的，她一动不动地站在卫海的身边，虽然没有解释，但也没有退缩。她像一株深谷里挺拔而娇艳的兰花一样，散发着一种让人无法摧毁的艳丽和高贵。覆盖在她身上的是卫海炽热而浓烈的目光，就算是置身事外的我们，都能感受到他目光里黏稠得仿佛岩浆般滚烫的爱意。他一手捂着胳膊上的伤口，低着头看着自己肩膀边上南湘一动不动的头顶，来回小声地安慰着南湘："南湘，我没事的。这伤口很小。""你哭了？""我真没事。"他直率的目光像是透明的松脂，把南湘包裹成了最美丽的琥珀。

唐宛如站在他们的对面，泪水从她通红的眼眶里滚出来。她知道自己输了。就算是一个普通的女孩子，自己也不一定是对手。更何况是这个全大学的男生都想追的南湘。她哆嗦着，把刀子扔进厨房的洗手池里，然后默默地转身走了出去。

头顶精致的水晶灯投下破碎的彩虹光，把每个人苍白的脸照得斑斓，这样我们的脸色才看起来不像是死人般的了无生气。

这盏灯是南湘和顾里在恒隆广场五楼的那家专做水晶奢侈品的家具店里选的，当送货的人把巨大的水晶灯丢到家门口就转身离去的时候，是我和宛如两个人把巨大的纸箱小心翼翼地扛进来的。多少年以来，我们四个都这样看上去彼此拳打脚踢、横眉冷对，但实际上却相濡以沫地生活着。我们像是四棵生长得太过靠近的植物，看上去彼此都在尽可能地想办法让自己枝繁叶茂，抢夺着有限的阳光、空气以及生长空间，但实际上，在肥沃的土壤之下，我们四个的根牢牢地缠绕在一起，什么洪水都别想把我们冲散，我们拼命地抱紧彼此，分享着每一滴养分。

我抬起头把眼角的泪水抹掉，眼眶周围一阵细密的刺痛。南湘依然低着头，刘海遮住了她娇艳的脸，我不用看，也知道她哭了。这么多年，我太熟悉她沉默着流泪的姿势了。不用看她的眼睛，我只需要看她呼吸的动作，就知道她是伤心还是快乐。

Neil停止了呕吐，脸色苍白地用手撑着洗手池。蓝诀拿了张干净的纸巾递给他擦嘴。顾源和简溪沉默着，他们两个并肩站在一起，目光停留在空气里一个不知道的地方。每一次我们四个之间吵架，他们两个都会像这样，沉默地站在一旁，一言不发。也许这么多年来，他们看了太多次我们这样的戏剧表演，累了。

说实话，我也累了。我突然有一种想一走了之的感觉。同样是在一年前，顾里的生日会上，也发生过类似鸡飞狗跳的场景，那个时候，我被巨大的恐惧压得像是要粉身碎骨一样。但是今天，我却没有这样的恐惧感，只是有一种从身体内部扩散出来的抗拒迅速地在我的四肢百骸蔓延开来，就像是一瓶倒进池子里的墨水，迅速地就扩散开来，把一池透明染得漆黑一片。如果要说得简单一点的话，那就是，我也累了。

我的身体像是突然被一群白蚁登门造访了，片刻的工夫，我就变成了一个千疮百孔一触即溃的沙丘。

厨房外面开始传出越来越大声的争吵。我的思绪很乱，也听不完整，隐约有几句尖利的对白传到厨房里来。

"你以为你有什么资格走进这个家里？你也就是个野种而已！"林衣兰歇斯底里的声音充满了一种拼命掩饰的慌张和愤怒。

"那也是因为你生不出来，顾延盛没办法，才生了我这么个野种，你要怪谁啊？"顾准平静而冷漠的声音，像一把闪闪发亮的手术刀。

"……你讲话怎么这么恶毒？你和你妈一样下贱！"

"比不了你的高贵。那是肯定的。但是我们再下贱，顾延盛还是给了我们巨大的遗产，而你呢？他留给你的钱够你花么？多买几个包包就快花光了吧!”

“……我女儿拿到的财产比你多得多!现在整个盛古都是我女儿顾里的!”

“你女儿？哦，你是说我姐姐顾里吧？她和我是从同一个子宫里钻出来的，特别亲。我也为她高兴。”

……

歇斯底里的女声和冷漠平静却针针见血的低沉男声。每一句听着都像是耳光打在我脸上一样，我无法想象站在他们两个中间的顾里是什么样的心情。

我抬起头，看着面前的宫洺。水晶灯折射出的五彩光晕，把他锋利的脸庞笼罩着，看起来就像是一个准备收割人的灵魂的天使般头顶光环。他的目光静静地看向我，像在阅读一本书。我无法从他的眼神里读懂他现在在想什么，准确地说，我从来没有弄懂过他在想什么，他全身上下每一寸血管里流淌着的，都是谜。

我把眼泪擦掉，走到他面前，真诚地对他说：“宫洺，我知道作为助理，我应该完成你交代的每一个工作。但是算我求求你，无论如何，不要让我今天去和顾里说她被解雇的事情。算我求你，行么？过了今晚，我明天一大早，不用你提醒，我自己就去找顾里，我当面告诉她。”

我勇敢地看着面前让我一直都很恐惧的宫洺，用尽我全身最大的力气和他对视着，我每一个细胞每一个毛孔都在用力，我从来没有对抗过宫洺，这太可怕了。但是，我更加害怕的是，也许今天晚上这场血肉横飞的闹剧最后，站在顾里身边的人只有我一个。我环顾了整个厨房里的人，我从他们的脸上一一看过去，简溪、南湘、卫海，甚至是顾源，我都没办法相信。以顾里宁为玉碎不为瓦全的性格，只要我说出了这个消息，那么，她为了她那不容有任何侵犯的荒谬的自尊，她也会竖起她全身的刺来抵抗我。

她天性里这种迷恋孤军奋战的悲壮每一次都让我心如刀割。

宫洺看了看我，点点头，对我露出一个似笑非笑的表情，灯光下看起来格外动人，像是油画里英俊的年轻天使。他用他那把像是温泉般柔软的磁性嗓音说："我看我还是先走了。"然后转身走出了厨房。

蓝诀也很识趣地起身告辞了。Neil用询问的眼神看了看我，我冲他点点头，"你送蓝诀先走吧。"我知道他此刻也很尴尬。特别是他和屋子外面的一些人还有血缘关系，此刻更加不适合待在这里。

这个时候南湘抬起头来，她眼睛里还有些没有干透的泪水，在灯光下盈盈动人。她走到我面前，捏了捏我的手，对我说："我陪卫海去医院。你在这里没问题么?"我回握了她的手，对她说："你先走，我在这里没事。"她看了看我，张口又想说什么，我打断了她，"真没事，你们先走。"

说完，我随着他们一群人走出了厨房。简溪在我的身后，把手放在我的背后，隔着衣服，我能感受到他滚烫而宽大的手掌上，透露出来的心疼。

经过顾源的时候，我故意让也不让地撞开他。因为我觉得他有病。我觉得他脑子被枪打了。我心里突然莫名其妙地对他仇恨起来。也许是我在宫洺的办公室看见了他满脸笑容的样子，也许是我想到了顾里此刻还毫不知情自己的职位已经被替换。简溪肯定很明显地感觉到了我对顾源的敌意，所以他刻意而又做得不露痕迹地把身子插过来，自然而然地隔在了我和顾源的中间。他总是能这样巧妙地把各种矛盾都软软地揉在一起，风平浪静。对比起来，我和顾里似乎只会火上浇油、刀上淬毒。

我们所有人走回客厅里的时候，他们的战争依然没有结束。我看见顾里抱着手，面无表情地站在一边，她的目光看起来空洞而又冷漠，其实我知道，她心里此刻是巨大的绝望，她心脏的表面上，此刻肯定裂了一条巨大的沟壑，呼啦啦地吹着风，天寒地冻的一片雪白。

林衣兰把头转向顾里，眼睛一眯就是两道冰冷的光，“顾里，你倒是说话啊你!你爸爸就是背着我们母女俩，和那个狐狸精贱货生下了这个小贱货!现在你是想怎样？和他相亲相爱吗?”

“那个狐狸精贱货，”顾里面无表情，只是两眼一红，两颗滚圆的泪珠从她浓密的睫毛下面滚出来，“也生下了我。”她的声音像一把揉进心里的滚烫的沙子，听起来如同一扇被砸碎了的玻璃窗一样，挂满了残碎的玻璃尖儿。

顾准坐在沙发上，没有说话，脸上笼罩着一层冰霜一样的轻蔑。

宫洺轻轻地拧开门，准备离开，这时林衣兰转过身来，说：“谁都不用走。我走!这个屋子里都是你的亲人!我去大街上当要饭的!”

宫洺在林衣兰的话里尴尬地把动作停下来。

“你是我妈，你怎么会当要饭的。”顾里强压着心里的情绪，脸上是平静的神色，只有泪水挂在她红彤彤的脸上，看得我心都快碎了。她拿着纸巾，轻轻擦着她晕开的眼妆，沙哑地说，“就算要饭，也是我去，不会轮到你。”

“那你现在是要我这个妈还是要这个野杂种!”林衣兰朝沙发上坐下来，手掐在沙发扶手上直发抖。

“你也一把年纪了，讲话能不能注意一下口德？顾里和我同父同母，你这句野杂种是在骂谁呢?”顾准在对面沙发上，不冷不热地说。

顾里抬起头，把她手里的纸巾揉成一团朝顾准扔过去，有气无力地说：“你少说一句会死啊?”

林衣兰哆嗦着站起来，朝门口走，她一把拉开大门，“我养了你二十四年!”她激动了，泪水在她脸上的皱纹里晕开来，“顾里我养了你二十四年!”说完“嘭”的一声把门摔上走了。

巨大的沉默里，顾里把脸埋在自己的双手里。一动不动。

顾源站在我的身边，他抬起头望着顾准。我能清晰地看见他眼里的敌意，这种敌意就像是动物世界里，两头彼此对视的公狮子。

顾源对顾里说："她好歹是你妈，顾准再和你是亲生血缘，那也是陌生人!"

顾里抬起头，擦了擦眼泪，说："顾源你就别管了。我们顾家的破事儿不止这一件，我都习惯了，说不清楚。"

顾准从沙发那边冷冰冰地回一句过来："我和我姐的事儿，你一个外人，插什么嘴。"

顾源深吸了一口气，抬起手捂在鼻子嘴巴上用力地揉了一揉——那一瞬间，我们所有的人都清楚：顾源被惹毛了。

顾源刚刚看向顾里的眼神里，还充满着怜惜和温柔，而此刻，视线上却突然笼罩起了一层寒冷的雾气，他冷冷地对顾里说："是啊，说得好。我就是个外人。我从头到尾都是个外人，顾里，你有把我当做过你的亲人么？你当我是什么？"

顾里的眼睛里又涌出眼泪来，她站起来，把被汗水打湿的刘海拨到一边，冲顾源小声而谨慎地说："对不起……"

就在这一刻，本来完全置身事外的我，突然被顾里低声下气的样子点燃了。在我的印象里，顾里从来没有什么时候这么低声下气过，就算是对着我们学校的校长，顾里都没说过"对不起"三个字。我看着面前快要崩溃了的像一条垂头丧气的狗一样的顾里，再看看她面前这个面容冷漠趾高气昂的所谓的男朋友，一股无名火从我心里疯狂地蹿到头顶。

我一把甩开简溪的手，冲到顾源面前，把顾里拉向我的身后，"你冲顾里要什么脾气？你嫌今天的局面还不够乱么？把你当外人怎么了？把你当外人就对了!我要是顾里，我他妈也彻底把你当外人!你骂人之前就应该先去撒泡尿照一照，你今天在宫洺办公室里和你妈一起做那些龌龊勾当的时候，你把顾里当什么人？你现在还有脸了怎么的……”

我没说完，就被简溪一把扯到了身后，他压低着声音吼我：“林萧你添什么乱啊你!你嫌今天房子还没被拆平是吧!”听得出来，他真的急了。

顾源一听也急了，冲我把眉毛一拧，伸出手把简溪一把推开，指着我的鼻子恶狠狠地说：“林萧，刚才在厨房是你求着宫洺别提这事儿的，现在你是想怎么样？上演姐妹情深还是要冲我落井下石啊？”

简溪也被惹急了，抬起手一把把顾源的手腕从我鼻子面前拍开，“顾源，你他妈说话就说话，你敢冲林萧动手别怪我翻脸!”

顾源气急败坏地说：“你装什么白马王子啊你，你他妈刚刚和林泉睡完几个月，转眼你就在这里扮演模范丈夫了是吗？”

简溪眼睛里的光刷地一下就灭了，仿佛被吹熄了的蜡烛。顾源看着简溪冰冷的一双瞳孔，脸上的表情也有点后悔。两个人都不再说话，只是冷冰冰地站着。

过了很久，顾里终于站了起来，她走到我的身边握紧我的手，她的脸渐渐地从震惊里恢复过来，就如同刚刚一直处于死机状态的电脑，终于可以重新移动鼠标了。我看着面前重新冷漠重新强大起来的顾里，忍不住快要哭了。是的，这才是我熟悉的她。

她站在我的面前，和顾源对峙着。

这种场景在我们青春的年代里，无数次地发生着。每一次，都是简溪、顾源一个阵营，我和顾里一个阵营，无论谁对谁错，我永远都是和顾里站在一起。用简溪的话来说，“顾里如果哪天杀了人，就是你林萧帮忙递的刀!”顾里也总会面不改色地反唇相讥：“如果顾源强奸了哪个女的，那也是你简溪帮忙脱的裤子!”

我被顾源刚刚的德行给惹毛了，于是我仗着面前强大的顾里，心里一股浓烈的报复恨意往脑子里冲，我抬起手指着顾源说："你有本事就告诉顾里，你和你妈是如何跟宫洺要求把顾里从财务总监的位置开除的!你有胆子做就要有胆子说!"

说完的瞬间，我清晰地感觉到，握着我的顾里的手，"刷"的一声变得冰凉。

顾源的脸刷地一下白了。

简溪涨红了脸，气得说不出话来，最后冲着我说："林萧你他妈的给我滚出去，少在这里添乱!"

整个房间安静了半分钟后，顾里轻轻地抬起头。她的声音突然恢复了她锐利而又傲慢的原调，我突然被一种莫名其妙的恐惧攫紧了心脏，我还来不及分辨这种诡异的情绪来自何处，就听见背对我的顾里，对简溪说："简溪，你在这里凑什么热闹？你觉得自己骨头很硬么？刚刚吃饭之前，我第一个想说的人就是你。你在我面前对我说的什么你还记得么？你对林萧说的是你离开了林泉，从北京回来了，是吧？"

我抬起头，简溪的脸上像是突然被泼了一碗凉水。

"那上个星期，我在香港广场的星巴克看到的和你正在一起喝咖啡的那个长得和林泉一模一样的女的又是谁呢？你别告诉我她是高中跳楼的那个姐姐林汀，我他妈就不爱听鬼故事!"

五月的上海，夜晚是不冷不热的惬意。风卷裹着春末夏初的暧昧，吹拂过每一个毛孔。情侣们呼吸着彼此身上的气味，感受着一种叫做爱情的迷幻剂。

暖黄色的路灯透过梧桐树荫的缝隙，在马路上投影下无数金黄色的碎片光斑。

蓝诀和Neil沿着马路不快不慢地走着。

虽然离开了刚刚那栋快要被黑色乌云压垮的别墅，但是此刻心里的压抑感还是没有散去。Neil把手抄在裤子口袋里，偶尔抬起头看看自己身边的蓝诀，也不知道说什么。暖色的灯光把他的眉毛照得发亮，在眼窝里投下深深的暗影来，轮廓分明的脸只剩下一圈边缘，看起来像要融到夜色里去了。

“喝啤酒么？”蓝诀说着，自顾自地朝街边的自动贩卖机走过去。他从口袋里掏出钱来准备塞进投币口，刚掏出来，就被Neil一把拉向身后，“我来。”蓝诀后退一步，那个略带酒窝的可爱笑容浮现在他的嘴角上，“哟呵。”

Neil买好两罐啤酒，塞了一罐到蓝诀手里。

“你还挺大男子主义的。”蓝诀拉开拉环，咧着嘴笑笑，嘴唇薄薄的，看起来非常英俊。

“那当然。”Neil挑了挑眉毛，表情有点生气，像是对方问了个答案很明显的问题。

“对了，”Neil的喉结上下滚动了几下，咽下几口啤酒，“你喜欢男孩儿还是女孩儿？”他问完之后也没敢看蓝诀，只是把目光投向街道前方的路灯。他的睫毛紧张地抖动着。

“哈，干吗问这个？”蓝诀笑着，脸庞的线条变得温和起来，“难道你看不出来么？”

Neil仿佛象牙般的皮肤在夜色里红起来，“看不出来。”他尴尬地耸耸肩膀。

“我还以为你知道，”蓝诀低着头，有点不好意思，但随即大方地勾过Neil的肩膀，“这不是很明显的么？”

Neil感觉到揽着自己肩膀的蓝诀的手臂的温度，他全身的毛孔瞬间收缩起来，他在喉咙里咳嗽几声，压抑着心里开心得像要爆炸开来的喜悦，平静地说：“嗯，是啊，是很明显。”说完，他轻轻地伸出手，揽过蓝诀的腰。

“那当然，”蓝诀的笑容灿烂极了，他的衬衣领口在夜色里敞开着，传来带着体温的香水味道，“我一直都喜欢女孩儿。”

凌晨的深夜里，上海像一艘科幻电影里悬浮在黑暗宇宙中的巨大航母，星星点点的灯光，和那些看起来像是各种电子回路的高架环线以及霓虹楼灯。

沉默旋转着的城市，像海绵般吸收着各种各样的声音。欢笑声，哭喊声，争吵声，婚礼声，诅咒声，婴儿出生的啼哭声，亲人去世的悲痛声。所有的声音混合在一起，像是黑色的城市污水一样，流进下水道，流进城市之下的遥远的地心熔炉。

这艘巨大的宇宙飞船，永远都这样沉默无声地往前航行着，飘往宇宙里一个未知的世界。

寂静的尘埃星河，涌动的宇宙极光，爆炸的太阳黑子轻轻地扫过眼睑，瞳孔变得发烫。

胸腔里那颗轻轻跳动着的小小红色星球，突然像是几百万年前的地球一样，进入了白茫茫的冰河世纪。

简溪的瞳孔里倒映着已经熄灯了的东方明珠，按照呼吸般节奏明灭的信号灯让它看起来就像是一颗快要死亡的小行星。

顾源倒空了第三瓶红酒，然后把杯子里的红酒一口喝掉了。他把滚烫的脸贴在落地窗上，看着窗外这片价值连城的外滩江景。

“你干吗不告诉顾里你的真实想法呢？”简溪看着面前喝醉了的顾源，

皱着眉头说。

“因为，我越来越觉得，”顾源闭上眼睛，羽毛般浓密而纤长的睫毛湿漉漉的，“我不知道该怎么和顾里交流了。我觉得她渐渐地离开我的生活了。”

简溪转过头，“你这不是作践自己么？”

“你不是也一样么，你干吗不跟林萧说，林泉死皮赖脸地回上海来找你，你去见她只是为了和她当面说清楚，叫她死心啊？你冲林泉吼着让她滚，不要再缠着你的时候，不是挺牛逼的么，怎么在林萧面前什么话都说不出来？”

简溪没有回答，他看着窗外翻滚着混浊泡沫的黄浦江。外滩残留的灯光倒映在江面上，被风一吹就溃散成一片肮脏扭曲的油彩。

“好像起风了，有一点儿冷呢。”蓝诀喝着啤酒，脸上红红的。

Neil沉默地点点头，继续往前走着，他的心里像是小时候突然弄丢了一个玩具般的失落。他抬起头，湿漉漉的瞳孔用力地看着蓝诀的侧脸，过了一会儿，他把身上的西装外套脱下来，递给蓝诀，“披上吧。”

他什么都没说。

巨大的黑色奔驰S500停在宫洺家的楼下。

宫洺转过头，看了看坐在自己身边的男孩子，目光仿佛漆黑的午夜般幽深。男孩子转过头来，锋利的眉毛英气十足，他用星辰般的双眼，回望了宫洺，然后他伸出手，抓过宫洺放在扶手上的手，用力地握了握。

“没事的。别担心她们了。”他的声音仿佛温热的泉水一样，充满着动人的磁性。

宫洺点点头，“你还住原来的地方么？”

“不了，换了个地方。离你家很近。”

“好。”

蒸腾氤氲的雾气里，我和顾里彼此沉默地对望着，不发一言。

巨大的按摩浴缸把热水源源不断地冲击到我们的身体上。这个巨大的浴缸是顾里反复和房东商量了之后安装的，为此她前后磨了房东一个月。这个浴缸大到足够装下我和顾里、南湘三个人之外，甚至能装下唐宛如!自从有了这个浴缸，我们就很少去南京泡温泉了。这个浴缸成了我们四个女孩子的新宠。(当然，当我和顾里发现它同时也成为Neil和顾源的新宠时，我们义愤填膺地说：“你们两个男人也一起泡!要不要脸啊!”为此，解决的方案是，我和顾里加入了他们俩……当然，他们在浴巾里坚决地穿上了泳裤。)

而此刻，翻滚着的热水里，只有我和顾里两个人了。一个小时之前，整个屋子里挤满吃了炸药的人，每个人似乎都在用最高的音量彼此嘶吼着。而现在突然人去楼空，连一个说话的人都没有。

我们脚尖对脚尖地盘缩在浴缸里。滚滚的热水把我包裹起来，头顶的浴霸被顾里全部打开了，尽管天气已经不冷，不需要加热，但是她一直都喜欢这样明亮的金黄色的光线。我和她面对面挨着，她的脸在光线下非常清晰，我甚至能看得见她脸庞上细腻的白色绒毛。

卸妆后的顾里看起来只有十七岁。这样的她，看起来更柔弱、更纯净、更美好，感觉和南湘一样，但也更容易受到伤害，像一个脆弱的瓷器。而南湘不一样，南湘也纯净，也美好，但南湘更像是一汪泉水，无论刀伤还是剑创，都无法留下痕迹，最后依然是一面完整的宁静，依旧惊鸿照影，闭月羞花。但顾里不会，她碎了就是碎了，就算能工巧匠可以把她无数次地黏合，但是，每一条裂缝都清晰地记录着她受过的伤。

我看着面前平静而略带悲伤的她，又想想失败的自己，不由得悲从中来。我伸过脚趾，在水面下轻轻地用脚趾掐了掐她的小腿。她眉毛一拧，冲我说："林萧你想死吗?"因为没有化妆的关系，她的表情少了大半的狠劲儿，看起来像一个虚张声势的小丫头。我不由得笑了，眼泪"吧嗒"一声滴进浴缸里。

我和顾里反复地换着新的热水，迟迟不肯从浴缸里离开。

很晚的时候，浴室的门开了。南湘走了进来。

偌大的浴缸在挤了三个人之后，终于显得温馨了一些，或者说，我们彼此的距离都靠近了一些。南湘的眼睛在水蒸气里显得湿漉漉的，她把她浓密的长发扎起来挽在脑后，热度让她的皮肤像娇艳欲滴的花朵。

"顾里，你说得对，我就是个贱货。"她闭着眼睛，慢慢地把脸往水面下沉，"但我是真的爱卫海。"

"我什么时候说过你是贱货？我压根儿就不知道你和卫海在一起了。"顾里莫名其妙地瞪南湘一眼，然后回过头看着惊讶的我说，"林萧你也知道?"

我点点头，"我们都以为你知道了，而且不然唐宛如干吗说'怪不得顾里说你是贱货'呢？我们以为她就是指这个呢。"

"这很奇怪么？我从小到大不是一直骂你们两个小贱人小贱货么?"顾里翻了个白眼，有一种要渐渐恢复她计算机作风的苗头。

不过几秒钟之后，她又重新颓废下来。她挤到我们中间来，低声说："我自己的爱情都一塌糊涂，我有什么资格说你呢?"

三个人一起沉默了。

过了会儿，南湘轻轻地把头靠到我的肩膀上，她闭着眼睛，在我的耳边说："我刚刚和卫海分手了。"

晚上，我和南湘都挤到了顾里的那张大床上睡。

我听着她们两个彼此尖酸刻薄的斗嘴，心里的温度渐渐地回升起来。每一次，无论我面临了什么样的挫折，只要待在她们的身边，我都会像是插上充电器的手机一样，慢慢地又重新叫嚣起来。脑海里偶尔还是会闪过简溪的脸，那张皱着眉毛，像是在看一幅悲伤的油画般表情的脸。

就在我们渐渐快要睡着的时候，听见了开门声。

我们三个裹着睡衣，打开门，看见回来了的唐宛如。

顾里走过去，握了握她的手，“你没事吧？刚才我们一直打你手机，你都关机了。”

唐宛如沉默着没有说话，但还是点了点头作为回答。

南湘小心翼翼地走过去，她说：“宛如，对不起，我不是存心要瞒着你。而是我根本不知道该怎么和你们说，我也不知道为什么就莫名其妙地发生了。我一直拖着，害怕告诉你，告诉你们……你骂得对，我就是贱，我连自己好朋友喜欢的人都要碰。”说到这儿，南湘的声音也断断续续的，我听了心里也不好受，她调整了下情绪，继续说，“宛如，我和卫海分手了。”

唐宛如抬起头，牢牢地盯着南湘，过了很久，她才仿佛下定很大决心般地轻轻握起南湘的手，她的眼圈通红，“南湘，我听得出来，你这番话是真心的……”

她渐渐地加大了手上的力度，直到南湘的脸痛苦得扭曲起来，几乎快要站不稳，“但是在我心里，你依然是一个彻头彻尾的贱货，最贱的人就是你。”

她双手太过用力而激动地颤抖着，像要把南湘的骨头捏碎一样。

那一瞬间，我看着唐宛如目光里翻滚着的怨毒和仇恨，我害怕了。芒刺在背的幽深的恐惧像幽灵一样一动不动地站在我的身后。我从来不曾看见过，唐宛如的目光会是这样仿佛一个深不见底的黑色沼泽，里面肆意闪烁着的绿色幽光，像毒液般嗞嗞作响。

她甩开南湘纤细的手，转身走进房间去了。我去扶南湘的时候，扶到了一手滚烫的眼泪。

第二天一大早，唐宛如就提着行李搬走了。

她搬走之后不久，上海就下起了绵绵的大雨。整个上海笼罩在一股昏黄色的雨水里。

随后，漫长的梅雨季节开始了。

仿佛没有尽头的雨水从天而降，肆意地冲刷着城市的每一寸土地。摩天大楼在这样昏黄色的光线里，看起来像是一个庞大的生锈了的遗迹。

马路上雨水横流，卷裹着各种垃圾，流进城市的地底。

混浊的雨水，铺天盖地地肆意腐蚀着上海每寸土地的表面，肆意腐蚀着每一个人的心。

你没有看见，你也一定听到了。你没有听到，你也一定感觉到了。

那逐渐靠近着的，寒冷的呼吸。

Tiny Times Season 2

Chapter.07

小时代·虚铜时代

这就是上海。

它可以在步行一百二十秒距离的这样的弹丸之地内，

密集地砸下恒隆I、恒隆II、金鹰广场、中信泰富、梅龙镇广场，

以及刚刚封顶的浦西新地标华敏帝豪六座摩天大楼；

它也同样可以大笔一挥，在市中心最寸土寸金的位置，

开辟出一个全开放武的140000平方米的人民广场，

那里有每天都需要二百八十个绿化员工来维持修剪的巨大草坪和绿化带，

免费开放给全上海的市民，

无论你脚上踩着的是足以购买任何女人灵魂的水晶镂空的Jimmy Choo高跟鞋，

还是充满着劳动情怀的绿色解放牌雨靴，

你都能够在人民广场的公园中央，找到一张周围停满了鸽子的长椅，

坐下来谈个恋爱，或者喝杯酸奶。

这就是上海，

它这样微妙地维持着所有人的白日梦，

它在浩渺辽阔的天空上悬浮着一架巨大的天平，

让这座城市维持着一种永不倾斜、永远公平的，不公平。

放眼全中国，如果说要寻找一个最能了解“One step at a time”这句话的真谛的人，那一定就是此刻坐在你面前、挽着一个乌黑亮丽的发髻、仿佛自己是《澳大利亚》里的妮可·基德曼一样的顾里。尽管堆在我们面前需要解决的事情仿佛一团八公斤重的乱麻一样多，但是，她脸上那种气定神闲的样子，会让你觉得她面对的是一个即将到来的悠长假期，而不是不久前几乎分崩离析的我们的生活。

她没有急得上蹿下跳、手忙脚乱，南湘曾经说过，就算几十米高的海啸巨浪已经朝她迎面打来，她也依然会气定神闲地对着马上就要翻了的救生艇上的我们悠扬地说：“让我们荡起双桨(然后去死)……”

所以，此刻她正全神贯注地坐在客厅里她刚刚从“达芬奇”家居买回来的一套沙发上，像训儿子似的教育垂头丧气的Neil，开导他的感情问题。

“我不得不告诉你，有时候谈恋爱，就像是买家具一样，比如你现在正坐着的这张Armani最新款的沙发……”

当然，顾里还没得以进一步展开她的论述，就被旁边正在闭目养神的南湘和我打断了。因为我们实在受不了她这两天以来，无论什么事情，都能扯到她买的这张沙发上来。我和南湘一致认为她虽然面不改色地买下了这张价值足够在市中心的黄金地段买个三平方米店铺的沙发，但是在她内心里，其实是肉疼的，否则，她就不会无时无刻不以“就像是买这张沙发一样……”作为opening来对任何话题进行核心阐述。

最恶劣的是昨天傍晚，她对着小区里来收煤气费的中年妇女说：“……你要知道，我不是在乎这一块二毛零钱，就像你现在看到的我客厅里这张新的Armani沙发一样，我不在乎价钱，但是你不能让我……”还没说完，我就一把把这个疯女人拉进卧室里去了，然后南湘掏出了一块二毛零钱，满脸热乎微笑地塞进了满脸茫然的中年妇女手里。

此刻，Neil也受不了了，板着他那张冷冰冰的面孔，仿佛杂志上没领到薪水却又要硬着头皮开工的欧美模特，一脸的不高兴。他说："顾里，如果你肯再也不提这张沙发的事情，我愿意承担你这张沙发账单的百分之三十。"

顾里瞬间同意了这场交易，她丝毫没有停顿地说："恋爱其实是一种板上钉钉、一清二楚的事情，就像美国总统罗纳德·里根称呼的'市场的魔术'其实应该准确地称为'市场原教旨主义'一样……"

我和南湘看着面前翻着白眼、仿佛中邪了一般源源不断地背诵着各种我们听不懂的经济术语的顾里，松了一口气。她恢复了正常——尽管她恢复正常之后不太有人能听得懂她在说什么。

当然，有一个人除外——她的男人顾源。他们俩可以用经济学术语持续聊一个多小时，听上去就像是两个金融学院的高才生在讨论华尔街格局的变化导致的最新国际形态改变一样高深莫测，但实际上他们只是在聊湖南卫视最近播放的那部电视剧有多么雷动人心。他们来自同一个星球，他们沟通得很顺利(……)。

我和南湘佩服地看着顾里，她正有条不紊、气定神闲地开导着向她倾诉少年恋爱烦恼的Neil——旦我们谁都不知道，让Neil少爷神魂颠倒的是顾里的助理蓝诀。否则，顾里早就从她的Prada桃红色手包里掏出她的MP—5冲锋枪对着Neil从头到尾疯狂扫射了。

Neil只是简单地抱怨着他的感情不顺，并没有提起他心里那位躺在水晶棺里等着被吻醒的睡美(男)人是谁。而顾里用一种八婆的眼神媚眼如丝地上下打量他，"哟，不会是哪个三线小明星吧?"这更是瞬间点燃了我和南湘两人内心的八卦之魂，我们在沙发上扭动着，浑身燥热，仿佛是因为迷路而莫名其妙走进了雄黄酒厂的两条蛇精。

当顾里看着Neil垂头丧气地不说话了，又把她那张仿佛一直保存在冰箱冷冻室里的万年不变的脸转过来对着我，把炮火对准新的目标，“林萧，不是我说你，在爱情这条路上，真不能一根筋。你说说你对简溪，还不够好么？掏心掏肺的，恨不得把自己拴在他的裤腰带上跟着他上班打卡下班买菜，最后呢？捅了你好几刀了吧？你说就像是白骨精天天想着法子去讨好孙悟空一样，又是捶腿捏肩，又是精油开背的，可是有用么？最后那细皮嫩肉、媚眼如丝的唐三藏一个眼色，孙猴子该三打白骨精，也不会少一打，最后吱呀乱叫披头散发的不还是你么……”

我看着一张樱桃小嘴飞速张合不停的顾里，感觉她在念波罗蜜心经。我说：“顾里，你最近说话怎么那么像北京人?”

顾里眉毛一挑，“白眼儿狼，我跟你说心里话呢，你干吗骂人呀?”

坐在顾里对面的南湘抬起头来，被顾里的言论震得目瞪口呆。

我无语地捶了捶胸口，心里想还好在座的没有北京人，否则早拿圆珠笔在她的Prada包包上写下“王八蛋”三个字了。

我想起上次我们学校和上海体育学院的学生们搞联欢，满脸不情愿的顾里被我和南湘拖去参加了这个传说中“整间房间里挤满了无数沐浴过阳光的小麦色肌肤帅哥(并且他们相当饥渴)”的联欢会。结果我们和两个从青海来的看上去像是罗马雕塑般的浓眉大眼的帅哥聊得正欢时，顾里像一个幽灵般愁眉苦脸地飘过来，在我们两个中间摆出她那张计算机一样冷冰冰的脸，不耐烦地拿着一杯水一直喝。我们面前的两个小伙子看见这个仿佛冰雪公主一样的美女，都像是发动了的马达一样。其中一个两眼直愣愣地盯着顾里说：“你们有空真应该到青海去，那里的冰雪特别美，就像你们的皮肤一样。”顾里一仰头把剩下的小半杯水咕噜一声喝完，顺手往旁边桌子上一放，皱着眉头把白眼一丢，“你这话说的，谁得罪你了啊，没事儿叫人往那种地方跑，你没看青海的那些女的脸上都被摧残成什么样了么？不是我说她们，多大的人了，平时不防晒么？非把自己晒得跟紫萝卜似的闪闪发亮，没必要啊……哦是啊，就跟你们的脸上看起来差不多，还好你们是男的。不过话说回来，你们是男的吧？我一直不太能分辨你们的性别……”南湘的小脸煞白煞白，一把捂住顾里的嘴，把她拖走了。但是她忽略了我们身边还站着一个更不怕死的唐宛如，她一把接过顾里的话题，说：“是啊，上次我在厕所，‘哧溜’一声钻进来一个板刷头，一边脱裤子一边冲我挤眉弄眼的，要不是看她把裤子脱了蹲下来开始小便，我都差点儿打电话报警了。后来一打听，得，确实是女性……”我拉着唐宛如赶紧跑了，我担心他们身上万一带着藏刀的话，会抽出来当场把顾里和唐宛如给切片儿了。有时候你真的会觉得，唐宛如和顾里有一种异曲同工之妙。

想到唐宛如，我的心一沉。

虽然平时我被宫洺那个变态工作狂折磨得几乎没有待在家里的时间，每天回到家里，我都是号啕着一头倒进被子，或者一猛子扎进浴缸(当然我经常一猛子扎进去之后才发现眼睛上贴着两片黄瓜仿佛外星人一样的顾里正泡在里面，被我踩得吱哇乱叫)，几乎注意不到唐宛如的存在。而顾里就更不用说了，她同宫洺一样是神龙见首不见尾的人，我经常前一天晚上深夜4点还能听见她在房间里看英国的财经报道；而隔天早上当我7点多起床，还穿着睡衣两眼放空地在客厅里游走的时候，我就能看见蓝诀莫名地出现在我们家的客厅里，听他一边接电话一边说：“好的Lily，我已经找到那份文件了，马上帮你拿到公司来。”而当我早上9点钟出现在公司的时候，我又接到了顾里从家里打来的电话：“林萧，你下班回家帮我把公司里我的笔记本电脑带回来好么？”——简单地形容起来，《M．E》的高层有两种可能，一种，他们都是神经病；另一种，他们都有机器猫。

在这样疯狂的生活里，我们其实很难注意到唐宛如在干些什么。她开始找工作了么？她的生活顺利么？她有没有认识新的男孩子、和他在一起？她一直住在外面，家里人反对么？这些我们从来都不知道。我和顾里、南湘三个人，都各自把自己的生活过得足以媲美好莱坞动作片，而唐宛如在我们生活的缝隙里默默地存活着，我们从来都没有注意过她，她就像是一面透明的玻璃。但当有一天她突然从我们的生活里消失的时候，我们才反应过来，失去玻璃的窗户，此刻开始“呼啦啦”往里面漏风，千疮百孔。

我窝在沙发里没有说话，顾里看了看我，知道我在想什么。她和我这么多年朋友，我动一下脚指头她也知道我是因为月经紊乱而腹痛，还是因为吃得太多想呕。所以，她也见好就收地闭了嘴。

而我们小团体里最会察言观色的南湘，就更不可能多嘴了。她假装完全没有参与我们的谈话，盘着腿优雅地斜倒在Armani沙发上翻时尚杂志。但我能听到她的内心轻轻叹息了一声。

轻得仿佛此刻窗外六月湛蓝的天空上，流动过去的一丝薄冰般的云絮。

转眼到了周末。

谁都不愿意周六的时候在家里窝着。顾里约了宫洺，要去解决她的工作问题，对于她敢在双休日去骚扰宫洺，我表示十二万分的钦佩，我甚至出于好心建议她把她的手机快捷拨号“1”设定为报警电话，我真的担心宫洺会拿切牛排的刀子朝她丢过去——所以我又同时建议了她把快捷拨号“2”设定成120……

为了排解心中的忧愁，我拉上Neil逛街去了。出门的时候，南湘接了个电话，她听了一会儿之后，决定和我们一起出门——当然，是分头行动。不知道为什么，我感觉她在出门的时候，若有若无地瞟了我几眼。

这个世界上，有两件事情是我最喜欢的。一件就是和简溪一起手拉手地在公园里散步，阳光下闻着他胸膛上和煦的香味，和他一起漫无边际地畅想人生。他经常拉着我的手，看着公园里那些遛弯儿的老头儿老太太说："我们老了，得比他们还要浪漫，我们要穿得红红绿绿的去人民广场下面的'迪美'拍大头贴，要去新西宫买杰尼斯的写真卡片，还要每天QQ视频聊天并且周末去商场玩跳舞机……反正非主流们怎么玩儿我们就怎么玩儿。"我总是被他逗得傻乐。简溪也跟着我乐，他笑的时候喉咙里有一种特别有趣的呼噜声，就像是广场上那些鸽子的声音一样，咕噜咕噜的。

但现在简溪和我闹掰了，可能他现在正和林泉一起在音乐厅里听歌剧呢，没空和我一起畅想未来非主流的生活。所以，我也就只剩下第二件事情可以做了，那就是和Neil逛街。

和Neil在一起，你永远都会觉得自己像是在巴黎的爱情电影里，空气里流动着的是Chanel永恒的No.5的香味，周围是白色石材外墙的经典巴洛克建筑，建筑门口撑开的白色遮阳棚上是各种名牌清晰的LOGO字母。我就从这些喷洒着浓郁奢侈气息的LOGO下翩然而过，身边是这样一个眉目深邃的混血帅哥。走累了，你就坐上他豪华跑车的副驾驶，当我们停在红灯前等待的时候，周围提着各种购物袋的女人们会对你投来忌妒的目光，那些目光滚烫浓烈，就像是翻滚着的火锅红汤一样。他永远会为你开车门，帮你提纸袋，请你看电影，或者帮你买下那件你特别喜欢的小裙子，尽管离你的生日还有六个月，而且他还能手拿着星巴克的咖啡自由进出Dior的大门而不被店员拦下来说"对不起请您别把饮料带进店里好吗"。那些名牌店的店员们看见Neil的表情就仿佛一群打了鸡血的斗牛犬一样，在远远地看见Neil的身影时就会冲到店门口轰然把大门拉开，簇拥着把他迎进去，然后紧接着端茶倒水拿产品样册，手忙脚乱一气呵成。而我当然记得在我自己一个人的时候，他们把目光丢向空气里一个莫名的地方，看也不看我地说："小姐，拿着饮料请别进店里。"

我痛恨这个势利的世界，我真的很想看一看当哪天宫洺端着一碗麻辣烫穿着人字拖走进店里，他们会说些什么。又或者顾里拿着羊肉串一边吃一边在他们店里抖着脚剔牙会出现什么状况。那肯定大快人心。

我怀着这种怨妇般的心理坐在Dior店那面大镜子前的黑色沙发上，一边喝着我手里的香草星冰乐，一边看着Neil正在试穿他们2009春夏的男装衬衣。

"这件好看么？"Neil回过头来问我，此刻站在镜子前面被头顶柔和的灯光笼罩着的他，看上去和我手里那本画册上的模特没有任何区别：眼眶深邃，鼻梁挺拔，身材瘦削却充满肌肉感。我看着那件衬衣上复杂而又阴柔的蕾丝花边和衬衣袖口上烦琐的金丝滚边，说："挺好看的，如果再配一双高跟鞋的话，我都能穿着去参加晚宴了。多好的一件蕾丝小礼服裙啊，适合你。"

那一刻，我觉得自己尖酸刻薄得简直是顾里灵魂附体，我不是一个人。

谁让现在男人穿的衣服比我们女人的衣服都还要精细讲究。我多怀念我们父辈时的那段黄金岁月啊，那是一个一套金利来西装就可以笑傲江湖的时代。

"是吗？那我就买这件了。"Neil用他那双被金黄色长睫毛覆盖的迷人眼睛冲我翻白眼，看上去别提多暴殄天物了，那首著名的诗歌怎么说来着，黑夜给了我黑色的眼睛，而我却用它来翻白眼。这种感觉就像是在用德国的Sterinborgh顶级钢琴弹奏庞龙的《家在东北》一样。

他说完这句之后，他身边一直伺候他的那个"看上去缺了一双高跟鞋和十颗水晶指甲"的男店员镇定地倒吸了一口冷气，仿佛快要休克般地跑进里面的小房间开票去了。拿过Neil手里的那件衬衣翻了翻价格吊牌，我也快要休克了，差点把嘴里的咖啡喷到那个标着“7980元”的价格条码上。我不由得对Neil小声怒吼：“男人，你的名字叫虚荣!”

Neil轻轻瞄了我一眼，回我说：“林萧，你的名字叫男人。”

我看着他满脸的贱表情，我输了。那一刻他仿佛是顾里的灵魂附体，他也不是一个人。

不过我看着穿着大T恤和旧牛仔裤的自己，头发蓬松，球鞋边上还有一圈泥点，而我面前的Neil，穿着白色的宫廷蕾丝衬衣，指甲修剪得干净而整齐，脖子上有淡淡的香水味道，眉毛修剪得整齐挺括，睫毛柔软而又浓密，和他对比起来，确实我比较像男人。

此刻，离我们不到一公里远的静安一栋高级公寓大堂里，另一个穿着Dior的美丽尤物，正在反复地企图冲破楼下保安的防线。那就是顾里。

她从Kitty口中打听到宫洺今天住在这个新的酒店式公寓里，鬼知道这是宫洺在上海的第几个家。她站在大楼的门口时，抬起头看了看黄金麻石料的建筑外墙，又回过头看了看几百米之外耸立的恒隆I和恒隆II两栋摩天大楼，心里恨恨地叹了口气。

楼下的门禁系统让顾里眼睛发直，和顾源家楼下的门禁系统一样，如果没有楼上住户的授权，她就算钻进了电梯，除了“1”之外，无法按任何一个楼层。

顾里按捺着内心的挫败感，用她动人的微笑，对楼下那个穿着红色门童礼服的小哥说：“这位小哥，能用你的门卡帮我按一下三十三楼么，我是宫洺先生的客人。”

“你绕到大堂外面，按一下宫先生的房间号码，如果您真的是他的客人，他应该会给您授权密码的。”门童小哥的脸在热辣辣的阳光下毫无表情，看起来像是个军人。

顾里冷笑一声，说："我找宫先生是因为有急事，他估计睡着了，我打他手机他也没接，门禁系统的电话当然也听不到。你们肯定也知道他的性格，如果耽误了，他问起来，我就说是你们的门卫不让我进去。"顾里瞄了一眼门童的胸牌，继续说，"Kevin，你难道没有听过宫先生的名言么，'如果乌龟看见了你的这种办事效率，它一定会在和兔子赛跑的路上，笑出神经病来'。"

说完，顾里从包里拿出一个信封，"啪"地甩在门童手里，"这是宫先生的财务官给他的重要文件，中午12点之前必须签字然后返回公司。你看着办。"顾里把手叉在杨柳般的细腰上，从包里摸出一副墨镜戴了起来，在太阳下仿佛一个盛气凌人的瞎子。

一分钟后，顾里在门童毕恭毕敬的迎送下走进了电梯，门童小哥用自己的门禁卡刷过之后，帮顾里按了三十三楼，然后恭敬地出去了。

顾里镇定地把那个"财务官信封"放回了自己的黑色Dior包里，那个信封中装着的是我和她上个星期去医院里做的半年一次的固定妇科健康检查的病例。假如刚刚那个门童随便翻开第一页，就能看见特别鲜明的几个大字：月经正常。

然而，看见宫洺打开门之后，她也许就应该怀疑"月经正常"四个字后面是否需要加上"not any more"几个字了。她瞬间感受到了血液倒流冲上头顶快要掀翻天灵盖的那种感觉，她还没出口的"你好"两个字僵死在她白得如同冰雪般的牙齿上(当然，这是她豁出去龇牙咧嘴地承受了两次剧痛的冷光美白之后的结果)。她看见坐在宫洺客厅沙发上正在喝咖啡的顾源——当然，这并不是刺激到她的原因，她愤怒地指着顾源，咬牙切齿地哆嗦了半天之后，问宫洺："你竟然也买了Armani的这款沙发？!"

顾源："……"

“事实上，我并不是买了Armani的这款沙发，而是我向‘达芬奇’订了两套Armani的沙发，所以他们才从米兰运了两套来上海，但另外一套的颜色我看了不喜欢，就没有要，退回他们店里了。不过听说后来被一个女人尖叫着以九五折买了回去。”宫洺穿着一件柔软的白色衬衣，站在门口，像一个广告画册上的模特一样。

“那女人真了不起，要知道，达芬奇的新品几乎都不打折的呢。”顾里脸色苍白，企图挽救她最后的自尊。

“是啊，我也就只能拿到七折而已。一个路人能搞出九五折来，真不容易……对了，你找我有事么……喂？”

宫洺疑惑地看着靠在门框上翻白眼的顾里，问她。

我和Neil走出恒隆，坐在门口的喷泉池边上。周围往来着无数提着名牌手袋的年轻女孩子，她们肌肤似雪，全部戴着蛤蟆墨镜，高跟鞋踩得像是在跳芭蕾舞一样高耸入云。

我每一次看着她们，都感觉她们就像是一张张行动着的活支票，等待着年少多金的富家少爷来把她们的青春兑换成现金——或者等待更有钱的老男人，来把她们的青春兑换成黄金。

Neil坐在我的身边，喷泉溅出的蒙蒙水花在他头顶逆着阳光投射出一道彩虹来，我觉得，整条大街的女孩儿都想做他的女朋友。

Neil把他的两条长腿伸了伸，隔着墨镜看着我，说：“好想找一个男朋友啊。”

恒隆对面刚刚开始营业的金鹰广场上，Gucci的一整面一千三百八十七平方米的巨大广告墙吸引着无数路人回头张望。这是Gucci在中国内地第一家采用品牌创作总监Frida Giannini最新店铺设计概念的专卖店，这也成为继纽约、罗马、慕尼黑、中国香港和伦敦这些世界著名城市之后，运用该概念设计的中国区旗舰店。

在它旁边，Bottega Veneta门店上方那经典的编织花纹也装饰在大楼的外墙上，弥漫着一股低调的奢华气息，就像是下了毒的浓郁咖啡。每一次路过这里，我都能联想起王菲在机场被偷拍时的灰头土脸，以及她手上拎着的一点也不灰头土脸的Bottega Veneta编织手袋。

这就是上海。

它可以在步行一百二十秒距离的这样的弹丸之地内，密集地砸下恒隆I、恒隆II、金鹰广场、中信泰富、梅龙镇广场，以及刚刚封顶的浦西新地标华敏帝豪六座摩天大楼；它也同样可以大笔一挥，在市中心最寸土寸金的位置，开辟出一个全开放式的140000平方米的人民广场，那里有每天都需要二百八十个绿化员工来维持修剪的巨大草坪和绿化带，免费开放给全上海的市民，无论你脚上踩着的是足以购买任何女人灵魂的水晶镂空的Jimmy Choo高跟鞋，还是充满着劳动情怀的绿色解放牌雨靴，你都能够在人民广场的公园中央，找到一张周围停满了鸽子的长椅，坐下来谈个恋爱，或者喝杯酸奶。

这就是上海，它这样微妙地维持着所有人的白日梦，它在浩渺辽阔的天空上悬浮着一架巨大的天平，让这座城市维持着一种永不倾斜、永远公平的，不公平。

南湘此刻正坐在人民广场的音乐喷泉边上，周围有很多人在放风筝，有人在滑直排轮，也有人坐在喷泉边上，等待着半个小时一次的大型音乐喷泉。

南湘回过头，迎上卫海炽热的目光。

他伸过手来，抓过南湘放在裙子上的手，轻轻地握着，手指骨节清晰分明地传递着他的体温。他胸膛上洋溢过来的沐浴后的香皂味道，和眼前盛放的夏天一样充满了撩人的气息。他用低沉而饱满的声音望着南湘说：“我知道，你肯定是嫌弃我的，因为我没有顾源那么聪明，家里条件那么好，可以给你买很多东西；我也没有简溪那么英俊，像一个学校的白马王子一样。你这么漂亮，应该有一个像他们那样的男生站在你身边。我也没怎么谈过恋爱，特别是看见你这种特别漂亮的女生，我更不知道怎么和你恋爱。可是，我每天都想见你，想对你好。”

“你怎么会这么认为呢？”南湘望着面前低着头、自卑的卫海，心里像是流淌过温热的溪水，“你难道都不知道自己的魅力么？”

卫海咧开嘴，露出整齐的白牙齿，笑笑，说：“南湘你别逗我开心了，我们体育生，头脑比较简单，你老逗我，我会显得更傻。”

南湘从长椅上跳下来，两三步走向不远处一个小女孩，她指着卫海，和那个女孩子低头说了几句，然后拿出手机按了几下，又走了回来。

“你看。”她把手机递过来，放在卫海面前。

“看什么啊？”卫海疑惑地摇摇头。

“这是那个女生的手机号码。我只是指了指你，说你想认识她，她就把她的号码留给你了。卫海，你相信我，这整个广场上的女孩子都会愿意做你的女朋友，只要你喜欢。”南湘看着面前高大英俊的卫海，心疼地说。

“可是我不喜欢。”卫海皱着眉头，目光望着南湘，仿佛滚烫的灯光炙烤般焦距清晰，“我只喜欢你。”

热烈的太阳下，南湘看着面前的卫海，他高大的身影笼罩着自己。

她心里一冲动，靠上前去，咬住了卫海英俊的嘴唇。他口腔里海洋般浓郁的荷尔蒙气味，像要把她吞噬一样，海潮般席卷进她的身体。她张开嘴，将自己仿佛柔软樱花香味的气息，渗透进他的生命里。

接到顾里电话的时候，已经是傍晚了。但是太阳依然没有落山，剧烈的阳光毫不松懈地炙烤着大地。我和Neil一个小时前就分开了，他开车回家把刚买的衣服放回去，顺便准备回一趟家里。而我一个人漫无目的地走着，刚想去快要拆迁干净的吴江路上吃一些小吃，电话响了。

上海被无数冷气管道包裹着，像是一座巨大的冷冻仓库，无数衣着光鲜的人被冷冻在一间又一间玻璃房子里，高谈阔论，享用美食，仿佛能够行动的尸体标本。

我推开波特曼酒店二楼那家法国餐厅的玻璃大门，就看见了坐在透明玻璃包厢里，餐桌边上的顾里和顾源。他们两个都穿着Dior的衣服，看上去般配极了。顾里正在嘱咐服务生增添座位和餐具，而顾源正拿着一本全英文的酒单准备点酒。在水晶灯的光芒下，他看起来就像是英格兰的年轻贵族一样。

我从顾里看向顾源的眼神里，看到了她重新燃起的爱火。这两股火焰把她的瞳孔烧得炯炯有神，仿佛一只刚刚睡醒的猫头鹰。

我疑惑地坐下来，用眼神问顾里："什么情况?"

"我们这顿晚餐的意义，在于祝贺我。"顾里抬起她那双被爱情烧得滚烫的双眼，看了看顾源，然后扫回了我的脸上，"祝贺我，升职了。"

我盯着她看上去像是喝多了一样发出红光来的双眼看了三分钟之后，明白了，她并没有开玩笑。

几个小时之前，她在宫洺的房间里，和顾源一起并肩战斗，顺利将公司里最炙手可热的广告部运营总监的职位抢到了手里，同时，顾源出任顾里以前的职务，担任财务总监。而之前那场关于让顾里辞职的闹剧，现在终于真相大白——那是顾源为了进《M.E》而制造的借口，出发点也是为了让顾里掌握更实际的权力——谁都知道广告部决定着整个杂志社的兴亡。说起来也是格外的巧，顾源家里负责的一个整体项目，正好是和《M.E》整体合作，并且，顾源父亲也有意对《M.E》进行投资。所以，作为顾家的儿子，进入《M.E》成为谈判中的一颗微妙的棋子，顾源也不妨把心思摆得赤裸些，既然宫洺肯定知道自己和顾里的关系，那么，就把一切摊到台面上来——我们给你项目合作，给你注资，但是你得给我权力，同时也得给我女朋友权力。

听起来是桩简单明了的好买卖。

如果说还有一点点不完美的地方的话，那就是整件事情实在是太过完美了。对于宫洺这样一个心思深如海洋的人来说，让顾里、顾源同时掌握《M.E》最重要的两个部门这样的局面，他的同意显得未免太过轻率。

但无论怎么说，这都是一场非常漂亮的战役。

而整个谈判的过程里，顾源散发出的那种锋利的冷漠，如同一把闪光的匕首一样，深深地吸引着顾里。她看着顾源和宫洺彼此算计、你退我进、心狠手辣，心里对顾源深深的爱意像是被飓风席卷着，劈头盖脸地将她包围了。甚至有一个瞬间，她甘心地退到顾源身后做一个小女人，她拿起Hermes的茶壶，帮他们两个的茶杯里添满了茶。那个时候，她变成了一张柔软的绒布，甘愿擦拭顾源这把锋利的宝剑。

我听完顾里的叙述，脑子里一片乱七八糟的数字跳动来跳动去。她刚刚讲到的股权置换、增值曲线预估、部门能量值兑换等，让我的脑子像被人一把捏碎了的方便面一样，“咔嚓咔嚓”的都是碎屑。我突然庆幸自己只是一个帮宫洺从Hermes店里取回他的手表的小助理。这种庆幸刚刚在我大脑里产生没多久，房间的门被轻轻地推开了。

Neil、南湘还有顾准同时走了进来。我背后的汗毛突然一紧。

不知道为什么，我害怕这样所有人到齐的场景，记忆里似乎每次大家只要这样聚拢，其中就一定会有人兜里放好了炸弹，在一个特定的语言刺激之下，轰然掀爆每个人的头皮。

而三分钟之后，这颗炸弹炸响了。

顾里轻轻地站起来，走到Neil的边上，她的头发精致地挽在脑后，看上去就像是盛装打扮过后的林志玲。她双手放在Neil的肩膀上，看了看我，又看了看她弟弟顾准，最后把目光落到顾源身上，说："其实，计划才刚刚开始呢。顾源，我并不仅仅是为了你得到财务总监位子、我得到广告总监位子而高兴。我高兴的地方在于，这样的局面一旦确定下来，我们可以利用公司高管持股的规定，说服公司的大股东们，将一部分公司的股权安全地转移到你的手里，这是宫洺所无法拒绝的公司规定。"

顾准接过顾里的话题，说："加上我手里的和姐姐之前保留下来的，我们手上所控制的股份，就能和Constanly集团持有的股份进行一定程度上的抗衡。"

Neil目光闪动着，看着顾源，认真地说："而这个时候，Lily会转移一笔不是很多但是恰好足够的资金，让我爸爸出面，以境外一个叫做SONIA的文化传媒公司的名义对《M.E》进行注资和股权收购，从而进一步稀释宫洺以及我们每一个人手上所持有的股份，看上去SONIA对《M.E》的收购是均衡的，宫洺依然占有绝大部分的控制局面，但是……"

"但是，一旦股权购买完成，那大家都会明白，那家SONIA文化公司的实际控股人，就是我，顾里。"最后她把话题轻轻地收回到她的嘴里，然后用一个动人心魄的笑容，望向顾源。

我突然间觉得心里发慌，像是有一个巨大的幽灵盘旋在我们的头顶，此刻那把巨大的镰刀不知道正放在谁的头上，也许是顾源，也许是顾里，也有可能是我。

我抬起眼睛看了看我对面的顾源，他的脸色和我一样发白。其实，在刚刚走进这间屋子的时候，我就已经从顾里的脸上，看出了她心里装着的这只怪兽，而现在，这只怪兽终于冲破她的心脏，在空气里嘶吼起来。

亲爱的顾源，这么多年过去了，难道你以为Lily还是当初那个心高气傲、目空一切的单纯女孩子么？在她父亲去世的那一天，她就已经把过去的那个Lily埋葬了。只是你们都不知道而已。

只有我知道。

顾源显然并没有想到顾里顺着他的小小计划，在背后构建了另外一个更加噬人的庞大陷阱。而那只正在一步一步走向这个陷阱的猎物，是我的上司宫洺。

顾源望着顾里，眼睛里闪烁着恐惧的光芒，“你什么时候知道我要进《M.E》的？”

“从我桌子上出现你父亲的公司提供给《M.E》的项目报价计划的时候我就知道了，亲爱的。大概，两个月前吧。”顾里轻轻地笑着，水晶灯反射的彩虹光，照耀着她精致完美的脸庞。

“One step at a time，我最喜欢的一句话了。”顾里举起红酒杯，“说得多好啊，一步、一步来。”

亲爱的顾源，最了解她的人，应该是你啊。你应该早就认识到，这才是顾里。

如果说四只小绵羊要集合起来对付大灰狼的话，我心里肯定只会发出冷笑。而现在出现在我面前的，是四只尖牙利爪的狼，它们集合在一起，正在慢慢靠近一头看上去沉睡着的狮子。

对于顾里来说，早在学生时代，她就单枪匹马地在金融学院组织的模拟财富生存数字系统里，以两百万的虚拟资金，最终达到了四亿七千万的虚拟货币财富；并且在这个过程里，她毫不留情地让五个同学院的竞争对手输得血本无归。她在虚拟世界里将对手杀得片甲不留的暴戾，终于席卷进了真实的世界，她从头到尾，都是一个充满了杀戮气息的战场女神，我总是觉得她的面容，时不时地会出现凯特·布兰切特的样子，对，就是那个黄金时代里的面容苍白的伊丽莎白女王——她在《指环王》里扮演的那个咆哮怒吼的精灵女神，一度曾经是我噩梦的开端。

而Neil，在他华丽公子哥的肤浅外形之下，我所知道的，是他在大学作为法学研究生的时候，就曾经以律师的身份，利用一家公司的财务漏洞和美国金融界最简单的法律，让一个十三天前还拥有七亿美元身家的人，瞬间倾家荡产。

而顾准，更像一个深不见底的黑色沼泽。我不了解他。他是一团黑色的雾。

但是，即使是这样，我都不知道未来会如何。因为他们面对的宫洺，是顾里、顾源都还在高中悄悄提前学习大学的高等函数的时候，就已经在普林斯顿里递交《金融危机下的曲线小圆面积理论》论文的少年了。

我看了看对面脸色苍白的顾源，他一直看着顾里，最后，他像是放弃什么一般轻轻叹了口气，说：“你计划好了的话，我就听你的。”

天空迅速地暗下来。

整个上海像是一条滚动不息的银河，瞬间燃起密密麻麻的灯光。

唐宛如躺在床上，头顶一道莹白色的光冷冷地照着她的脸。

她盯着手里的手机看了很久，最后小心地按了“110”三个按键。

“你好，我想报警。我知道一些关于我一个朋友的事情……”

冷气打得太足。我感觉自己像是要感冒了。

我望着身边的南湘，她静静地吃着饭，不时地在餐桌底下发着短信。我不知道她发给谁，但我知道她是聪明的。她装作什么都没有听见，这场饭局所讨论的范畴，是我和她都无法参与的遥远。

我也想装作什么都没有听见，但是，宫洺的脸却不时地浮现在我的面前，很奇怪，那张脸在冲我温暖地微笑。

“哦对了，等下简溪也过来。我打电话叫的他，我之前误会他了。他没有对不起你，他是爱你的。”顾里看着我好像魂不守舍的样子，望了望顾源，然后对我说。

我莫名其妙地点点头，不知道为什么，我听了完全没有什么感觉。我脑海里翻滚着的全部是宫洺的脸。他那张难得微笑却格外温柔而迷人的脸，他柔软的嘴唇仿佛纯净的花朵般芬芳。

而这个时候，门开了，简溪的脸出现在玻璃门的后面，但是，他的表情却像是身后跟着一群怪物一样。

而下一个瞬间，几个穿着警服的警察，真的从他的身后，走进了我们的包间里面。

所有的人都慌忙地站了起来。

一个警察看了看我们，冷冷地说：“你们停下，有话问你们。”

顾里脸色苍白地站起来，她和Neil彼此对看一眼，没有说话。

那个警察环顾了一圈之后，说：“谁是南湘，站出来。”

我回过头去，南湘低着头坐着，没有动，她的手依然维持着切割牛排的动作，刀在她手上停留着。

仿佛一面巨大的黑色沼泽，朝我迎面撞来。

巨大的黑暗腥气、黏稠的腐败寒冷，在几秒钟内迅速吞没了我。

白晃晃的手铐“咣当”两声，铐在了南湘纤细如同白玉般的手腕上。

Tiny Times Season 2

Chapter.08

小时代·虚铜时代

夜幕从天上拉扯下来，

很多白天里的不堪与丑陋，都迅速地消失在这片黑暗里。

四处都是流光溢彩的霓虹和物欲横流的巨大广告牌。

无数面目模糊的人一一从简溪的目光里走过，

像是秋天里的树叶一样，一片一片地被风吹远。

盛夏里蒸腾出的浓郁水汽，

凝结在开满冷气的玻璃窗上。

一颗一颗仿佛眼泪一样，短暂地停留在乘客的视线里。

简溪轻轻闭上他漆黑而温润的眼睛，柔软的睫毛上凝结着绚烂的霓虹。

他靠在玻璃窗上像是睡着了。

他蜷缩着长长的腿，手里握着屏幕暗下去的手机，

看起来像一只疲倦的鹿。

To be blind, to be loved.

车从南京西路上开出来已经半个小时了。

街道两边的风景，也从LV、Hermes的橱窗展示，变成了眼下灰尘仆仆的小高层居民楼。有一次我和顾里从北京飞回来的飞机上俯瞰这一个又一个矮小方正的灰色居民楼，顾里平静地说：“多像一个又一个的骨灰盒啊。”我当时在心里说：“下地狱吧你!”——因为我也住在这样的骨灰盒里。

八月热辣辣的阳光从挡风玻璃上迎面朝我撞过来，视线里一直都是这样仿佛曝光过度的照片般的视觉效果。顾里家里那辆价值百万的宝马750Li，此刻正被一个刚刚拿了驾照三个月的新手司机驾驶着。对，那个司机就是我。我身边坐着已经拿了驾照两年的顾里。她此刻戴着一副巨大的墨镜，她那巴掌小脸，有三分之二都被墨镜遮住了，剩下涂着Anna Sui夏日杏花果冻唇彩的嘴唇和她那尖尖的小巧下巴。

她没有说话。我也没有说话。事实上，我不是因为脑子在放空，而是因为此刻我的脑海里，正在一秒接一秒地上演各种回忆的画面，仿佛电影院里连绵不断的黑色胶片一样持续转动着，光线从我的眼睛里投出去，在我面前的挡风玻璃之外，形成电影般的画面。这样无言的沉默再加上车里肆意开足的冷气——足够把膝盖冻得发痛的冷气，一切都显出一种悲伤的调子来。除了车里的背景音乐不太搭调——高级的车载音响此刻正播放着顾里iPod里的Lady Gaga的新舞曲。这个永远不穿裤子并且经常把自己打扮成米老鼠的疯女人，是顾里最近的新宠。前段时间，在Lady Gaga的一次现场表演上，她的胸罩里突然开始喷火，她整个人仰面朝天，然后双胸喷火的璀璨画面让我在沙发上目瞪口呆，而我身边的顾里则彻底地被这个画面迷住了。当年顾里就是被麦当娜那两个锥子般的胸罩吸引的，而今天，她又被一个胸罩里可以喷火的女人降服了。我觉得她对胸部有一种迷恋。这也是我认为，她能够一直和唐宛如相安无事这么多年的原因。因为唐宛如对胸部，也非常迷恋，因为那应该是她能够证明自己还是个女人的最强有力的证据，甚至是唯一的证据。

我们要去的地方，是静安区公安局。

十二天之前，南湘在波特曼酒店里被一副明晃晃的银色手铐给带走的时候，所有人都不知道出了什么事情。而十二天之后，我和顾里彼此沉默地开车，准备去拘留所把她接出来。在这两个星期里，顾里倒腾出了所有她能够利用的关系和人脉，企图把南湘从里面捞出来。然而，藏毒毕竟不是像街头斗殴一样简单的事情；更何况，南湘还有涉嫌贩毒的可能。

Neil的爸爸出了很大的力，当然，对于开着黑色牌照车子的外交官来说，本来是不太方便参与进来的。但他看在顾里的面子上，还是明里暗里帮了不少。然而最终解决这个事情的，却是顾里最最讨厌的人——席城，所以，这也让顾里感到格外挫败和别扭。

我转过头悄悄看了她一眼，她依然是一个不发一言的时尚的瞎子。我刚准备叹一口气，一个小男孩儿拿着一个冰激凌甜筒突然冲到挡风玻璃前面，我死命地一脚刹车，胸口猛地撞在方向盘上，痛得我眼冒金星，同时身边传来顾里的尖锐骂声。她二话没说，下车，从前面绕过来，拉开我的车门，粗暴地把我拽下来，伸手拉开后座的车门一把把我推了进去，然后她自己坐到了司机的位置。坐进去之前，她不动声色地看了那个小男孩儿一眼。本来小男孩儿还没什么反应，这一眼看完之后，开始“哇”地号啕大哭，可见顾里那两只眼睛里，是一派多么杀气腾腾、生机勃勃的景象。

我窝在车子宽敞的总裁后座里，从刚刚的惊魂里缓过来。而顾里已经把车开得“嗖嗖”地飞驰起来，感觉像要起飞了一样。

十二天之前，顾里也是这样，把车子开出了飞机的速度，心急如焚地往警察局赶。我们两个赶到警察局，在那儿等了五个小时，才见到了南湘。她戴着手铐从拘留间里走出来见我们的时候，右半边脸已经肿了起来。

终于，南湘隐瞒了我们足足三年多的秘密，彻底摊开来，暴露在了八月惨烈的日光之下，仿佛一条突然从深海里被捞出来丢在滚烫的水泥路面上的章鱼一样，丑陋，但又可怜。三年来，她一直背着我们，买毒、藏毒，但吸毒的人不是她，是她妈。本来存下来供南湘念书的钱就是这样被迅速消耗干净的，家里能卖的东西也都卖光了。

“你报警啊你!你没脑子么你!”顾里看着坐在墨绿色长凳对面的南湘，脸色发白地低声呵斥她，十根贴满碎钻的水晶指甲把她那条光滑的Chanel绸缎裙子抓得都皱起来了。

“你以为我没想过么?”南湘的头发乱糟糟地披在肩膀上，眼睛里都是红血丝，“不下十次，我手机都抓在手里了，110三个数字都按了，可还是下不了狠心拨出去，因为跪在你面前拉着你的裤子说‘我错了，我错了’的人是你的亲妈，你怎么办?清醒的时候，她哭成个泪人，抓着我的手，白发苍苍满脸皱纹地和我说她对不起我，她不是人。但是一旦毒瘾上来，她又口吐白沫地躺在地上，打滚儿、摔东西，求我给她‘药’，不给就骂我贱人、婊子。还对我说‘你长得那么漂亮，你去卖，去当婊子，肯定有钱!’……顾里，要是你换了我，这几年你早就疯了。”

我和顾里坐在她的对面，不知道该说些什么。她的脸一半仿佛是初秋的月亮一样苍白，另一半红肿着，像滴血的苹果。这些年来，这张面孔之下隐藏的秘密，我和顾里竟然没有一丝察觉。我们都觉得南湘和我们一样，生活在幸福的崭新时代，徜徉在美好的大学校园，当我抱怨着恋爱的争吵，或者顾里把她新买的用了两个星期的手机丢到抽屉里再也不用了的时候，南湘在想些什么呢?

顾里没有说话，我坐在凳子上哗啦啦地流泪，像一个没有关紧的水龙头。

车子开到了警察局门口，顾里和我下车朝里面走，走到拘留所大门口去接南湘出来。铁门拉开的时候，我听着那哗啦啦的声音，眼泪一瞬间又涌了上来，顾里及时地拿她的水晶指甲在我腰上一掐，我的眼泪又收了回去。我们都把温暖的笑容挂在脸上，一左一右地拉着南湘的手，朝外面走。

“我能和席城说几句话么？”南湘回过头，看着带我们过来的那个警察，“就是后来代替我关进来的那个男的。”

顾里刷地一下甩开南湘的手，脸上的笑容瞬间垮了下来，她头也不回地径直朝她的宝马车走了过去，“容许我先去吐一下，吐完我在车上等你们。”

警察半眯着他深邃的眼睛，眼神里是一种在这个社会里磨砺了多年之后圆润却犀利的光，“他能不能帮你把罪替掉，这个还很难说。所以，你就别节外生枝了。我要是你，走出了这个大门，就再也不会回头看。小姑娘，你的人生还很长，长得又标致，别把自己耽误了。”

回来的路上三个人都没有说话。我和南湘坐在后排，顾里在前面开车。她只留给我一个后脑勺，以及出现在后视镜里的巨大墨镜。我看不到她的眼睛，看不到她的表情，看不到她的心。

而南湘斜斜地靠在座位上，额头轻轻顶着窗户的玻璃，窗外渐渐变成深红色的残阳透过窗户上贴着的UV纸照进来，把她的脸包裹进一种带有悲怆色彩的昏黄里。她的头发又长又软，披在她的肩膀上，头发在夕阳的余晖里变得毛茸茸的。

我几次想要说些什么，企图打破这种尴尬的氛围，喉咙里像是有虫子在爬，很痒，却不知道说什么。于是我也只能转过头，看着车窗外的车水马龙，营营役役。而这个时候，顾里的手机响了起来。

她接起来，没说话，一直听，中途小声地“嗯嗯”了几声，最后她说了句“好的我马上回来”之后，就把车停在路边了。她打开车门下来，走到后车窗，我把窗户摇下来，她对我说：“林萧，你先开车送南湘回去。我回家一趟，我妈出了点儿事情，晚上回来，我们再聊。”说完，她看了看南湘，隔着墨镜，我也看不到她目光里的世界。南湘轻轻点头，“你先去，我们回去等你。”

顾里抬起手招了一辆出租车，她纤细而苗条的身影迅速地被黄色的车子带走，消失在这条马路上。

其实她讲电话的时候，我就听到了，她手机里面传出来的是宫洺冷冰冰的声音。

我只是装作没听见而已。

我坐到司机的驾驶座上，刚绑好安全带，南湘就从另外一边上来了。她冲我笑笑，眼睛里沉淀着一种疲惫，她湿漉漉的目光像是冬天里堆积在马路边被淋湿的梧桐树叶子，透着一种被抛弃的让人心酸的凄凉。这种凄凉也让她更美。真的，我一直以来就觉得南湘长得太美了，这样的美会毁了她的。总有一天。

我一边开车，一边摸索着这台车的娱乐系统，找了半天，总算搞了个收音机出来。频道里正在放着电影怀旧金曲，马路上堵满了车，正是下班时间车流高峰期，所有的司机都不耐烦地一齐按着喇叭，上海像是无数汇集在一起的嘈杂的河。车外的空气被阳光炙烤得一点就燃，但车内却是一个寒冷的小天地，而此刻迎面而来的泛滥着巨大光晕的落日余晖，像是温暖的棉被一样把我和南湘包裹在一起。我突然想起以前我和南湘一起看过的那部1987年的电影《司机与女囚犯》，我也不知道自己为什么会突然有这样滑稽的联想。南湘突然转过头来，冲我笑着说：“你记得我们大二那年一起窝在被子里看的那部电影《司机与女囚犯》么?”我转过头看着南湘，心里被这样闪电般的刺痛一击即中。我的身体和灵魂，都在这股巨大的洪水里，分崩瓦解了。我趴在方向盘上咧着嘴哭，胸口很痛，像扎着根沉重的大木桩，快要喘不过气来。

在我哭的时候，南湘接了个电话，是卫海打来的。他正要过来找她。南湘叫卫海到家门口碰面，而卫海不肯，电话里，我也能听见他结实的声音："我不。我来找你。你让林萧把车停路边上，我马上就来。"卫海的声音里是不容抗拒的坚定，听起来就像是发脾气时的崇光。我不知道自己为什么会突然想起崇光来，他离开我的世界已经大半年了。也许是因为此刻满天满地的夕阳余晖正放肆地涂抹着这个水泥森林的城市，这是他与生俱来的气味；也许是因为我身体里的疲惫快要把我冲垮了，我渴望他充满力量的仿佛漆黑夜空里清亮星辰般的目光，照亮我。

我把车停在路边的白线里，熄了火，和南湘坐在车子里听歌。时间滴答滴答地化成雨滴，缓慢地飘洒向我们的身体、我们的头发、我们被晒得滚烫的眼睑、我们的指甲。我们被这场时间的大雨浇得湿透。

我趴在方向盘上，脑海里翻滚激荡着过去好几年的岁月，它们像是一条大河，从我眼前往东奔流。我无法留住它们，我只能用目光反复摩挲它们，我只能盯着翻腾的旋涡不松开眼，直到它们卷进深深的河底。

我看见我们窝在学校宿舍的小客厅里，那个时候顾里还不会花十几万去买一个沙发。我们欢天喜地地从宜家拖出一千多块的白色棉布沙发，喝着顾里带来的瑞典咖啡或者南湘煮的珍珠奶茶。我在地毯上教唐宛如做瑜伽，南湘在沙发的转角处眼角通红地看着各种伤感的小说，而顾里永远都仿佛一个精致的水晶花瓶一样，端坐在沙发的扶手边上，用她那张没有表情的假脸，哗啦啦地翻看着《当月时经》。

我看见那个时候的顾里，她非常愤怒地对着刚刚开盘的济南路8号口出恶言："七万一个平方!等着被炸吧!"她也盘算着究竟是买一个LV的包算了，还是咬咬牙豁出去买一个Hemes。她把家里各种包装上印满了外国文字的饮料带到宿舍来，仿佛做实验般地鼓捣出各种东西，分给我们品尝。她那个时候虽然也拜金、冷漠、刻薄，但是她身上依然有着仿佛新鲜植物般的辛辣气息。这让她显得真实。是我可以触摸的，让我敢靠近她，或者依赖她。

我和南湘经常在下雨的时候逃掉一整个上午的课，我挤在她的床上，把脸埋进她芳香的长头发里，听她用婉约而动人的声音，念那些文字清隽、断句怪异的日本作家们的作品。在窗外哗哗的雨声和空调的嗡嗡声里，我听她念完了《金阁寺》《枕草子》《过了春分时节》……而《丰饶之海》念到一半，我们就毕业了。

那个时候唐宛如依然是我们的宠物如如，她总是会在食堂里制造各种惊世骇俗的语句，让我们恨不得与她隔离开来。但她身上又有最原始的纯粹和单纯，仿佛上海这座被铜锈腐蚀了的城市里一枚永远发亮的温润宝石。我们活在她的快乐之上，我们也把快乐建立在她的痛苦之上。

而现在，我独自载着刚刚从拘留所里放出来的南湘，把车停在喧闹嘈杂的路边上，顾里因为工作而放下我们两个独自离开了，至于唐宛如，我想到她心里就一阵刺痛。

我的眼泪顺着脸颊流进脖子里，有人“当当当”地敲车窗。我抬起头，窗外是卫海的脸，一半沉浸在阴影里，一半被落日照红。

卫海上了车之后，就自动接过了司机的位置。我主动地坐到后排去。南湘坐在副驾驶的位子上。卫海开车比我稳很多，我半眯着眼睛斜靠在后座上，像躺在巨大的游轮上一样。我看着卫海和南湘的背影，看着卫海沉默地一只手握着方向盘，另一只手用力地抓紧南湘的手，我心里突然涌起一阵混合着悲伤和感动的情绪。在最开始知道南湘和卫海在一起的时候，我真的觉得这是一个笑话，而现在，我突然间觉得他们两个的背影那么动人。爱情没有我们想象的那么伟大，爱情很简单，爱情就是连一秒钟都不想多等，我想立刻就能找到你，然后沉默地和你执手相望。

我突然想起以前催崇光专栏的时候，他在家里一边听着音乐喝着可乐，一边随手拿着黑色的碳素笔“刷刷”地在他的Hermes笔记本上书写着漂亮的行楷。那一段话是：

你要相信世界上一定会有一个你的爱人，无论你此刻正被光芒环绕、被掌声淹没，还是那时你正孤独地走在寒冷的街道上被大雨淋湿，无论是飘着小雪的微亮清晨，还是被热浪炙烤的薄暮黄昏，他一定会穿越这个世界上汹涌着的人群，他一一地走过他们，怀着一颗用力跳动的心脏走向你。他一定会捧着满腔的热和目光里沉甸甸的爱，走向你、抓紧你。他会迫不及待地走到你的身边，如果他年轻，那他一定会像顽劣的孩童霸占着自己的玩具不肯与人分享般地拥抱你；如果他已经不再年轻，那他一定会像披荆斩棘归来的猎人，在你身旁燃起篝火，然后拥抱着你疲惫而放心地睡去。

他一定会找到你。你要等。

顾里回到《M.E》的时候，从进门就感觉到空气里一股无法形容的微妙感。她当然知道为什么，作为刚刚上任的广告部主管的她，突然被通知明天马上就要拍摄的一个平面广告的模特突然撂下摊子说不拍了，理由是价格太低。

顾里回到办公室，蓝诀已经在房间里等她了。

她接过蓝诀递过来的咖啡和一叠文件，喝了一口，然后哗啦啦地翻阅着。顾里皱着眉头，“那模特在哪儿?”

“在楼下。”

顾里把咖啡朝她那张刚订购来的新玻璃办公桌上不轻不重地一放，冲着蓝诀那张英俊清秀的脸笑了笑，说：“跟我下去，我教你怎么教训这种不听话的小狼狗。”

电梯打开之后，顾里那双细高跟鞋就在大理石的走廊里敲出了“咔嗒咔嗒”的声响来，整条走廊里的人都没有说话，每个人都既紧张又期待，仿佛《变形金刚》放映前一分钟电影院里焦躁不安的观众，他们都期待着血肉横飞的爆炸和“齐齐咔咔酷酷”的变形。

顾里也确实就像一个女变形金刚一样，“齐齐咔咔酷酷”地走进了会议室里。蓝诀望着她纤细而婀娜的背影，丝毫不怀疑几分钟之后，她就会像电影里那个女霸天虎一样，张开锋利的血盆大口吐出一条鞭子一样的舌头来把那个男模特抽打得痛不欲生。

会议室里站着、坐着十几个人，大部分是广告部的，还有一两个法务部的。坐在巨大的会议桌尽头的，就是那个此刻等待着被教训的小狼狗——不过显然，他现在觉得自己是一头狮子。他看着仿佛一只慵懒的波斯猫一样走进来的顾里，眼睛眯起来，似笑非笑地看着面前这个妆容精致的美女。

“你们先出去，”顾里环顾了一下周围焦躁的同事，“我和他聊。”

人群悄然无声地散去了，虽然每个人离开的时候都面无表情，但谁都能看出彼此心里的失落，无法亲临一线观看顾里——这个刚刚调来管理公司最重要部门的黄毛丫头受挫，是多么让人沮丧的一件事情啊。

“说吧，你不满意什么？”顾里拉开一张椅子，在他对面坐下来。蓝诀谦逊地站在她的身后。

“当然不满意报酬咯。”模特用他那张足够赚钱的英俊面孔，凑近顾里的脸，“合约是你和Tony签的，虽然Tony是我们模特公司的经纪人，但我是新人，我和公司刚刚签的经纪约要下个月才开始生效，所以，现在你们手上的合约其实是无效的。反正你们广告也宣传出去了，我的照片也提前发给媒体了，如果现在换人，你们肯定也很头痛吧，不如把价格提高一些，我们大家都省事。你也知道，公司提成之后，我其实没多少钱，你就当帮帮我们新人吧。”说完，模特冲顾里眨了眨眼，“你帮我这个忙，以后你有什么‘个人’需要，打电话给我，我随叫随到。”

顾里微笑地看着他，说：“不用了，我吃素。”

不过以模特的智商，他显然没有听出顾里话里闪着绿光的匕首。

“说正事吧，”顾里斜靠在椅背上，看起来又慵懒又捉摸不定，“首先我告诉你，Tony和我是七年的交情了，你还在高中穿着Nike打篮球时，我和Tony就已经手挽手地在LV店里把我们的名字缩写刻到旅行箱上了。他在上海的时尚界和模特界里，就算不能只手遮天，但对付你这种以为自己爪牙锋利的小狼狗，也绰绰有余了。别说你的经纪约下个月就能生效，就算你们没有经纪约，他要让你在这行从此不能立足，也不是什么难事。小朋友，在这个行业混得好与不好，区别的不是能力，也不是脸蛋，区别的是你认识些什么人，以及你得罪过什么人。《M.E》一年需要请大量的模特拍照，这笔费用本身就很庞大，并且Tony也几乎接管着上海百分之七十以上的模特需求。你要不拍也可以，只不过是同时得罪我和Tony两个人而已。我呢没什么本事，只不过刚好能让《M.E》从此不再请你，而Tony比我有本事一点儿，他刚好能让你不再被请。”

模特半眯着的眼，此刻瞪圆了看着顾里，“大不了我就不做模特，有的是有钱的女人想养着我。”他撑着面子，把身子往椅背上一靠，有种鱼死网破的架势。

顾里的表情仿佛娇嫩的栀子花一样，洁白而脆弱，但是，她手上的动作却行云流水快如闪电，她伸出右手一把握住模特的拇指，然后左手朝身后一探，接过蓝诀配合默契地递过来的一张白纸，在模特目瞪口呆还来不及反应的时候，顾里扯过他的手指，“啪”的一声朝白纸上一按，模特刚刚感觉到手指一阵湿润，而下一个瞬间，自己拇指鲜红的指印已经印在那张白纸上了。

“蓝诀，你拿去，写一张他对我的欠条，金额先空着，我看心情到时候随便填。”顾里转身从会议桌上的餐巾纸盒里扯出几张纸巾，擦着自己手心里涂满的红色印泥。她在走进会议室之前，就已经把盖章用的红色印泥涂满整个手心了。她冷冰冰地看着面前脸色苍白的模特。她已经完全不需要再对他微笑了，刚刚慵懒的波斯猫，现在终于露出了她猎豹般的眼神。

她把擦得鲜红的纸巾，朝桌子上一丢，然后手撑在桌子上，“听着，你现在有两个选择。第一个，乖乖地明天过来配合拍照，我保证你得到足够好的报酬，并且将来公司再有模特需求，我优先选择你。虽然你脑子很蠢，但毕竟有一张吸引人的脸，而且我可以保证这件事情Tony不会知道，你们的合约该怎么生效继续怎么生效。”顾里说完站直了身子，灿烂地一笑，“至于第二个选择，就是继续对我进行挑衅，看我能在那张盖了你手印的纸上写出一个多么惊人的数字来。”

说完，顾里转身从蓝诀手上拿过来一叠合同，丢在模特面前，“把它签了。”说完，顾里扭着她纤细的腰，转身出门了，走之前挥了挥手上那张盖着模特手印的白纸，“我先走了，小狼狗。”

空旷的会议室里，只剩下面如死灰的模特，之前气焰嚣张得仿佛一头狮子般，现在真的只是一只戴上项圈的小狼狗了。

蓝诀把合同推到他的面前，脸上是英俊的笑眯眯的表情，和面前模特那张脸不相上下，他温柔地说：“签了吧。你和她斗，还早着呢。你要知道，她十六岁的时候，就成功地让她爸爸签了一份必须每年给她买一个LV包包的合约，并且那份合约律师看了，是真的具有严密的法律效力的。”

顾里推开会议室的大门，看着堵在门口各怀鬼胎的人，对他们说：“明天下午1点，他如果迟到了一分钟，都不用付他钱。”说完，她继续踩着她那双尖得仿佛能把大理石地面敲出洞来的高跟鞋，头也不回地朝电梯走去，

“你，那个穿得像是邮递员的女的，你下次再穿这个裙子，我就把你调到收发室去发光发热。告诉我，Vera在哪儿？”

“在广告部A区。”那个被说的人非常自觉地对号入座了。尽管语气里是说不出的尴尬。

“现在你去我办公室，冲两杯我买的日本起绿田的咖啡，然后送到广告部A区来。”

宫洺推开广告部A区的玻璃门，办公室里，只有Vera坐在位子上，她脸上的妆容精致而新鲜，看起来像是早上9点刚刚化妆完成的样子，而不像是已经下午快要下班时忙碌了一天的白领。她显然有点兴奋了，因为宫洺从来不会直接走进下属部门的工作区域。她看着站在自己面前穿着Raf Simons修身衬衣的宫洺，他斜纹领带的领带夹上是一排剔透的纯色水晶。

“你打电话告诉我这件事情，”宫洺的眼睛像是两枚琥珀，温润而又透彻，“是想证明什么？”

Vera的脸上隐隐透露出期待的喜悦，“我是觉得，出了这样的事情，都没有人告诉您，所以我想应该让您知道。”

“听着，”宫洺拉开一把椅子，伸手按住领带，然后坐下来，动作像是电影里的年轻贵族一样优雅，“我不知道你从哪里搞来的我的电话号码，现在请你把它删掉，以后无论发生什么事情，如果你再企图给我打电话或者发短信，那么你就被fire了。”

Vera脸上期待的表情像是滚烫的炭火突然被泼了一盆冰水，而正在这盆炭火“吱吱”地冒着白烟时，玻璃门被再次推了开来，妆容精致的顾里走进来，她冲宫洺点点头，“你来了。”宫洺也对她点头示意了一下，“嗯，很抱歉把你从外面叫回来，打乱你原来的安排了。”

“没事，应该的。下面的事情已经解决了。你不用担心。”说完，顾里拉开另外一张椅子，在宫洺身边坐下来，抬起她浓密睫毛装饰下的双眼，似笑非笑地看着面前越来越紧张的Vera。

很难说清楚，究竟是几秒钟内就能让心脏麻痹的毒蛇毒液更恐怖，还是瞬间就能把人撕碎的狮子的尖牙利齿更让人心寒，但是，当这两者同时对你虎视眈眈的时候，除了乖乖地原地不动之外，没有别的办法。

Vera一颗期待着奖赏的心，瞬间破碎了。

"我只是看见发生了这样的事情，所以想要让宫先生知道，而且我还打电话让模特到公司来，把他稳住在会议室里，这样我们更好解决。宫先生您不是每次开会都告诉我们，要用最快的速度解决一切的麻烦么？"Vera的声音听起来依然镇定，但是里面细微的颤抖，依然逃不过顾里仿佛精密雷达般的耳朵。

"我开会的时候，也同样每次都会告诉你们，我在《M.E》里，是绝对推崇等级制度的。你知道你直接打电话给我越了多少个级么？你是顾里的手下，她是你部门的顶头上司，有任何事情，你应该告诉的人是她，如果她解决不了，她自然会让我知道。无论如何，都轮不到你来打电话告诉我这件事情。"宫洺看着她，冷冰冰地说。

"顾里是新调过来的上司，我们都不熟悉，而且在公司也没找到她，不知道她今天有没有来上班……"Vera显然并没有意识到，她此刻依然垂死挣扎着想要再对顾里放一根冷箭，是一个多么愚蠢的主意。

"顾里是整个广告部的主管，她的工作自由度需要非常大，无论有没有在公司，她都是在上班。这点轮不到你来讲。你既然有办法搞到我的手机号码，那么自然也有办法搞到顾里的手机号码；而且你作为她部门的人，理应有她的联系方式。如果你无法在意识里深刻地认识到'你是为顾里工作的，你是顾里的手下'这一点的话，那你就把东西收拾一下，换个公司吧。"

玻璃门第三次被推开了，穿得像邮递员的女孩子手上端着两杯冒着热气的咖啡，哆嗦着站在门口，显然，刚刚宫洺那番话把她吓得不轻。她看着此刻坐在宫洺旁边的顾里，终于意识到了顾里究竟是凭借着什么，才能以如此年轻的资历，而掌管着《M.E》的重要部门。

宫洺站起来，整理了一下领带，然后转身优雅地走了出去。他回头对顾里说："咖啡闻起来味道很好，送到我的办公室吧。"

"没问题，我这里处理一下，马上拿过去。"顾里笑了笑。

"听着，Vera，你是我部门的人，无论我们部门发生什么样的事情，你要打电话给我，你就打电话给我，哪怕是大年初一凌晨3点发生的事情，那么也请你在大年初一凌晨3点01分打电话给我。如果你要绕过我去做事情，那你需要付的学费可就不是一点点了。"

"我被fire了吗？"Vera惨白着一张脸。

"当然没有。亲爱的，三年前的我，和你现在一模一样，以为自己什么都懂，其实，要学的还多着呢。"顾里微笑着，"比如今天这一课，就是告诉你，如果一件事情，你判断出来，并没有严重到足够让宫洺fire我，并且会为此而奖励你来替代我的位子的话，那么，你越过我去打电话给宫洺，就是一件非常愚蠢的事情。因为只要我还在这个位子一天，你就是我的手下，你就依然需要看着我的脸色办事，而不是宫洺的。"

Vera看着面前的顾里，她的妆容和自己一样一尘不染，只不过她清楚，自己是十分钟以前在厕所重新化了一遍的。Vera被彻底征服了。

顾里站起来，接过后面进来的女孩子手上的两杯咖啡，用胳膊推开玻璃门，走之前，她转过头来，用清澈而锐利的目光，对着女孩子说："你帮Vera收拾一下她的东西，然后送到收发室去。"说完，她转过头冲着面如死灰的Vera灿烂一笑，"你现在有两个选择，从明天开始，要么自动辞职，要么就去收发室上班。你也知道，现在的劳动法，真的很麻烦呢，我主动开除你的话，还要额外付你一个月的工资；而你主动辞职的话，我就不用这么麻烦了。对吧？你们先收拾吧，我先走了。”

顾里把一杯浓郁的日本起绿田咖啡放到宫洺的办公桌上，“这个杯子是新买的。没有用过。”

宫洺笑笑，接过来喝了一口。

“谢谢你今天帮我在部门建立的威信。这个下马威真的很漂亮。”

“没有啊，你危机处理得也很漂亮。”宫洺眯起眼睛微笑着，他又长又浓密的睫毛在黄色的灯光下闪着动人的光泽，看起来比女孩子的睫毛还要柔软，像两片黑色的羽毛。

“Vera是广告部负责合约的，她应该不会继续留在部里了。我想应该找一个更懂法律的人来代替她的职务。我弟弟Neil，你也见过他的，他现在还没找工作，如果可以的话，我想让他进到我的部门，他的能力我可以保证，绝对没问题。”

“嗯，好啊，我知道Neil，他爸爸也很厉害。有他在我们公司，当然最好。”

“嗯，那我就去安排了。不打扰你了。”顾里站起来，微笑地看着宫洺。

时间连续不断地滴答滴答走动着，在某一个不起眼的瞬间里，滴答的一个声响，一枚棋子就悄无声息地被放在了棋盘上。格局在瞬间发生了变化。

Neil就是那一枚悄无声息的棋子。

顾里站起来正要离开，突然被宫洺叫住了。

他拉开自己的抽屉，拿出一个包装得非常精致的盒子，“这是配合日本起绿田咖啡使用的咖啡奶精，是用独特的工艺炼制的，和起绿田的咖啡搭配起来最好喝。给你。”

顾里微微有些惊讶，“你怎么知道我买了起绿田的咖啡?”

宫洺轻轻地笑了笑，露出一口整齐而有光泽的白牙齿，看起来就像是Gucci最新广告里，那些在热带雨林里穿梭着的年轻男模，“很多事情似乎我都不知道，但其实，我还是知道的。你说对吧?”

顾里看着面前英俊而邪气的宫洺，心里的一根发条渐渐拧紧了。“是啊。”她微笑着，关上了宫洺的门。

顾里回到自己的办公室的时候，蓝诀已经拿着模特签好的合约站在办公桌前等她了。她接过合约，一边翻看，一边喝着咖啡。

“Lily，你刚才那招真漂亮，那张空白欠条留着吧，说不定哪天还真能写一个数字呢。”蓝诀站在顾里对面，笑眯眯地，样子看起来像刚刚赢了一场球赛的大学生。

“你也真傻，”顾里拉开椅子坐下来，“这种东西怎么可能具有法律效应，我只是虚张声势地吓一吓他。你也知道，模特们都是没脑子的，他如果念过商学院就不会去做一只在T台上展览的孔雀了。如果这样的方法有用，我早去偷袭宫洺了。”

蓝诀看着气定神闲的顾里，额头上冒出一小滴汗。

车快要开到家的时候，我接到了宫洺的电话，他在电话里让我现在就去把他送去干洗的那件本来应该明天才取的礼服取回来，他晚上要用。我挂了电话，让卫海停了车。

“你去哪儿？我们大家都约好了，晚上在顾里家里一起吃饭，顾源、简溪都过来。”卫海趴在车窗上对我说。

“我去给宫洺送一件衣服，送好马上回来。很快的。”我背上背包，转身朝马路对面走去。我伸手拦下了一辆出租车，冲车上的南湘挥了挥手，用口型说了句“我很快回来”之后，就上车了，我对司机说：“去恒隆。”

当我把宫洺那套黑色的缎面礼服从恒隆负一层那家洗一件衣服比我买一件衣服都贵的干洗店取出来之后，我又打车往离恒隆不远的他的新公寓开过去。

等我走到宫洺楼下时，掏出手机给他打电话，才发现我的手机不知道什么时候已经没电了。

我傻站在楼下，也不知道该怎么办，我可以贸然地直接上楼，又或者是放在楼下的门童这里让宫洺自己下来取……无论哪一个选择，我感觉Kitty都会掏枪出来射杀我。

我正在楼下犹豫，一个满脸堆着笑容的门童朝我走过来，“林小姐，来给宫先生送东西啊，我来帮您按电梯。”

看来宫洺的恶劣程度已经从《M.E》波及他新的酒店式公寓了，连门童都这么害怕他，作孽啊。

电梯门打开之后，我按房间号走到他的门口按了门铃，门打开的时候，宫洺出现在门的后面，显然，他的脸上充满了惊讶，“我是让你把衣服取了放回公司，你来我家干什么？”

我还没反应过来自己犯了个致命的错误，就突然被他身后的一个身影给击中了，我望着坐在宫洺客厅里的那个男孩子，张着口，却什么都说不出来。脑海里仿佛瞬间闪过无数的雷暴，轰炸得我失去了意识。

“你是不是……”我冲着坐在宫洺沙发上的那个男孩子语无伦次地问。

“林萧，你该走了。”宫洺把门轻轻地带过来一点儿，男孩的身影消失在门的遮挡之后。

“宫洺，他……他是……”我胸口里仿佛跳动着一头巨兽，想要随时撕裂我的胸膛冲出来。

“林萧，你是发烧也好，发疯也好，现在都给我马上离开。你不觉得你现在非常失态么?”宫洺接过我手上的礼服，转身把门关上了。

门关紧前的一个瞬间，我看见了里面那个男孩冲我露出的一个轻蔑的嘲笑，我知道，他肯定觉得我是一个疯子。

我不认识他。

我知道这一点，房间里的男孩儿是一个外国人，或者是一个混血儿。高高的眉骨、挺拔的鼻梁、刀锋般薄薄的嘴唇和宫洺很像，他有一双碧绿色的眼睛，闪动着湿润的光泽。我从来没有见过他。

可是，我内心那个疯狂的念头却像是无法遏止的野蛮藤蔓，一瞬间就翻开厚厚的泥土，在空气里编织成了一张我怎么也走不出去的网。

我知道他是。

我知道他就是。

可是我不认识他。

顾源和顾里坐在沙发上，简溪站在落地窗前朝小区的门口望过去。

“你打了她电话么?”顾源问。

“她手机关机了。”简溪没有回头，低低的声音回答着。

“她去给宫洺送衣服了。说是马上回来的。已经去了好一会儿了。”卫海从厨房里探出头，冲客厅里的人说。

“那我去找找她，别出什么事儿才好。”简溪转过身，走到门口穿鞋，

"顾里，你把宫洺的地址发一个短信给我。"

"嗯。"顾里拿过手机，一边打字，一边说，"不过你就在楼下问一下就行了，不想死的话，千万别上去——不过你应该也上不去。"想到这里，她好像又安心了些。

我走出电梯之后，就坐在公寓楼下的绿化台阶上。柔软的草坪被工人们修剪得格外整齐，仿佛是一张绿色的高级手工编织的埃及地毯。芬芳的草汁气味在暮色里显得有些凄凉。

我满脑子都是那个疯狂的想法。

我不知道自己坐了多久，天色已经黑了下来。头顶上是公寓大堂门口延伸出来的玻璃天顶，上面装点着好看的星光。我想起崇光写过的那些漂亮的文字。

我想我一定是太想念他了。

就像今天看见猩红色的薄暮时，我就想起了崇光身上与生俱来的仿佛落日般又和煦又悲伤的气味。他灰色的兜帽和他白色的球鞋。他漆黑的瞳孔里有着星辰般闪亮的光。

我看着头顶的灯光把我的身影在地面上拖出一道漆黑的影子来。我不知道自己坐在这里干什么，脑海里一直响着仿佛钟摆般的滴答滴答的声响。

我猛然被一阵迎面扑来的气味击中，仿佛夕阳般和煦而又悲伤的味道，我在自己放肆翻滚的疯狂想法里抬起头，刚刚在宫洺家里的那个年轻外国男孩子，现在站在我的面前。

他金褐色的眉毛浓密得像两把匕首，眉骨高高地隆起，让他的发亮温润的目光镶嵌在深深的峡谷里，笔直的鼻梁让他的五官拥有了亚洲人无法拥有的深邃。

我的眼泪涌出眼眶，胸口仿佛被一只重锤反复地敲打着，快要呼吸不过来了。我想哭。我双手抓紧我的背包，我想要站稳。

“你不应该认出我来的。”他双眼通红，走过来，伸出长长的手臂，把我抱进他的怀抱里。迎面而来的巨大气息，落日般的悲怆和和煦。

他穿着灰色的无袖T恤，背后有一个兜帽，他齐膝短裤下露出毛茸茸的小腿，在灯光下反射出金色的光芒。他的手紧紧地捧着我的脸，这双手写下过无数让人热泪盈眶的句子。他轻轻地俯低身子，用他那花瓣般温柔的嘴唇咬住我颤抖的嘴唇，他口腔里温暖而清新的荷尔蒙气息把我的思绪吞噬，他整个人像是一片沸腾的海洋，缓慢地将我淹没了。

滚烫的眼泪从他的睫毛上滴下来，滴到我的鼻子上。他的喉结上下滚动着，我听到他喉咙里低沉的呜咽。

——你要相信世界上一定有你的爱人。

——他一定会找到你。你要等。

出租车窗外是华灯初上的上海。连绵不绝的灯光从车窗上摇曳而过，仿佛华丽的金鱼尾巴一样，一尾一尾地划过简溪略带忧伤的脸。他不停地掏出手机来，话筒里永远都是“您拨打的电话已关机”。

夜幕从天上拉扯下来，很多白天里的不堪与丑陋，都迅速地消失在这片黑暗里。四处都是流光溢彩的霓虹和物欲横流的巨大广告牌。无数面目模糊的人一一从简溪的目光里走过，像是秋天里的树叶一样，一片一片地被风吹远。盛夏里蒸腾出的浓郁水汽，凝结在开满冷气的玻璃窗上，一颗一颗仿佛眼泪一样，短暂地停留在乘客的视线里。

简溪轻轻闭上他漆黑而温润的眼睛，柔软的睫毛上凝结着绚烂的霓虹。他靠在玻璃窗上像是睡着了。他蜷缩着长长的腿，手里握着屏幕暗下去的手机，看起来像一只疲倦的鹿。

——我忘记了，这个世界上，还有另外一个，我的爱人。他也会怀着满腔的热和目光里沉甸甸的爱，穿越这个世界上汹涌着的人群，他一一地走过他们，走向我。

——走向我们彼此都太过熟悉的，万劫不复。

Tiny Times Season 2

Chapter.09

小时代·虚铜时代

上帝说，不要灰心，不要失望，
这个世界上有一种东西，叫做“顾里的生日”，
这就是上帝对这个苍白庸俗、平淡无奇的人间的一种馈赠。
因为这种东西的存在，我们的生活，永远充满着各种足以引发心肌梗死的刺激。
如果你还记得她去年的生日，那么你就一定会知道，
那个血肉横飞的聚会上，诞生了多少足够让伟大编剧都含羞而死的戏剧场景。
年复一年，
顾里的生日都充满了各种魂飞魄散、四分五裂的慢镜头，
如果把她这些年的生日都记录拍摄下来，
那会是比《死神来了》都还要精彩的系列电影。

To be blind, to be loved.

古往今来，人们用各种各样的方式来描绘爱情。这种实际上由荷尔蒙催生的虚幻玩意儿，被粉刷上一笔又一笔绚烂的颜料，最后它终于耀武扬威，金身修为，像一座巨大的彩虹一样罩在人们头顶的天空上闪闪发亮。

而荷尔蒙催生出的另外一种东西——性欲，却被一遍又一遍地抹黑。其实在生物学家的眼里，说到底，爱情只是发泄性欲的一个途径、一座桥梁、一条捷径罢了，如果把一切浪漫的爱情故事简化来说，那就是“第一次认识、心跳加快、产生冲动、上床、分手、再认识下一个”这样的一个过程。每一个人都像是一只蒙着眼睛自欺欺人的驴子一样，高声欢叫地撒着蹄子周游世界——其实只是一圈一圈地原地拉磨而已——并且还不承认。

我们这一群人，当然也跳不出世俗。我们也是歌颂爱情的那个浩浩荡荡的大军中的一员。

对于简溪和我来说，爱情也许就是当我和他挤在地铁里面的时候，他会把我拉到角落里，然后用他长长的手臂在我的周围圈出一块空间来，一向温柔的他甚至会用他那双仿佛温润琥珀般的大眼睛凶狠地瞪着朝我挤过来的人，恐吓他们。我低头在他的胸前，他灰色的毛衣散发出来的气息，对于我来说，就是爱情。我记得冬天里被空调吹得闷热的地铁车厢里的味道，我记得头顶灰白色的光线，我记得简溪下巴上短短的胡碴摩擦我的额头的感觉。我和他一起在不见天日的地下穿越这座越来越庞大、越来越冰冷的城市，我觉得，这是爱。

对于Neil来说，也许俄罗斯的那首动人的歌曲，听起来就是爱情。当然，还有那件毛茸茸的厚重羽绒服。在他的世界里，爱情是同样性别的人呼吸出的暖流，是冰天雪地里泛黄的口琴声，是放在他Prada护照夹里的那张合影照片。照片上的他看起来高大帅气，另外一个他也一样，他们的眉毛都浓密锋利，他们的手指都修长有力。Neil记得23街区转角的那家咖啡店，记得弥漫在大街上的浓郁的面包香味，记得他们都拥有的那款灰色的Dior羊绒长大衣，中央公园里的鸽子总是喜欢在阳光灿烂的午后围着他们俩的脚后跟咕咕叫。他觉得，这是爱。

对于曾经的南湘来说，挥舞着拳头替她打架的席城，他眉毛上留下的伤口就是爱情。沿着他挺拔的鼻梁流下来的血液散发着的气味，就是爱情。他们彼此的伤害也是爱情。他们彼此的原谅也是爱情。他们无穷无尽的争吵和撕扯都是爱情。而对于现在的她来说，当她很晚才从学校的画室走出来的时候，抬起头看见树木交错的枝丫前方，拿着一杯冰拿铁等候着自己的，穿着运动背心露出线条结实、性感的手臂的卫海，他唇红齿白天真单纯的笑容，就是爱情。她记得笨拙而不善言辞的他因为不知道在礼物卡片上写什么，而跑去图书馆找了很多贝里斯·托夫的爱情诗篇，她记得在自己去他寝室拿东西之前，他满头大汗地花了两个小时收拾男生脏乱的房间。她看书的时候，他趴在图书馆的长条桌子上睡着了，窗外的阳光在他的头发上照出一小片波光淋漓的湖泊。她觉得，这是爱。

对于顾里来说，当她正在低头为刚刚看中的那件Chanel白色小蕾丝裙子而在包里掏出银行卡的时候，她就已经听见了POS机“咔嚓咔嚓”走纸的声音，抬起头，就看见了英俊的顾源已经在收银条上快速地签下了他的名字，在钢笔摩擦的声响里，顾里也听见了爱情的乐章。

在上海，也许顾里和顾源的这种爱情，比较符合这座城市的气质——等价交换，天长地久。

而至于崇光，我所感受到的爱情，是刚刚他口腔深处浓郁而悲伤的血腥气，仿佛一种世界末日般的，带着血光之灾的欢乐。这种爱情除了救赎之外天生还带着毁灭的特质，沉重得足够把环球金融中心碾碎成一堆玻璃碴——此刻，我觉得自己就站在这堆玻璃碴上——赤着脚。

我回到家的时候，顾里和顾源、南湘和卫海以及Neil五个人，正坐在沙发上。他们五个望着我的目光各有千秋，含义深刻，五张精致好看的脸上表情错综复杂欲言又止，看起来就像是五部横沟正史的悬疑小说。我看着他们，头立刻痛起来。

我此刻满脑子都是崇光那张我完全陌生、却又只看一秒就立刻辨别出来的脸。我突然觉得中文里面的“活见鬼”这个形容词，是那么一针见血、精准凶狠，发明这个词儿的人，他肯定见过鬼。

“简溪呢？”我把包一扔，有气无力地瘫倒在沙发上。掏出手机随手朝沙发上一丢——我都没有力气去找出充电器来插上。我感觉自己像一个被倒空了的米袋子，空虚得站都站不起来。

“找你去了，还没回来呢。我和他说过了不用白费力气了，宫洺那小区，你又不是不知道，就算一只苍蝇想飞进去，它都得用它的小细腿儿从它的翅膀下面掏出一张出入卡来，否则，门卫就会拿灭害灵喷它。上海这些顶级的小区都一样，如果国家政策允许的话，那些站在门口的保安恨不得在腰里佩一把枪，随时掏出来‘砰砰’两声把你射杀在门口。顾源那个小区就是这么变态的。”顾里自顾自地喝着她那个Hemes陶瓷杯里的红茶，完全没看见坐在她旁边的顾源冲她翻出的巨大白眼，也完全忘记了自己就住在这样的小区里，并且写了足足三封投诉信给物业，激烈地控诉门卫随意让送快递的人进出小区。

我现在的脑子一片混乱，像一锅煮了一下午的饺子，黏糊糊的。我此刻绝对没有足够的智商去和顾里斗智斗勇。我不想和她说话，因为稍微不注意，我就会露出马脚被她抓住。我现在还不想和她讨论关于崇光的事情，最起码，我得先自己弄明白了这到底唱的是哪出，《鬼丈夫》也不是这么演的啊。于是我转过头，看了看沙发转角那头的南湘和卫海，我问南湘：“你还好么?”

南湘冲我点点头，“我没事儿。”她起身拿起茶几上的茶壶，倒了杯热红茶，塞到我的手里。她抓了一把我的手，说：“你刚从外面回来，这热气腾腾的天气，你的手怎么还这么凉?”

“顾里啊，总爱把空调开这么足，她就是个白素贞，一年四季都喜欢把家里弄得冰天雪地的。”我心里暗暗吃惊南湘的察言观色，不过我依然不动声色，我甚至运用仅有的智商开了个玩笑，我不想她们知道崇光的事儿——面对这群人，我早怕了，不用怀疑，这个房间里的每一个人身上，都有一种与生俱来的天赋，那就是任何一件再平常不过的事情放到他们身上，他们都可以轻而易举地迅速搞到无法收场的地步。

我刚喝了口茶，门打开了，顾里冲我不高兴地说：“你刚才又忘记锁门了，下次我们都不在家的时候，你要再这样，就等着被送快递的人强暴吧。”

我回过头，还没看见进来的人影，就听见一个温柔而有磁性的声音迫不及待地问：“林萧回来了么？我没找到她。”

简溪弯下腰换鞋，换完了抬起头，看见我坐在沙发上。我冲他露出了一个用尽全力维持出来的完美笑容，我相信，哪怕是最了解我的顾里，也看不出任何的破绽。

果然，简溪走过来，在沙发上坐下来，张开腿，把我抱过去放到他那两条肌肉结实的长腿中间，对我说：“你怎么了？出什么事儿了?”

我被这句话瞬间击倒了，溃不成军。我眼圈一红，心里的内疚翻江倒海地往上涌。

简溪眨巴着他那双毛茸茸的大眼睛，把我搂在怀里，我头靠着他的胸膛，听见他的声音从宽阔的胸腔里嗡嗡地响起，像一个低音音箱，“是不是衣服没准时送到，宫洺说你了？”

我顺着这个台阶往下走，在他胸膛里点点头。

“我猜就是。我刚去找你了，那个小区根本就进不去。你手机没电了，肯定也没办法打电话告诉他。”他抬起手，用他温热的手指把我垂在额前的头发撩到后面去，在我额头上亲了一下。

我听见坐在对面的顾里和顾源同时发出了一声干呕。对此我非常地理解。

当初在恒隆白色高阔的中庭里，当顾里把那个装着一件三万块的西装的白色Dior纸袋递给顾源，顾源同时也把一个鲜红色的Cartier纸袋递给顾里，两个人彼此相视一笑说“I love you”的时候，我和简溪也不约而同地发出了干呕的声音。

这就和一个物种理解不了另外一个物种打招呼的方式是一个道理。也许我们见面互相握手微笑，在别的星球的人看来，就等于互相扇了对方一个耳光一样。我记得曾经有一次我们在学校后门的路边上看见一只公狗正骑在一只母狗的背上不停地起立蹲下(……)的时候，我和南湘同时露出了尴尬而害羞的表情，而顾里则一副厌恶的表情，她甚至抬起手捂住了鼻子，仿佛闻到了什么味道似的……这个时候，唐宛如非常平静，用一种超越了物种高度的态度，客观地分析了这个问题，“哎哟，你们干吗呀，大惊小怪的。你们和男朋友交配的时候，如果放一只狗在旁边看着，它也一样很纳闷呀……”她的话还没说完，顾里就伸出手拦下了一辆出租车，一句话都没说，沉默而愤怒地绝尘而去。南湘扶着额头对唐宛如说：“你就不能用文雅一点儿的词儿来形容……那个么？非得说得那么学术，‘交配’？亏你想得出来。”唐宛如胸口一挺，“那你说用什么词儿？”南湘被噎了一下，过了半晌，小心翼翼地说：“……做爱？”唐宛如猛然吸了一口气，胸围大了一圈，她抬起手扶在胸口上，“要不要脸啊你!下流!”说完，她撒开双腿，沉默而愤怒地绝尘而去。留下我和南湘两个人在学校后门的路边上，扶着我们的额头，痛定思痛地思考我们的人生到底是出了什么问题。

吃饭的时候，一桌子的人彼此都没怎么说话，气氛挺扭曲的。不过我也可以理解，毕竟对面的南湘刚刚从监狱里出来，惊魂未定，你要让她立刻就活蹦乱跳或者如同她往日一样光彩照人，有点强人所难。她身边的卫海，在我们的生活圈里，从来就是一个活动的《大卫》雕塑，除了他充满魅力的雄性肉体之外，我们从来没有听过他说话。(或者说，我们从来不在乎他说了什么。用顾里的话来说就是“他只需要往那里一站，然后把T恤的下摆撩起来露出他结实的腹肌，他在我们眼里就仿佛瞬间拥有了一个经济学博士的学位”，南湘的话前半段也一样，后半段只是改成了“仿佛瞬间从圣马丁学院的艺术系毕业归来”。)至于顾源和顾里，他们的对话我从来就没有听懂过，他们有他们自己独立的外星语言，就是那种每50个字里面有25个都是数字或者符号的对话，要么就是公式，或者经济学术语。他们总是用这样的语言交流、聊天，完全没有障碍。

倒是平时总是和我聊天的简溪，此刻没有说话，头顶炫目的水晶灯投下彩虹光斑，温柔地笼罩着他，他正低着头用筷子把一块鱼肉里的刺小心地挑出来，然后夹到我的碗里。他没有像平时一样讲讲学校里的笑话，或者聊一聊他和顾源的趣事儿。他脸上维持着一种温暖的柔和，不动声色。

顾里和顾源说了一会儿话之后，她开始把矛头指向南湘，不时假装不在意地、轻描淡写地丢出一两句不冷不热的话，看起来举重若轻、游刃有余，实际上，那些话听起来真不怎么悦耳，或者说针针见血也不过分。

总的说来，她就是不满意南湘这么长时间以来都瞒着我们几个，“这么大的事儿，你搞得像是忘记了帮我们买一杯奶茶一样随意，你真沉得住气。你当初怎么没去考表演系啊，我觉得你准成。”

南湘没有接她的话，低着头，继续吃饭，乌黑的长发挡住了她的脸，我也看不清楚她脸上究竟是愧疚的表情，抑或生气的神色。顾源和简溪也低头吃饭，他们完全不想卷入我们几个女孩子之间的战争。因为以他们这么多年的血泪教训来说，每次他们企图插手制止我们彼此之间看起来剑拔弩张的战斗时，最后都会发现我们四个女孩子前一秒钟还斗得你死我活鲜血淋漓，后一秒就迅速牢牢地抱成一团，最后枪口全部瞄准他们两个——所以他们学乖了，置身事外，高高挂起。在事情变得不可收拾之前——比如唐宛如要把酸菜汤泼到顾里的LV包包上，或者顾里要往南湘的小说上淋番茄汁的时候——他们绝不插手。

唯独卫海，在南湘身边几度欲言又止想要帮南湘说话，但以他的智慧，又怎么可能是顾里的对手，所以他也只能满脸干着急，涨红了脖子却说不了什么话，看着南湘低头沉默，他满脸都是心疼的表情，像胃溃疡发作似的。

在这种略显尴尬的气氛里，我和Neil彼此对看着，想要缓和气氛，但几次都没有得手，插不进话。中途一个火力暂停的当口，他清了清嗓子，说："你们谁准备去看《变形金刚2》么？"

顾里、顾源、简溪、卫海、南湘，甚至连同我，都异口同声地回答他："看过了。"然后话题就硬生生断在这里。气氛重新陷入沉默。

Neil冲我翻了个白眼，仿佛在抱怨我不领情，"OK，我尽力了。"

在这种压抑的气氛下，我觉得快要呼吸困难了。这时，门铃响了。我迅速站起来去开门，动作迅速得仿佛从一个失火的楼里逃出来一样。我拉开门，看见蓝诀神清气爽地站在门口。他冲我轻快地扬了扬他修剪整齐的浓密眉毛，像从日本杂志上走下来的平面帅哥。他开朗而又有分寸地冲我打招呼："嘿，林萧。"整个人透着一股得体的舒服，感觉从小家教非常好。

蓝诀是来给顾里送合同的。这份合同是顾里离开公司之前，去人事部拿的一份聘用合同。她人生里除了善于“One step at a time”之外，同样善于“趁热打铁”。下午她对宫洺讲的一席话，绝对不是心血来潮突发奇想，她当然更不会只是随口说说让Neil进公司来工作。她人生里就没有说过一句废话，她恨不得自己每天说出来的对白，都像是合同条款上的白纸黑字一样，没有一个字多余，同时少掉一个又是万万不能。大部分的时候，她都是成功的——除了在她面对唐宛如的时候，她要么词穷，要么歇斯底里地口不择言。所以我们总是觉得上帝极其公平，他在关上一扇门的同时，就一定也会打开一扇窗。他创造这样一个仿佛金身修为的完美顾里的同时，就一定会在这个金身战神的头上，插上一朵彻底垮棚的壮硕芍药——唐宛如。

“你还真的把我搞进《M.E》去了啊？你动作也太迅速了吧。”Neil一边喝着罗宋汤，一边翻着手上的合同。

“你吃饭了没？”顾里看着站在餐桌边上的蓝诀，顺手把Neil旁边的椅子拉开来，“坐下来吃点儿。”

“你不觉得进展得太快了么？”顾源侧过头去看了看Neil手上的聘用合同，“我是说，这么短的时间之内，《M.E》里面就有你、我、林萧，现在还加上一个Neil，再加上你弟弟……”

“在这个社会里，谁还不依靠点儿裙带关系啊。”顾里轻描淡写地打断了顾源的话，把话题引向了另外一个地方，“帮自己的表弟找个工作有什么不对啊，而且Neil的学识放在《M.E》的那个位置上绰绰有余。况且，我已经向宫洺报告过了。”说完，她不动声色地拿起勺子，为蓝诀盛了一碗汤，她递给蓝诀的时候，目光灼灼地看着这个面目清秀、领口里藏着Hermes纯色丝巾的小助理。他的表情礼貌而平静，嘴角带着最合适也最让人舒服的微笑，显然完全没有将刚刚顾源和顾里的对话听进心里。他的表情自然得无懈可击，顾里的心稍微放下来一些。

顾源凭借这么多年和顾里的默契，自然知道顾里的意思。在这个房间里，蓝诀此刻就是一个“外人”，当然不能当着他的面谈论他们几个的狼子野心。

吃完饭，蓝诀就礼貌地告辞了。Neil这个春心荡漾的小蹄子(顾里的原话)目光炯炯地把蓝诀送到门口，他两颗碧绿的瞳仁像是夏天里放肆燃烧的萤火虫一样，闪动着灼人的光。蓝诀冲大家挥了挥手，转身走出门，刚迈出脚，像是想起什么似的，回过头来，对Neil说：“对了，你是不是想去看《变形金刚2》？”

“嗯，是啊。怎么？”Neil正过身，只穿着一件白色薄T恤的他，在玄关顶上投射下来的黄色灯光里，显得挺拔健壮。金灿灿的灯光把他的胸膛雕塑得饱满宽广——当初他花了多少时间和金钱在他家门口的亚历山大健身房里，他就应该得到多少饱满的胸肌和腹肌，这个世界公平得让人痛恨。

“我看过了。”蓝诀露出整齐的牙齿，微笑着，“但我想再看一遍，正好你也想去的话，我们一起。”

“哇哦!”Neil回过头来，冲我眯起一只眼睛，嘴角得意地咧向一边。

我身边的顾里冲着Neil张着口，无声地变化着口型说出了七个字：“兔、子、不、吃、窝、边、草。”

Neil的脸瞬间涨得通红，“顾里你别说得这么赤裸!太害羞了……”

顾里：“……”

我扶着额头，实在不想去设想Neil底将这句话理解成了多么惊世骇俗的意思，才能让他一个如此“见多识广”的人脸红成那样。但我肯定那一定是我承受不了的道德底线。

蓝诀出门之后，南湘起身把我们的盘子、刀叉收到厨房，虽然Lucy会处理所有油汪汪的餐具，让它们在十分钟之后又重新变得光可照人，干净得仿佛随时能够放到恒隆的玻璃柜台里去贩售，但是，南湘总是很乐意帮Lucy的忙。一方面来说，她是一个完美的女朋友，能带出去用她那张精致耀眼的二奶脸去吓唬其他的二奶，也能带回家用她贤妻良母的厨艺叫板其他的贤妻良母。另一方面，我们都彼此心照不宣，因为她住在这里是不付房租的，所以，她总是觉得对顾里有愧疚，虽然这么多年来，她一直对顾里有愧疚。当然，我也愧疚，我虽然看上去也付房租给顾里，但是我付的那点钱，只能够在静安这种黄金地段租下一平方米，让我每天像匹马一样站着睡觉。不过，南湘还残留着一些廉耻，而我在顾里面前，早十年就彻底放弃羞耻心这档子事儿了。

顾里从餐桌起身之后，就婀娜地向厕所飘去，拿着她那把飞利浦最新的超音速电动牙刷嗡嗡嗡地开始刷牙了，对于电动牙刷这件事情，她有着常人难以企及的热情。我相信哪天如果发明一种光速牙刷，哪怕看起来像一个电钻一样，她也会勇敢地往嘴里塞。她总是在用餐之后片刻都不停留地立即刷牙，同时她也有本事，无论在任何地方、任何场合，都能进行这个项目。这得归功于她在自己每一个价值连城的包里，都放了一套刷牙工具，从牙刷到牙膏、牙线、漱口水、口腔喷雾、镊子……应有尽有，仿佛一个移动的牙科诊所。在她刷完她那一口白森森的獠牙之后，又从那个白色的玻璃瓶里倒出了一小杯漱口水——我试过那一款，它的价格和它的口感同样令人发指，毫不夸张地说，感觉像在喝硫酸——在她面无表情地咕噜噜地把漱口水吐在洗手池里之后，又飞速地飘进卧室里挑衣服去了，因为一个小时之后，她还有一个应酬，和宫洺一起对付一家电子产品公司负责广告投放的经理。如果能把那个满脸青春痘并且眉毛几乎快要连到一起的男人按在酒桌上把合约签了，顾里就能心安理得地去Hermes把那个黑色的Birkin给扛回来。

“你每天在家里这么看着她心急火燎的，仿佛永远在进行铁人三项计时赛，你不累么?”Neil转过头来，问我。

“不累。你应该到我们公司来看看宫洺的速度，和他对比起来，顾里就像是一头整天只知道吃完就躺在馊水和大便里面睡觉的猪。”当我脱口说完这句话之后，我胆战心惊地回过头去看顾里是否从房间里拿着刀出来插我的喉咙，万幸，她沉醉在一大片黑压压的礼服裙里。

我一直都想不明白，为什么宫洺、顾里、Kitty他们这群人，总是没办法让自己的动作慢下来。他们在公司里面永远在用一百米短跑冲刺时的速度拿着各种打印文件风风火火地穿行在格子间里，似乎一慢下来他们肚子里就会有一个手雷轰然爆炸。我每次看着他们从我面前呼啸而过的时候，我都觉得我面前刚刚跑过去的是哪吒——头顶闪光灯，脚踩风火轮，口里还“哇呀呀呀呀呀呀，妖精你往哪里跑”!对我来说，像此刻这样吃完饭就躺在沙发上，无所事事地看着面前Hermes茶杯里的红茶冒着热气逐渐变凉，这才是我人生的终极目标——并且，此刻身边还有一个英俊的男朋友，他充满肌肉的大腿正充当着我的枕头，他修长的手指正在按摩我的头皮，梳理我的秀发，难道这不应该才是人生的真谛么？我愤怒地看着沙发对面的顾源，他正在一边翻着手上的财经报纸，一边用他新换的Hero手机查今天最新的美元汇率，同时他口中还说着“我觉得那件无袖的后拉链的小黑礼服比较好看”。

我愤怒地把目光从顾源身上挪开，结果看见卫海坐在Neil身边，看着自己旁边的混血帅哥面红耳赤地欲言又止，我立马从简溪的大腿上坐直身子，脑海里那粉红色的豆腐渣雷达又瞬间发动了。我坐到卫海身边，热情而诚恳地握住卫海的手，说：“卫海，你想对Neil说什么？没关系，来，勇敢一点。”我腹部丹田里像有一股火在燃烧，一种类似临盆的感觉疯狂地冲击着我。

卫海吞了吞口水，突出的喉结非常醒目地上下滑动了一下，他看了看我，又看了看Neil，仿佛把心一横，单拳一握，说：“那我就说了!”

我有点忘乎所以地呼喊起来：“请你自由地!”(……没见过对自己这

么狠的作者……)(如果你看不懂前面那个括号里的话，没有关系，不影响任何情节……)

卫海把眉毛一横，面向此刻正满脸疑惑但英俊无比的Neil，说：“你在外国长大，肯定比较擅长这个……你能不能教我……怎么……接吻，才算是比较到位的……”

Neil没有一秒钟犹豫，立刻把嘴里的红茶喷在了顾里从达芬奇买回来的Armani沙发上，“你要我和你接吻？”Neil小学生般的中文理解能力，此刻发挥了神奇的魔力。我也瞬间沸腾了。

“当然不是，你只要告诉我怎么接吻就行了。”卫海红着脸直摇头。

我在非常失望的同时，也立刻燃起了好为人师的热情。我环顾了一下四周，在茶杯、苹果、简溪(……)、香蕉、香薰烛台等各种工具之间，我选择了苹果来解答卫海的疑惑。我把苹果咬出一个缺口之后，对着那个缺口，伸出我的舌头，一边深深浅浅地舔着(……)，一边说：“首先，你应该把自己的舌头想象成一只胆小的耗子，这只耗子正在前往偷奶酪的路上，于是，它轻轻地往前一小点，然后又胆怯地迅速退回来……”我正闭着眼睛陶醉在自己因材施教的高尚行为里，我的示范被顾里尖酸刻薄的声音打断了，她的声音听上去像一只丝毫不胆小的耗子。

她站在卧室的门口，穿着一件看上去把她勒得几乎要窒息的黑色小礼服，她的胸部也被推挤得快要顶到下巴上了。她指着我说：“我应该拿相机把这精彩的一幕拍下来，然后做成DVD的封面，放到日本AV最新的货架上，然后无数猥琐的男人就会把你买回家，然后扫射你。”

说完，她踩着锥子般的高跟鞋，如同芭蕾舞演员一样踮着脚尖轻松地出门去了。她现在的修为越来越炉火纯青，已经可以面不改色地说出“男人把你买回家扫射你”这种话了。

我有点没回过神来，低头想了半天，恍然大悟，“哎呀，她是不是以为我在教卫海那个啊？她肯定以为我把这个苹果比喻为南湘的……”我还没说完，就看见我对面的顾源和卫海满脸通红，像是一掐就出水的番茄。特别是卫海，感觉都要休克过去了。

我突然意识到，唐宛如走后，我似乎接过了雷锋的枪，果断地扛起了革命烈士用鲜血染红的旗帜。我被自己这个突如其来的发现给吓到了。

顾里走后几分钟，南湘就从厨房里出来了，她看起来干净纤细，超尘脱俗，一点儿都看不出来是刚刚从厨房里洗完盘子出来的人。我特别感谢她的加入，打破了此刻尴尬的场面。

她坐下来三秒钟后，突然想起了什么似的，轻描淡写地看着我们，说："过两周就是顾里的生日了，这一年过得好快啊。"

对面的顾源立刻站起来，"我去洗澡。"

旁边的简溪不甘落后，"我去睡一会儿，困了。"

Neil拿起他的手机，演得像真的一样对着彻底安静的话筒，"喂喂喂我这里信号不好"地走进他的卧室里去了。

剩下天真可爱的卫海，兴奋地望着我，问："真的啊？那到时候你们想怎么过啊？"

我非常认真地回答他："难过。"

顾里走到小区门口，宫洺的车已经等在那里接她了。戴着白手套的司机恭敬地站在车门边上准备为她开门。顾里瞄了瞄车尾上的那个"S600"的标志，翻了个白眼，在心里默默地说："你他妈到底有几辆车!"一边嘴上说着"辛苦了"，一边提起自己的裙摆，优雅地坐进了后车厢。

车子开出去十分钟，停在两个石狮子面前。顾里下车，走进那个黑黝黝的洞穴一样的门。这是一间开在两边长满法国梧桐的巨鹿路上的"人间"系列的餐厅，北京、台北、上海都有分店。这是第七家。顾里以前陪自己的爸爸来过，这家餐厅的门开得非常隐蔽，门口一个防空洞一样的阴暗入口，并且没有任何的招牌，进门的墙壁上方有仿佛手机键盘一样的九个洞穴，必须根据当天的一个两位数的密码，把手伸进代表相应数字的圆洞里，左边的正确入口才会打开，密码每天更换，绝不重复，需要获得密码，必须提前打电话订位，才能获得。而如果密码出错，右边会打开一扇死门，门里面有一面镜子，你就会从镜子里看见一个满脸迷茫的傻逼——你自己。顾里曾经就在这面镜子里看见过自己，她把这件事情列进了她人生丢脸时刻Top10的排行榜里面。当然，顾里第一次在这个餐厅里面上厕所的经历，也被她列进了她人生丢脸时刻的Top10。如果你有幸到这家餐厅吃饭的话，那你一定要去挑战一下它的洗手间。

仿佛上海的餐厅们正在比着劲儿的越来越贱——愚弄顾客仿佛是他们追求的最高目标。没有门牌、没有指示已经是家常便饭，很多家餐厅都摆着一副“老娘今天特别不想做生意”的嘴脸，而且各种怪胎餐厅层出不穷，比如这个“人间”系列的第六家，你要进去，就必须先在门口竹林里的那个奇怪的石头缝里把手伸进去黑灯瞎火地摸一下，才能开门。比如外滩的那家以镜子之多而出名的餐厅，他们把洗手间隔间的门制作成无法反锁的设计，于是，男男女女都经历了正在方便的时候，被陌生人轰然推门而入的惊悚时刻。又比如陕西路上的一家餐厅，根本不提供餐具，需要说明的是，他家并不是手抓的印尼菜，而是一家川菜餐厅，顾里曾经坐在里面，环顾了一圈周围满头大汗、伸手从红油里捞出水煮鱼片来吃的人们，最终滴米未沾，喝了一杯橙汁，闷闷不乐地走了——她为自己的豁不出去而沮丧，想当年，她连粉红色的尖叫着的活耗子都敢吃。而最近刚刚在复兴公园后门开的一家餐厅就更加的变态了，他们对外宣称的落地窗外的绝佳景观，就是正对着对门写字楼男厕所的小便槽，只要你高兴，转过头，就可以看见一排男人掏出各种尺寸的家伙面对你“哗啦啦啦……”——这样对比起来，黄浦江边上那些号称落地窗外就是东方明珠的餐厅们，是多么庸俗而缺乏新意啊。

上海开餐厅的老板们，脑门儿都被驴踢过了——当然，去吃饭的人相比起来，就更加有勇气，他们肯定敢踢驴的脑门儿。

顾里在一楼最角落的沙发位置，找到了宫洺。他正在因为什么事情而露出他那个非常迷人同时又非常虚假的笑容，看上去就像是用遥控器对着电视里牙膏广告上的男模特突然按了暂停键。顾里入座之后，环顾了一下另外几个沙发上的人，坐在宫洺对面的，就是这次“鸿门宴”的主角Dan，也就是即将购买接下来三个月《M.E》最黄金版面的电子产品公司的广告部经理。顾里瞄了瞄他满脸争先恐后此起彼伏的青春痘，又看了看他左右手两个穿着LV的“鸡”，她深吸了一口气，特别庆幸自己今天身上没有任何LV的东西。然后，她露出了和宫洺一样迷人而又虚假的笑容，看上去就像是用遥控器对着电视里胃痛药片广告上的女模特突然按了暂停键。(……)

然而接下来的来往并不顺利，放在茶几上的那份合同在灯光下显得特别刺眼，特别是当Dan拿着这份早就应该看了很多遍的合同“哗啦啦”地反复翻阅，不时地就一些无关紧要的细节反复询问的时候，顾里觉得状况有点儿不对。于是，她优雅地起身去洗手间，在厕所里对着镜子整理了一下头发之后，不动声色地回到了战局上，她“呵呵呵呵”地笑着，对宫洺说：“刚刚我看见Tommy也在那边，需要过去打个招呼么？”宫洺站起来，对Dan笑笑，说：“我父亲一个老朋友在那边，我过去打一下招呼，马上过来。”

宫洺随顾里站起来走过转角之后，立刻问顾里：“现在是什么情况？”Tommy其实是顾里、宫洺以及Kitty之间常用的借口，任何情况下，只要说出Tommy也在这里，需要去打个招呼，那么就是有一些话没有办法当着对方的面说了。

“这份合同不是应该已经和对方确认得差不多了么？今天出来见面也只是一个形式而已，为什么还需要讨论合同的细节？”宫洺看着顾里，光线下他的脸显得有点红，不知道是不是刚刚几杯烈酒喝多了。

“宫先生，你肯定明白，如果对方突然开始纠缠合同上的一些细节的话，那么其实并不是这些细节出了问题，而是对方改变主意了。”顾里说。

“那你的意思是?”宫洺点点头。

“没事，我应付得了。他要聊细节，我就陪他聊细节。他不摊牌，我就不摊牌。你就坐在旁边喝酒吧，我做第一道防线，这样就算最后我翻脸搞垮了这个局，那你再出来，作为底线。而且，我相信，他既然肯出来，肯定还是会签这个合同的，只不过他有他的小算盘罢了。等到他亮底牌，我们再随机应变吧。”顾里望着宫洺那仿佛精细的手术刀雕刻出来的完美五官，胸有成竹地说。

整个局面变成了一场拉锯战。一杯又一杯的鸡尾酒端上来，一个又一个空杯子被服务生端下去。宫洺喝到最后目光已经散了，他本来酒量就不好，以往的任何一个应酬场合，永远都是Kitty冲到第一线，今天Kitty不在，于是他理所当然地挂了。不过，他依然用他最后的理智保持着他那永远没有破绽的外表形象。他坐在沙发上，后背依然挺直着，只是眼睛里仿佛起了雾，笑容也像是从遥远的地方吹过来的那样。

整个过程里，顾里秉持着“老娘至少要先放倒你我再死”的革命主义精神，一杯又一杯地和Dan畅所欲饮。不知道喝了多少杯之后，Dan满脸通红，勾过顾里的肩膀，说：“哥们儿，你够意思。我也就和你直说了，这个项目是公司的，我自己没有任何好处，所以，我得公事公办，对吧?”顾里抬起头，看着他的眼睛，虽然他已经喝多了，双眼充满了红血丝，但是，从他的眼神里，依然可以看到那种类似饥饿了四天的豺狼般的寒光，顾里当然听得出他的弦外之音。

顾里把她已经喝得披散下来的头发重新撩到脑后(……)，靠近Dan的耳朵边上，说："当然得公事公办，而且必须想尽办法。就像我们要对私人汇款的时候，无论是以劳务费或者以咨询费为理由，无论是现金或者转账，我们都能想到办法来完成。这就是专业。"顾里眨着她羽毛般的假睫毛，望着Dan脑门儿上的三颗石榴籽一样大的青春痘，鬼里鬼气地说。

"哈哈!那就好!我也懒得和你绕了，1%，你们觉得如何?"

顾里知道他已经把牌摊到台面上来了，说白了，他就是想要1%的广告费返到他个人的账户上，顾里回头望望宫洺，等着他的决定。宫洺用他发直的眼睛，冲着顾里眨了眨他的长睫毛。顾里回过头，"没问题。"

Dan的笑容非常愉悦，看起来仿佛他满脸的青春痘被治好了一样。他指了指茶几上的合同，说："那我回去修改一下总金额，明天，我带着我们签好字盖好章的合同亲自到你们公司!"

顾里再一次露出了她那仿佛胜利女神般的笑容，她幽幽地从她那个巨大的Prada包里拿出了一台Adamo电脑，迅速地开机打开了这份合同，水晶指甲在键盘上噼里啪啦地修改了金额，然后，她又神奇地从她的包里拿出了一个便携式的打印机，更神奇的是，她又伸进包里，掏出了一叠打印纸。两分钟后，一份崭新的合同就在一堆酒精和昏暗的灯光下开始"咔嚓咔嚓"地打印了。

Dan看傻了，对顾里说："我觉得你的这个包就和机器猫的口袋一样。"

顾里抬起手掩着嘴，呵呵呵地笑着，"哎哟，这有什么呀，我有一个女同事，她曾经从她的包里掏出过一台咖啡机呢。呵呵呵呵。"——当然，她说的女同事就是宫洺的机器猫，Kitty。

顾里几乎是按着对方把合同签了之后，她整个人的防御系统瞬间就垮了，她抓过对方签好的合同胡乱地塞进包里，一把拉好拉链，然后就两眼一黑，如同电脑突然撤销了所有的杀毒软件一样，瞬间，铺天盖地的木马轰然撞破城门——她醉了。她优雅地拎着她的包包，起身朝卫生间走。走到一半，瞄了下四处没人，就弯下腰抓过旁边摆设的一个花瓶，哇啦啦地吐在了里面。吐完之后，两眼放出精湛的光芒，仿佛修炼了千年的妖精一样灵台一片清澈。

三分钟后，她仿佛刚刚睡满了八个小时的战士一样，清醒地踩着风火轮飘回了宫洺的旁边，她架起已经说不出话来，但是依然维持着牙膏广告暂停画面的宫洺，理也没理对面瘫倒在LV大腿女人中间的Dan。

有很多种时刻，顾里都会非常的底气十足耀武扬威。其中一种就是当她包里塞着一份刚刚和对方签完的合同的时候。

所以，她刚刚借着吐完的劲儿清醒过来的理智，又瞬间消失了。

她把宫洺如同一个麻袋一样塞进了奔驰S600的后座，然后自己拉开车门，摔一样地倒了进去。司机非常见过大世面，一言不发地闷头开车。

两个街角的转弯，顾里搞得头昏脑涨。宫洺此刻仿佛有点儿清醒了过来，他终于会说话了，虽然他只会说那么一句：“千万别吐在车上，这车是我爸的!”——由此可见，这句话绝对是来自他理性的最深处的恐惧，也许就算他整个人已经昏迷了，他依然会在昏迷中高喊：“这车是我爸的!”

但是，顾里显然就没这么清醒了，在这样底气十足耀武扬威的时刻，顾里非常豪迈而忘我地高喊了一句：“你爸算个什么东西!”

当她喊完这句震撼人心的口号之后，她自己就醒了。她被自己这股突如其来、飞蛾扑火、以卵击石、蚍蜉撼树、螳臂当车、怪力乱神的勇气给吓到了。

她看了看宫洺，他长睫毛的眼睛已经闭上了，鼻子里发出沉重而整齐的呼吸声。她又看了看前面开车的司机，此刻他正紧皱着眉头，眼睛眯得几乎要闭起来，顾里相信如果他多出两只手来，此刻一定捂在耳朵上。他恨不得用浑身每一个细胞、每一根毛发来宣布“我什么都没听到，我什么都没看到”。

顾里松了一口气，然后开始在车里找餐巾纸。她得擦一擦自己眼角的泪花。她突然觉得，此刻的自己，就仿佛接过了唐宛如的枪，勇敢地扛起了革命烈士用鲜血染红的旗帜。她再一次被自己的这种突如其来的想法给吓到了。

然而，在找寻纸巾的过程中，顾里在车的后座扶手的储藏空间里，发现了一份上帝为她即将到来的生日而预备的最好的礼物。

当顾里翻阅着这一沓一年前《M.E》公司的财务清单的复印件时，她发现上帝从来就没有远离过她，就像她从来没有远离过恒隆一层一样。她斜斜上扬的嘴角，和她目光里翻滚着的黑色墨水，都在宣告着，这是她人生二十几年来收获过的最珍贵的礼物。如果她刚刚再多喝几杯的话，可能她此刻已经动情而嘹亮地唱起了《大地飞歌》。(……)

她悄悄地把资料放回原处，看了看熟睡的宫洺，他浑然不觉地沉睡在一片迷幻的酒精里。月光从云层深处探出来，照着顾里的笑容，也照亮了她獠牙上的毒液。

我们的生活总是没有好莱坞电影里那么精彩，英俊的男人总是开着几百万的名车在马路上撞来撞去，一会儿“嗖”地从头顶飞过去，一会儿又“嗡”的一声开出悬崖。我们的生活也永远没有郭敬明的小说那么跌宕起伏，前一页还是伸展胳膊在操场上做着广播体操，温暖而美好的青春，下一页翻过来没看几行就跳楼摔碎了个女的，转眼男的也开煤气不行了。我们太过平凡无奇了。这个世界也每天都无聊而枯燥地转动着。

可是，上帝说，不要灰心，不要失望，这个世界上有一种东西，叫做

"顾里的生日"，这就是上帝对这个苍白庸俗、平淡无奇的人间的一种馈赠。因为这种东西的存在，我们的生活，永远充满着各种足以引发心肌梗死的刺激。如果你还记得她去年的生日，那么你就一定会知道，那个血肉横飞的聚会上，诞生了多少足够让伟大编剧都含羞而死的戏剧场景。年复一年，顾里的生日都充满了各种魂飞魄散、四分五裂的慢镜头，如果把她这些年的生日都记录拍摄下来，那会是比《死神来了》还要精彩的系列电影。

离顾里乘坐的豪华奔驰轿车不远处的静安别墅里，我从梦里浑身大汗地惊醒过来，我坐在一片没有开灯、窗帘紧闭的黑暗里，听着自己仿佛被鬼掐着喉咙的呼吸声回荡在午夜的房间。我身边睡着没有回家的简溪，此刻他沉睡在梦里，他那两扇柔软的睫毛仿佛梦乡里的鸟一样安静。

刚刚的梦中，顾里的生日在一座很高很高的黄浦江边的楼顶露台举行。满眼都是最新季的各种礼服裙子，每一个服务生穿得都像是赶着去结婚的新郎。各种托盘里的香槟、鸡尾酒被服务生托着，在五彩缤纷的灯光里四处游动，仿佛海面下的各种游鱼，它们被无数双手不停地捞起，一饮而尽。整个场面特别美好，特别动人，充满了在这个城市里常见的壮丽景色：用钞票堆出来的美。

我之所以惊醒，是因为在我梦里，唐宛如也出席了顾里的生日，在生日的最后，顾里优雅地吹完了蜡烛，然后转身微笑着，把唐宛如从33层高的露台上推了下去。

Tiny Times Season 2

Chapter.10

小时代·虚铜时代

我每一次想到上海，

脑子里都是满溢的各种文艺小资强调的形容词，

我无时无刻不在自豪地向每一个人炫耀上海的精致与繁华、文艺与高贵。

而现在，我每一次想到上海，

脑海里都是一个浑身长满水泥钢筋和玻璃碎片的庞大怪物在不断吞噬食物的画面。

它流淌着腥臭汁液的下颚，一刻也没有停止过咀嚼，

因为有源源不断的人，前赴后继地奉献上自己迷失在这个金光涣散的时代里的灵魂和内体

——这些就是这个怪兽的食物。

T o b e b l i n d , t o b e l o v e d .

我和南湘坐在上海美术馆背后的一块草坪上。温暖的阳光透过纤薄的云层，仿佛面包屑一样撒在我们的脸庞上。空气里弥漫着旁边星巴克传来的浓郁咖啡香味。环绕着我们的是人民广场CBD的十几栋摩天大楼，中央的这块绿地像是一块价值连城的翡翠，镶嵌在上海这顶黄金冠冕上。我和南湘懒洋洋地坐在绿油油的草地上，手边放着冒着热气的大杯香草拿铁，脚边是我的D&G巨大提包——当然，是顾里的，我从她如同集装箱般巨大的衣柜角落里翻出来的，她早就遗忘了这个2007款的包包，所以，我几乎没有说服她，就得到了这个当年标价等于我一个月工资的玩意儿。我和南湘在金灿灿的阳光里，慵懒地微笑，惬意地聊天。

——听上去是一个非常惬意的下午茶时间对吧？

当然不是，以我的人生来说，怎么可能在工作日里有“下午茶”这种东西存在，就算我还没有修炼到Kitty她们脚踩风火轮的程度，但是，我至少也算是蹬着溜冰鞋。喝下午茶的一般只有两种人，一种人叫做“贵妇们”，一种人叫做“宫洺们”。

——此刻，阳光灿烂稀薄，光线里透着一股子清心寡欲的味道，现在是北京时间清晨7点23分。物欲横流的上海还没有完全苏醒过来，它那张被金粉装饰得精致而又无情的嘴脸，此刻透露着一种朦胧中的恬和，不锋利，不逼迫，让人还敢亲近。

我看着南湘，眼里的泪水轻轻地流了下来。

两个多小时之前。

上海凌晨5点的时候，窗外是死沉死沉的浓稠夜色，漆黑一片，我沉浸在美好的梦乡里不愿也不可能醒来。而这个时候，穿着Armani黑色套装的顾里冲进我的房间，无耻地袭击了手无寸铁、没有意识的我。她拿着一瓶获得了法国最高医学奖的、刚刚上市就在全上海卖断了货的、号称“细胞水”的喷雾，朝着正张着嘴呼呼大睡的我，无情地喷洒，丝毫也不心疼，仿佛在用每立方米1.33元的上海自来水浇花。

当我从“唐宛如你他妈凭什么冲我吐口水”的噩梦里挣扎着醒来的时候，我看见了正坐在我床沿的狼外婆——顾里。她反手把那瓶喷雾朝我卧室角落的那个小沙发上用力一丢，角落里传来咣当一声，显然，她丢到地上去了。

她把那张已经化好职业妆的精致巴掌脸凑到我鼻子面前，没头没脑地冲还没有清醒的我神秘兮兮地说了三个字：“跟、我、走。”

我看了看她一身夜黑风高的装扮，和她满脸故弄玄虚的表情，瞬间清醒了过来。我一把抓紧被单，恐惧但同时又有点因为刺激而兴奋地低声问她：“你想抢哪一家银行？”

顾里看着我面无表情，我感觉她额头上冒出了一个省略号。

我看到她沉默的严肃面孔，于是，凑近她的鼻尖，压低声音说：“或者说，你想去杀谁？”

顾里沉默而愤怒地站了起来，面无表情地转身就走，在她摔门出去的瞬间，我扯着嗓子补了一句，“我靠，你别不是已经杀完了，找我去分尸吧？”我望着她的背影，用充满胜利的喜悦劲儿说：“我可不做力气活儿!”

当我成功地把顾里气走了之后，我非常自豪。从来就是我被顾里整，难得我能把她气得翻白眼。我发现对付顾里的方法，只能采取唐宛如的路线：剑走偏锋、出奇制胜、怪力乱神、火树银花，必须采取“三没”政策：没皮、没脸、没脑子。

但是，当我满脸微笑地重新躺回我的被子里一分钟之后，门被推开了一条缝，然后，一只一看上去就是刚刚涂过了昂贵手霜的葱花般的纤白玉手伸了进来，手指上轻飘飘地拎着一只闹钟，那只手无耻地把闹钟放到门口的茶几上，然后就缩了回去。一分钟之后，我的耳膜都快被这只我完全找不到方法关掉声音的闹钟震疯了——更加令人发指的是这个闹钟的铃声是一个女人歇斯底里的尖锐笑声，听上去特别像顾里那个不要脸的在冲我放肆地大笑："咦~~~~哈哈哈哈哈哈，呜~~~~哈哈哈哈哈哈。"

我像一只被佛光笼罩了的妖精一样，龇牙咧嘴，跪在地上现出了原形。

三分钟后，闹钟安静了，顾里裹着她那身夜黑风高的行头，再次飘到我的床边，温柔地抚摩着我的头发，一双眸子柔情似水地对我说："起来么？我房间里还有另外三个闹钟。"

十分钟后，我披头散发地出门了。出门的时候，顾里提醒我，"把你的包带上。"

我被扔进一辆车的后座，昏头昏脑的，车就开出了我们小区的门口，开进了南京西路。我感觉到这并不是顾里的车，崭新的内饰甚至还透着新鲜凛冽的皮革味道。"这车是谁的？"我摸着屁股下面高级柔软的小牛皮，瞄着后座宽敞得几乎能让我把腿儿伸直的空间，问前面正戴着白手套开车的顾里。顾里看了一眼后视镜里的仿佛刚刚被人从麻袋里放出来的蓬头垢面的我，说："顾源的，这个败家子。"

凌晨5点的南京西路像一座遗迹。华灯初上时的那种快要把人逼疯的金光四射和横流物欲，此刻全部消失了踪影。只有头顶寂寞的路灯依然亮着，刷啦啦整齐的一排，把这条全中国最繁华的商业街道照得像是火葬场大门外的那条通天大道。偶尔路过几个正挥舞着扫帚或者拿着高压水龙头冲洗昂贵的大理石地面的清洁工，他们在每一个上海还没有苏醒的凌晨，见证着这个城市难得的寂静。只是他们一直是被人们遗忘的一群人，每一个阳光灿烂的白天，当人们路过恒隆广场或者波特曼门口几乎一尘不染的大理石地面时，没有人会想起他们，在这群穿着同样的西装拿着同样的手机用着同样的笔记本，甚至说着同样的话的被称做白领的人眼里，上海似乎本来就是这样干净的，就像一个活人，在每一个疲惫的夜晚倒头睡去，天亮之后，又会恢复全身的精力。

只有两边高大的梧桐树在快要破晓的夏末凉风里，摇动出弥漫一整条街的树叶摩挲声，沙沙作响，听起来像是头顶移动着一座塔克拉玛干沙漠。当年唐宛如对此还有一句经典语录："塔克拉玛真他妈生猛，连沙漠都不放过!"——她把塔克拉玛理解为了一个人名，也把"塔克拉玛干"的"干"字，理解为了一个发音为四声的动词。

"我们这是要去哪儿?"我看着鬼祟的顾里，从后视镜里看见她此刻双眼精光四射、杀气腾腾。我身体里的生物自我保护本能瞬间又启动了。我对这个眼神记忆犹新，每当我人生里要倒大霉的时候，我都会看见顾里的这种眼神。距离现在最近的一次她这样双眼放光像是一台探照灯的时候，是两年前，她大姨婆死了——穿着那套现在已经无法再买到的Chanel套装。按照她姨婆死前的遗愿，当她被推进焚化炉的时候，她必须穿着这套Chanel。这对于顾里来说，当然是无法接受的事情。"出于对艺术瑰宝的保护和拯救，我一个新时代的女性，怎么能够眼看着这种人间惨剧发生!"我看着当时也是一身夜黑风高行头打扮的顾里义愤填膺地说着她的愤怒，她的表情苦大仇深且大义凛然，我感觉她应该去竞选美国总统。于是当晚，我被她胁迫着，或者说被她这股子对"艺术瑰宝"的虔诚态度打动了——当然，还有一件事情不提也罢，她答应送我一个Dior的钱包，不过这是小事，无关紧要。

于是，我们身手敏捷、飞檐走壁地探入了她大姨婆的灵堂。我们神不知鬼不觉。我们动作麻利、健步如飞。我们风生水起、排山倒海。我们眼观六路、耳听八方。我们仿佛鬼魅般悄无声息。我们进入灵堂一分半钟之后，被抓了。

往事历历在目，如同一块又一块警示牌一样密密麻麻地插满了我的大脑。我趴到座椅后背上，伸出手用力地抓她纤细的肩膀，“顾里，你到底想干什么?”我用的劲儿太大，都能清晰地看见我手指发白了。

尽管顾里痛得眯紧了双眼，假睫毛一阵颤抖，但是她依然非常冷静地对我进行了人身威胁，“你再用大一点儿劲儿，我可以直接把车开到人行道上，我们赌一下看谁先死，我绑着安全带呢。”

我了解顾里说得出做得到，她是个彻头彻尾的狠角色。当初她威胁顾源说要把他推到学校的人工湖里去，顾源不以为意还哈哈大笑，结果当然是顾里用她那双珠光宝气、镶满了晶莹剔透的水晶指甲的双手，亲手给了顾源一个血的教训。但是，我依然没有放弃，因为我觉得，死在人行道上，说不定还痛快些，如果跟着双眼发亮时的顾里携手前进的话，那才有可能祖坟都被掀起来晾在外滩上展览。所以，我又在手上用了更大的劲儿，“别废话，你告诉我，今天你又想潜进谁的灵堂？她准备随身下葬一个鳄鱼皮的Birkin包还是一串Cartier的古董珠宝?”

顾里二话没说，直接方向盘一打，轮胎“吱呀”一声变向，车子就往人行道上冲过去，我吓得立马放了手，赶紧坐回后座胡乱地抓着安全带往自己身上绑。

十分钟后，车子无声无息地停在了淮海路上我们公司的楼下车库里。我在一瞬间，四肢冰凉、五雷轰顶。特别是当我看见车库尽头，昏黄而阴森的灯光下，站着同样一身黑色Armani西装锦衣夜行的顾源，他深邃的眉眼在光线下散射着同样精湛的寒光，他额头上写着两个大字："帮凶"。我转头看看已经下车的顾里，当然，她额头上写的是："主谋"。我绝望地看了看车顶小镜子里的自己，我的额头上清晰地写着三个字："敢死队"——或者，"赶死队"。

顾源看着朝他走过去的顾里，她脚下那双细高跟短马毛Chanel靴子，在仅有的光线下也依然乌黑发亮油光焕发。顾源满意地一笑，用充满表扬的语气说："败家娘们儿。"

我看着面前的两个黑衣人，心里想你们真是天造地设的一对。

但是随即，我就被顾里和顾源这两个黑衣人营造出来的诡异气氛感染了，我的动作也变得鬼祟起来。我轻手轻脚地走到他们两个身边，压低声音问他们两个："我们这到底是要干吗？"

顾里转过头来，她透过她浓密纤长仿佛两把羽毛刷一样的睫毛，给了我一个巨大的白眼，"你不需要把自己搞得像贼一样，又是踮脚走路又是窃窃私语的，这黑灯瞎火的时刻，整个车库里，会被你吵醒的也就只有下水道里的那一家子蟑螂，and trust me，they don't care."

"我们这不是做贼么？"我看着顾里问。

"当然不是，你开什么玩笑，我顾里什么时候干过这么下三烂的事儿？"她冲我丢过来一个尖酸刻薄的讥诮表情。

"那就好，吓死我了。"我松了一大口气，"那我们是来干吗？"

顾里："只是偷点儿东西。"

我："……"

我们一路从地库往楼上大堂走，作为淮海路CBD心的一栋地标式的建筑，《M.E》所在的这栋大楼，当然采用了各种防盗、防火措施，我不知道顾里两口子怎么搞到的各个门禁的通行卡，我们每走到一个消防通道或者工作出口的时候，顾里或者顾源就会从他们那款黑色的情侣提包里，掏出各种各样的门禁卡，放在感应器上，“滴滴”两声，门就开了，看上去和他们两个平时在恒隆各个品牌店里拿出各种银行卡横冲直撞时没什么两样。从小到大我就觉得顾里这个女的浑身透着一股子妖气，她总能匪夷所思地搞定各种事情，一句话，不是凡人。一路上，我随时都感觉着四周鬼影重重，时刻担心会有一个保安朝我冲过来，掏出枪塞到我的嘴里扣动扳机。“你省省吧，中国目前的法律下，如果连一个写字楼的小保安都允许佩枪的话，那我顾里就能在我的宝马后备箱上装几枚地对空热感追踪导弹。”面对我的疑虑，顾里解释得滴水不漏。

“那如果他拿警棍出来打我，或者从包里掏出一把刀呢?”我不甘心。

“那怕什么，我包里也有，”顾里拍拍她的黑色Dior小牛皮手袋，“这年头谁还没把刀啊。”说完她轻蔑地看了我一眼，丝毫不屑地转头不再答理我，继续在黑灯瞎火的走道里，踩着细高跟鞋一路健步如飞。

我追上去，问她：“人家偷东西都是趁着夜黑风高、子夜凌晨，你这算哪门子策略，大清早地偷鸡摸狗，等第一道阳光照到你身上的时候，你就等着龇牙咧嘴地尖叫着化为灰烬吧。”我为突然想到的经典比喻而暗暗得意，我不愧是念了这么多年中文系的女人，满肚子诗词歌赋，轻描淡写地就把顾里讽刺比喻成了一个吸血鬼。

顾里没有回头，她底气十足地说：“得了吧，我又不是鸡。”

我：“……”

我的无语换来了她得意的冷笑，“子夜凌晨？你开什么玩笑，那不正好是宫洺的上班时间么？怎么偷？跑到他办公室里，对他打个招呼说‘不好意思哦，我来偷你一个东西，你现在有空么’?”

我：“你真精明。”

顾里：“那当然。”

我：“你不是鸡，你是鸡精。”

顾里：“……”

当我们顺利地潜进了公司之后，我一路提在嗓子眼儿上的心，才算是重新掉回了肚子里。公司里黑灯瞎火的，一片死寂。我趁着这种安全的保护色，靠在墙上缓解刚刚跳到180的心跳和高血压。但顾里这个贱人，没等我缓过劲儿来，就噼里啪啦地把整个公司的灯都按亮了。我那胆小如鼠的心，就这么瞬间暴露在光天化日之下，特别是走廊的尽头，还悬挂着一幅巨大的宫洺的照片，那是几年前宫洺出任《M.E》杂志主编的时候，那位以永远不变的络腮胡和他领口里永远戴着的Hermes丝巾而著名的美国著名摄影师拍摄的。

我冲着顾里嘶哑地尖叫着，就像是一个刚刚把嗓子喊哑了的人在唱歌剧一样，“你疯了啊你!哪有偷东西像你们这么光明正大的啊，你是不是觉得你脚上那双像是报警器一样的高跟鞋和你那两副眨眼时都能扇出风来的假睫毛还不够惹人注目啊？你干脆去拿一瓶香槟过来‘砰’的一声打开，再顺手拨一个110把警察叫过来一起喝酒算了!活该你以前每次都被抓!”

“这你就不懂了，”顾里回过头来，灯光下她的脸精致完美，毫发毕现，“以前的我年少，不懂事儿，没有累积足够的偷东西的经验，(我：……)而现在的我，岂能同日而语。”

“你别忘了古人唱过一首歌，‘今天的你我，怎样重复昨天的故事’。”我反唇相讥。

“毛宁听到你把他称呼为古人，他会发短信对你表示感谢的。”站在一旁四处打量情况的顾源，回过头来插嘴。

“林萧，你作为一个新时代的女性，偷东西有点儿技术含量好吗？我们把所有的灯都打开，那么如果这个时候有人进来，我们三个都是公司的员工，可以理直气壮地说我们在开一个紧急会议或者说临时需要回公司拿文件。否则，三个人黑灯瞎火的，凌晨5点跑到公司来干吗？除了偷东西还能是什么？”顾里看着我，用一种慈禧老太太一样的表情，冲我得意地阐述她的技术含量。

“关着灯的话，可以说我们两个昨晚加班到深夜，现在正在偷情。”顾源无所谓地拿着一个杯子，走到茶水区域冲了杯咖啡喝。

“那倒也可以。不过，”顾里伸出一根水晶指甲，指着我说，“那我们两个在偷情，这个女的在这儿干吗？”

我：“……”

当顾里对着镜子稍微补了一下妆，然后为了等顾源喝完他的咖啡，她找了个位置坐了下来，翻完了当期的《周末画报》的那叠财富版。他们两个气定神闲的样子完全不像是贼，倒像是此刻正坐在加勒比海滩上晒着太阳度假的一对小情侣——是的，顾里连墨镜都戴上了，我感觉再过几分钟她会从包里拿出防晒霜来涂。

当顾源喝完咖啡之后，他站起来，用低沉的声音说：“开始吧。”

我扶着饮水机，手脚冰凉，琢磨着要不要扛起水桶把自己砸休克过去算了。

当我这个穿着长乐路上淘来的廉价外套的小助理和这两个穿着Armani黑色亚麻套装的总监共同站在我们的顶头上司宫洺的办公室门口的时候，我终于明白了他们两个为什么要带上我，顾里用她标准的黄鼠狼般的表情看着我，阴阳怪气儿地伸出另外一根水晶指甲，指着我的包说：“把进宫洺办公室的门禁卡交出来。”

我一脸死灰，麻木地伸出手从包里掏我的工作卡。虽然我是公司里几乎级别算是最低的员工(如果把那些穿着公司拍照剩下来的损坏了的名牌毛衣扫厕所的大妈和收发室里用Prada三年前的旧款公文包分装信件的大爷也算上，我可能勉强能站上金字塔的二楼……)，但是，我也是离权力中心最近的，工作时间，我离终极BOSS宫洺只有一步之遥，只要我愿意，我可以靠近到能够数清楚他有几根眼睫毛的距离；下班时间，我和公司最重要的两个部门，财务部和广告部的两个顾氏总监吃喝拉撒厮混在一起。同时，Neil即将进入公司法务部，我于是又有了一个掌握着重大权力的闺中密友(……)。

比如此刻，呼风唤雨的顾源和顾里就站在这道大门前面无可奈何，只有我掌握着那句“芝麻开门”的通关密语。

我把那张白色的硬质磁卡丢给顾里，像是包青天斩人时候丢出去的令牌——当然，斩的是我自己的头。

当我帮他们两个打开了这扇看上去毫无防御力量的玻璃门之后，我站在门口死活不肯进去。我想，就算我抵御不了顾里的人身威胁，但是至少，我可以选择不参与他们的地狱一日游。我看着他们两个目光沉重地坐在宫洺的电脑面前，电脑发出的白光照在他们两个配合默契的夫妻脸上，看上去他们两个和“007”里的间谍没有区别——只是他们耳朵上没有微型通信系统，后脖子上没有种植电脑芯片而已。顾里的水晶指甲按动鼠标和敲打键盘的滴答声仿佛定时炸弹的倒计时一样，听得让人心烦意乱。

我站在门口，空旷的办公室在白森森的荧光灯下显得格外的凄凉。尽管很多个夜晚，我也曾一个人留在公司加班，但是那个时候，我并没有觉得有丝毫让人伤感的地方。因为每一个这样的夜晚，我知道我身后那扇玻璃门后，有一个在我心中代表着坚不可摧无所不能的天神的人，宫洺。虽然他并不和我说话，也不和我待在一个房间，但是我知道我并不孤独，我离他只有一个轻声呼唤的距离。当然，他也代表着无数名牌包包和媲美杂志模特的脸。但是在那些加班的夜晚里，他脱下了他那些修身剪裁的黑色西装，他穿着舒适温暖的毛衣赤脚或者穿着柔软拖鞋在长毛地毯上走动，他拿着咖啡杯出神的面容在咖啡热气里熏陶成一片让人沉醉的温柔男孩儿样，他深邃的眼眶里，滚动着让人信任和依赖的光芒。他接电话的声音在万籁俱寂的夜晚听起来像大提琴一样低沉而动人。他烦恼的时候眉头皱起来，想到什么解决办法的时候，又会轻轻地笑一笑，白色的牙齿像整齐的贝壳般发亮。

突然一种难以描述的负罪感涌上我的喉咙。那种感觉就如同加班的深夜里，宫洺用他疲惫不堪却依然温柔动人的笑容，让我帮他倒一杯咖啡，他接过去的时候，用信任的目光对我笑笑，用温热的声音对我说“谢谢”——而我在那杯咖啡里下了毒。

我被关门声打断了脑海里翻涌的念头，顾里拍拍我的肩膀，我回过头，她正好迎上我眼眶里涌起来的泪水。

以顾里那聪明过人的智商和她与我十几年的交情，她怎么可能不知道我在想什么。于是，她什么都没说，和顾源交换了一个让我永远无法忘记的目光之后，他们两个拉着我，一言不发沉默地离开了。

——无论多少年之后，当我想起他们两个那时的目光，都记忆犹新。那种目光……如果非要形容的话，就仿佛是经历了最残忍的血腥浩劫、人间炼狱之后，存活下来的人们望着大地上成片的尸骸时的眼神，目光里满是新鲜淋漓的血气：充满悲痛、侥幸、怜悯、恐惧、茫然、绝望……

离开的路上，我们三个都沉默着，不发一言。当然，我不想说话的原因肯定和他们两个不一样。

我把头无力地靠在车窗边上，透过玻璃，看着渐渐在光线下苏醒过来的上海，这个前几分钟还沉睡在黑暗里的温柔的庞然大物，很快就会慢慢地拔地而起，舒展它金光闪闪的锋利背刺和带毒的爪牙，分秒滴答声里，它会一点一滴地变得勾魂夺魄、光怪陆离。不知道为什么，在大学毕业之前，我每一次想到上海，脑子里都是满溢的各种文艺小资腔调的形容词，我无时无刻不在自豪地向每一个人炫耀上海的精致与繁华、文艺与高贵。而现在，我每一次想到上海，脑海里都是一个浑身长满水泥钢筋和玻璃碎片的庞大怪物在不断吞噬食物的画面。它流淌着腥臭汁液的下颚，一刻也没有停止过咀嚼，因为有源源不断的人，前赴后继地奉献上自己迷失在这个金光涣散的时代里的灵魂和肉体——这些就是这个怪兽的食物。

路过人民广场上海美术馆的时候，我让顾里把车停下，我说我要到旁边的KFC的中式快餐店“东方既白”吃早餐，其实我并不饿，特别是进入《M.E》之后，我每天都活在Kitty对我的“We eat nothing but pills”的教导之下，我怎么可能还会吃早餐这个玩意儿。我只是想躲开顾里，好好地冷静一下。但是，我多年以来的最好的朋友，怎么可能随我心意？她把车交还给顾源，和我一起下了车。我知道她一定有很多事情想要和我说，但是她可能并不知道，我一点也不想听。

我和她站在美术馆门口，等着红灯，我们彼此都没有说话，直到一声柔软而动人的呼唤，让我们转过了头。美术馆门口，南湘的一头乌黑柔软的头发在夏日清晨的光线和微风里轻轻地飘动着，这对男人来说简直就是一面招魂幡。她穿着一件简单的男士款的白衬衣，随意开着几个口子，胸口的肌肤吹弹得破，没有化妆的脸清新得仿佛山谷里清晨刚刚绽放的一朵兰花，漆黑的瞳孔和睫毛，透着一股雾蒙蒙的水墨感，更重要的是她穿了一条短得不能再短的裙子，微风不时地吹过她细腻白嫩的纤细大腿，时高时低掀开的裙角，随时准备着引发一场市中心的连环撞车事件。

顾里瞄了瞄南湘这一身“语不惊人死不休”的打扮，用她一贯杀人于无形的杰出天赋，精准而简短地对南湘进行了迎头一击：“这么早，上班啊?”

我、南湘：“……”

我们三个拿着从刚刚开门的星巴克里买来的咖啡(为此，顾里还在星巴克门口等了五分钟才等到他家开门，在等待的期间，我们当然提议过对面的KFC也有咖啡卖，顾里怎么会允许自己喝下这种她定义为“塑料杯子装的慢性毒药”的廉价玩意儿)，坐在人民广场的绿地上。

微风吹过我们的脸庞，带着夏日清晨渐渐上升的热度，却又不会炙人，恰到好处的温度让我们的脸显得红扑扑的，仿佛十八岁的少女。恍惚中，我甚至觉得像是回到了大学时代，我们四个坐在学校中央那块巨大的草地上，看着周围穿着昂贵牛仔裤的男生们冲我们吹口哨，看着我们的男朋友从远处走过来，手上提着为我们买的三明治和奶茶，头顶的蓝天翻涌着仿佛永远都花不完的年轻气盛和奢侈青春。那个时候我不用因为手机一响就惊慌失措，那个时候顾里也远远没有现在这样理智完美得像一块冰冷的钢化玻璃。南湘的美纯粹而洁净，不会像现在这样，是一种因为神秘因为未知而产生的、类似潘多拉魔盒般的美感。而唐宛如依然仿佛粉红色的美好云霞，围绕在我们的周围，她的美在于一种接近愚蠢的单纯，这种仿佛天生失去自我保护意识的单纯感，让她在我心里柔软而又可爱。

我仰起头，眼睛里又涌起一股泪水。耳边又想起那种怪兽吞噬食物的咔嚓声。

一男一女提着两大袋子永和豆浆朝我们走过来，那女的娇滴滴地冲男的撒娇，“哎呀，老公，你看，她们三个女的把我们的老位置给霸占了呀。”

我一听，就知道这女的完蛋了。

那个男的不知死活地朝我们走过来，更加不知死活地在我们三个脸上看了一圈之后，选择了顾里(……)，他伸出手，指了指顾里，仿佛自己是中了3.6亿彩票的那个暴发户一样，歪了下嘴角，说："你们三个，往边上挪一点儿，这是每天早晨我和我女朋友吃早饭的地方，你们新来的啊？懂不懂规矩啊？"

顾里连站都懒得站起来，这样的人，对她来说，坐着就行了。她转过头，用一种仿佛在看佐丹奴打折的售货筐里堆满的套头衫一样的目光看了看面前的这对男女，"有两种方法你可以选择，要么你就从你那个廉价的帆布口袋里面掏出我脚下这块绿地的土地所有权的房产证明来给我看，要么你就抬起你的后腿沿着这周围撒泡尿把这块地圈起来。否则，你就提着你的永和豆浆，带着你的永和女友，给我滚远点。"

每一场战斗都是这样的，结局一定是以顾里的胜利作为结束，她永远是那个高举火炬笑傲江湖的胜利女神，她穿着雅典娜永远刺不穿的黄金铠甲，她随时可以原地复活HP/怒气值全满，她就是一个开了盾墙穿着太阳井毕业装备的70级防御战士。

那一对男女灰溜溜的背影，在我的目光里渐渐地走远，越来越小，缩成了大上海里随处可见的一粒灰尘——只是，再微小的灰尘，吹进眼里还是会流出眼泪的。

当我们喝完咖啡之后，顾里先离开了我们。她差不多到了要去上班的时间了。她习惯了这样的类似纽约曼哈顿的生物钟，她踩着高跟鞋往前走的样子，像极了她当年毕业典礼上代表全年级金融学院学生上台发言的那个背影——自信、狂妄、理智、冷漠、嗜血、高贵。

看着顾里离开的背影，我沉默了很久，然后转过头，看着南湘，说：“我想告诉你一个秘密。你能保证不对任何人说么?”

“当然，这么多年，我口风最紧。”南湘看着我，心不在焉。

“包括顾里。”我看着她，认真地补充道。

当我说完这一句之后，南湘的脸色渐渐凝重了起来，她仿佛意识到了事情的严重程度远远超过了她的预想。她伸出手来握着我的手——这些年来，每次发生什么事情的时候，我们彼此都有这样一个习惯性的动作。她看着我，点点头，“好，你说。”

我深吸了一口气，将我心中那个一直挣扎的怪物放了出来，“我那天遇见了崇光。他没有死。”

上海的早晨彻底苏醒了过来。炎热而赤辣的阳光，将南湘娇嫩如同花瓣的脸，照得一片惨白。

而离我们不远处的淮海路高级写字楼里，顾里轻轻地推开了公司的玻璃大门，她并不知道，自己刚刚推开了一扇通往灭顶灾难的门扉。

Tiny Times Season 2

Chapter.11

小时代·虚铜时代

阳光减弱了很多，天空里浮动着厚重的云朵，
一大团一大团纯净的白色，
把漫天的阳光散射成无数金光碎片，
天空被装点得梦幻华美，如同迪士尼动画片里的天空一样，
代表着爱，代表着美好，代表着梦想，
也代表着虚幻和不切实际。

T o b e b l i n d , t o b e l o v e d .

我告别了南湘，往公司走去。快要走到楼下的时候我的手机响了，是Kitty的短信，让我带两杯星巴克的榛果拿铁上楼。

我端着两杯热气腾腾的超大杯榛果拿铁走进宫洺的办公室里，他看上去像是睡足了六个小时一样精力充沛。(他几乎每天都只睡四个小时，如果睡满六个小时，他就像是一节崭新的金霸王电池，如果睡满八个小时的话，他应该就要准备一下去参加2012年伦敦奥运会了——如果那个时候地球还没有垮棚的话。)

听见我推门的声音，宫洺回过头来，他在窗户透进来的金灿灿的阳光里冲我轻轻地笑了笑，他那双诱人的嘴唇仿佛涂了草莓酱般饱满而又鲜艳，他的牙齿整齐而又洁白，和电视里那些牙膏广告上的模特们不相上下。他今天没有穿西装，而是穿了一条灰白色的牛仔裤，上面有几个显然是精心设计打磨好的破洞，上身穿着一件纯白色的宽松大毛衣，很薄，在夏天冷气十足的公司里穿正好。他整个上身被毛衣上一根根细细长长的绒毛包裹着，让他看起来像一只高级宠物店里摆在橱窗里的安哥拉长毛兔，价值连城。他领口露出一小圈宝石蓝色的T恤领口，配着他腰上Gucci最新的宝石蓝皮带——他感觉上像是刚刚被人从《VOUGE》杂志第五页撕下来。

我知道他今天的日程上没有任何正式的会议，所以他穿得这么休闲，而且他也没有像平时一样，把头发弄得精神抖擞，根根分明，他看起来像是刚刚从浴室里出来用吹风机吹完了头发一样，头发柔软蓬松地托着他那张又冷漠又动人的脸，一下子年轻了好几岁，看起来像是大学一年级新生中那些炙手可热的校园准校草。而且他还在冲我笑，这可怎么得了。

我看着眼前的宫洺，忧心忡忡，我吃不准他这是怎么了。我把咖啡放在桌子上，宫洺笑着对我说："你把其中一杯送去给顾里吧。"我抬起头看了看官洺，我感觉他被人下了药。

我拿着一杯咖啡走出房间，往走廊另一头的顾里走去，路过Kitty的时候，我忍不住想问她宫洺到底怎么了，为什么今天看起来就像一个海宝——就是那条在大街小巷无论冲着谁都竖起大拇指咧嘴傻笑的蓝色牙膏。我还没张口，Kitty就神秘兮兮地用她的水晶指甲抓住我，小声地说："我觉得宫洺很可能病了——精神病。"

我拿着咖啡推开顾里办公室的门，令我意外的是，我没有看见她，我望着她办公室里空荡荡的椅子，问门口的蓝诀："顾里人呢？"

"去顾源办公室了。你找她有事儿啊？"蓝诀从他助理位置上站起来，礼貌而又温文尔雅地看着我微笑。他穿着一件笔挺的白色衬衣，因为工作的关系，袖口稍稍地挽起来露出漂亮的小手臂和同样漂亮的黑色Hermes手表。他黑漆漆的眼睛即使在空调房间里，看起来也一点儿都不干涩，湿漉漉的别提多动人了。我心里叹了口气，非常能够理解Neil那个小骚狐狸看见蓝诀时的感受，我们女孩子彼此之间最了解了。(……)

"没事儿，"我把咖啡放在蓝诀桌子上，"宫主编让我送一杯咖啡过来给顾总监。她回来你告诉她是宫主编送的就行了。"

"好的。"蓝诀冲我比了个"OK"的手势。

我刚要转身离开，一斜眼，看见蓝诀椅子靠背上搭着的一件Chanel男装衬衣，我立刻转身立正，冲着蓝诀意味深长地问："为什么Neil的衬衣会在这儿？"

蓝诀一看就是个老实孩子，立刻慌了手脚，防御系统哗啦啦就垮了，"啊……昨天我们看完电影，因为正好就在我家附近，太热了，他就到我家洗了个澡，我借了件我的T恤给他穿，他换下来的衬衣就忘在我家了……我想带来公司，让顾里带给他……"

我看着面前的蓝诀，他此刻满脸通红，目光一片乱闪，仿佛受惊的小鹿。其实他完全可以不承认的，因为，虽然我心中百分百肯定这件Chanel衬衣就是Neil的，因为内地还买不到Chanel的男装，Neil上次去巴黎玩儿回来之后，穿着这件全球只有两件的衬衣在我面前显摆了好几天，他甚至做出了重大的牺牲：他连着两天穿了这件衬衣。

但是蓝诀完全可以说是宫洺的衣服——我绝对相信宫洺有这个本事。如果他愿意，就算全球只有一件，那也肯定是穿在宫洺身上而不是Neil身上。但是蓝诀却选择了在我面前面红耳赤、支支吾吾，此地无银三百两，隔壁Neil不曾偷。

"我先走了，"我模仿着天桥上走台的模特那样，潇洒而做作地一个转身，心里充满了征服的喜悦，我终于理解了顾里在摧毁我的防御系统时的那种快意，我在喉咙里尖声笑道，"这事儿回头我再找你聊，还没完哦。"

我回到我的办公桌前面，这时，Kitty踩着高跟鞋走到我面前，手上拿着一叠文件，看着我，对我说："刚刚宫洺给了我俩一个新的任务。"

我身体里面的自动防御系统瞬间启动了，我说："犯法么？"我还停留在凌晨时顾里留下的阴影里。

"当然不犯法，"Kitty冲我丢了一个不屑的表情，"犯法的事儿轮得到我们助理这种小角色来做么，你想得美!"

我看着Kitty，彻底无语，我在想，到底是多么怪力乱神的力量，才能把一个纯真女孩儿内心的价值观扭曲成这样啊？

我特别的愤怒，"他们也太看不起我们助理了!"

Kitty看着我，一双眼睛在精致的烟熏妆容里散发着水墨般氤氲的美，她特别认真地说："别说犯法了，至少能让我使用下美色吧，如果可以，我真希望能够去陪宫洺睡一觉!"

我大吸一口气扶住了胸口，但一秒钟后我立刻就把手放了下来，我被自己下意识的反应吓到了，我看着Kitty，震惊地说："难道你愿意牺牲自己，用陪宫洺睡一觉去换来自己的职位？"

Kitty甩我一眼，像在看一个神经病，“你疯了？我当然是用自己的职位去换来和宫洺睡一觉!”她闭着眼睛，仿佛幻想了一下，说，“能和宫洺睡一觉，让我去肯德基卖炸鸡腿都行——当然，我绝对不穿他们的制服，我对腈纶面料过敏……”

我被震惊了，我看着Kitty，痛心疾首地骂道：“别做梦了，天上不可能掉馅儿饼，没有这样的好事儿!”

我们两个花痴女助理在接下来的十分钟里，对我们的上司进行了惊涛骇浪般的意淫，期间，宫洺还拿着他刚买的一个白色的咖啡杯，从我们身边经过，并且对我们投来了一个仿佛四月麦田间清亮的阳光般的笑容，我们也回了他一个如同三月里探出墙头的红杏般粉嫩而热烈的目光，滚烫浓稠的目光在到达他那双峡谷般深邃的双眼之前，先绕去了他饱满宽阔的胸膛舔了三秒。

宫洺走远了之后，我斜瞄了一眼满脸绯红的Kitty，说：“有点儿出息好么，你刚刚喉咙里那一声娇喘，都快被宫洺听到了。”

Kitty转身扯了一张餐巾纸，递给我，像一个年长的姐姐一样特别诚恳而掏心掏肺地规劝我：“你也是，快擦擦吧，口水都快滴到你肚脐上了。”

我：“……”

当我和Kitty的荷尔蒙消退之后，我和她走到茶水间的沙发上，坐下来，一边喝咖啡一边聊。我问她：“到底什么任务啊，搞得那么神秘。”

Kitty一边按住饮水机的红色出水钮，一边头也不回地对我说：“帮顾里策划一个生日party。宫洺说这是她加入公司的第一个生日，好好庆祝一下。”

Kitty倒完水回过头来，看见的是昏死在沙发上的我。她走过来，看也不看我，自己悠然自得地坐在沙发上一边用精致的小铁勺子搅拌着咖啡，一边气定神闲地说："我给你三秒钟的时间，你再装死，我就把这杯咖啡从你的乳沟中间倒进去——虽然找到你的乳沟有点困难，但相信我，Kitty我最大的乐趣就是克服困难。"

还没等她说完，我立刻两眼精光四射地坐了起来，清醒而又专业地说："计划书给我看一下，我们抓紧时间讨论起来。"

——Kitty对付我，真是一套一套的。

——always。

忙起来时间就过得飞快，一上午哗啦啦地就没了，感觉就像是信用卡里的钱，百货商场才逛一层，透支额度就消耗掉了一半。

但不知道为什么，今天的宫洺闲得有点不正常。中途我进去找他签一个文件的时候，他正盘腿坐在落地窗前面的长毛地毯上，借着窗户外面金灿灿的阳光翻杂志，他的iPod底座音箱里正流淌着泉水般连贯而清澈的钢琴声，咖啡的香味沉甸甸地浮动在他的办公室里。我把咖啡递给他的时候，他甚至抬起头，冲我笑着说了声"谢谢"。我吓得一哆嗦，赶紧跑了出去。当然，跑出去之前，我还是趁机从宫洺的大领口里，瞄了一眼他饱满的胸肌。

中午午休的时候，我去楼下吃饭，我约了Kitty，问她要不要一起去吃，但是我从她那明显受到了侮辱的脸色上看出来了她的回答是"NO"。我在走廊里等电梯的时候，接到了南湘的电话，她说她正好在我们公司楼下，问我要不要一起吃午饭。我回答她正好。她说："要叫上顾里、顾源么？"我想了想，说："不了，他们俩都不在公司，不知道哪儿去了。"

"好，那就我们俩。"南湘在电话里温柔地说。

电梯门打开的时候，我就看到了南湘，她坐在楼下大堂的蓝色沙发上，身边放着一叠厚厚的铜版纸印刷的精装画册，和大学的时候一样，她看起来似乎二十四小时无时无刻都捧着这样一本可以被用来当做武器自卫的砖头。用顾里的话来说，那就是“我一直都怀疑其实你抱着的是你身体的一个器官”。

南湘看见我，从沙发上站了起来。

我们俩一边商量着去吃什么，一边往大门口的旋转玻璃门走。

快要走到门口的时候，我们被一阵嘈杂的鼎沸人声吸引了，抬眼望出去，马路边上停着一辆光可鉴人的黑色奔驰S600，车子停着还没有开门，周围挤满了拿着长枪短炮的记者，和穿着制服的保安。

“外面怎么了？”南湘看着外面像是犯罪现场般的嘈杂，不解地问我。

“可能又是哪个明星来公司拍照吧。”我见怪不怪了，上次巩俐来的时候，从200米外就开始保安开路了。我刚说完，车子的门打开了，一个金发碧眼的外国帅哥从车子里走了下来。他狭长的深邃眼眶仿佛一道闪电一样，划过我的大脑，一瞬间，我的思绪仿佛凌晨4点的电视机一样只剩下一片杂乱的雪花。他挺拔的鼻梁，白皙的皮肤，浓密厚重的两道眉毛像湖里倒伏的柔软水草。他碧绿的瞳孔笼罩着仿佛来自遥远星云般的光环，他的目光划过我的脸，没有任何停顿。

我的呼吸变得有点困难，我尽量让自己镇定着不要昏倒，当他从我身边走过，被无数穿着黑色制服的保安簇拥着走进电梯之后，我才松了一口气，像是不停拍打着我的惊涛骇浪终于在把我冲上了沙滩之后消停了。我直挺挺地躺在沙滩上，像一条死鱼一样张着嘴。

大堂恢复了安静，门外拥挤的记者们纷纷散去，两三个白领目光冷漠地进进出出，仿佛刚刚的骚动完全没有发生过。我回过头，看着南湘，我的声音像几根拉紧了的钢丝一样尖锐发涩，“刚刚那个男孩子，我认识。”

南湘回过头，伸出她的手握了握我发抖的手指，看着我点点头，说：

“我也认识。”我知道她肯定明白。

我刚想开口，她接着说：“只要最近看电视看杂志的人都认识他吧。两个月内连着登上了五家时尚杂志的封面男模特，刚刚走完Prada秀的压轴，八卦周刊上天天都是追踪他神秘家庭背景的花边新闻。谁不认识他啊，最近新晋崛起的模特shaun，而且还用了个过目不忘的中文名字，姓陆，单名一个烧。”

“你说他是谁？!”我看着南湘，难以置信地问。

“你说他是谁？!”南湘看着坐在餐桌对面的我，难以置信地问。她手上挥舞着餐刀，双眼圆睁冲我大喊的样子把服务员吓得差点报警。

我没有回答她。我知道她听清楚了。她只是不愿意相信而已。

我坐在她的对面，沉默地看着我玻璃杯里的气泡矿泉水，南湘在我对面，也没有说话。她的目光闪动着，像是风里摇晃的烛火，明明灭灭的看不清楚。她把身子探过来一点，靠近我说：“这到底是怎么一回事儿?”

我把之前去宫洺家里送衣服，结果遇见崇光——也就是现在南湘口里的这个陆烧——的经过告诉了南湘。她听完之后，一个劲儿地摇头，我看得出，她和我一样头大。而且，最关键的是，在崇光刚刚去世，而简溪还没有回来的那段日子里，我对南湘讲了很多内心里，我对崇光的爱。那个时候，我觉得简溪再也不可能回来了，准确地说，无论简溪是否回来，我都做好了准备，不再原谅他。我那个时候心里充满了对简溪的恨和对崇光的不舍。

从小到大，我都是和南湘分享我的爱恨，和顾里分享我的困惑，和唐宛如分享我的愚蠢。

而现在，南湘明白了我的痛苦：简溪回来了。

并且，崇光也回来了。

一片压抑的沉默里，我和南湘各自吃着午餐。我突然想起来，问她："对了，你今天过来找我干吗？"

南湘看了看我，表情有点沮丧，说："算了，你现在心里肯定一团乱，我改天再和你说吧。"

"别啊，你说。"我放下刀叉，"反正我也没什么心思吃东西了。"

"我是有事情想找你帮忙，是关于工作上的，"南湘看着我，有点欲言又止，"但是我又不太想把金钱方面的东西和我们的友情搅和在一起……"

南湘的表情非常尴尬，而且不自在。我明白她是在向我寻求帮助。我也明白这对非常自尊自傲一向对金钱不在乎的她来说是一件多么难以启齿、需要鼓起多大勇气的事情，就如同让顾里约上唐宛如一起逛李宁专卖店一样，那得使出吃奶的劲儿和抱着玉石俱焚的心。只是我不明白南湘求助为什么会找我，我只是一个小助理，我能帮她什么？我觉得她找顾里明显比找我更有用。

我拍拍她的手，看着她，说："南湘，别傻了，我们从小就一直把金钱和我们的友情混在一起。你记得高一的时候我和顾里一起把你的大头贴以一张10块钱的价格卖给高年级那些满脸青春痘的男生么？大三的时候，我和你一起把顾里的论文放到淘宝上拍卖，记得么？我们不是一直就这么做的么？"

南湘看着我，笑了，虽然眉间还带着一点点的愁云，但是她看起来明显松了口气，她的笑容就像是暴雨初停后绽放的花朵，带着新生般的美。我斜眼看到她左边的那个男的，看得都傻了，拿着空筷子往嘴里送了四五次。

南湘吸了口气，对我说："我想你可不可以把我画的画，带给宫洺看一下，不用做什么，就是让他看一下，如果好的话，可不可以发表，或者帮我介绍一些画廊……可以送进去随便挂在哪个不起眼的位置都行……"

我看着南湘，拍了拍胸口，"没问题。虽然我不能保证他一定同意发表，但是我一定会让他看到你的画的，夹在合同里，或者放在他桌子上，大不了我把他的电脑桌面设成你的画。”

“那他会动手杀你么?”南湘忐忑地问。

“当然不会，”我喝着咖啡，肯定地说，“他会派Kitty杀了我。”

接着我和南湘聊了一会儿别的话题，无非是生活里遇到的好笑的段子，或者最近在看的书或者电视剧。气氛渐渐地从刚刚仿佛夏日黄昏山雨欲来前的压抑里解脱出来，我不太想去考虑太多的事情。我觉得，车到山前必有路，船到桥头自然直，生活不会逼死我的，它最多让我痛不欲生，而在这个方面，它比起我身边的好姐妹顾里来说，道行可就差远了。

顾里一年一度的生日对我来说就是一个魔咒，每一次都能搞得我求生不得求死不能。而今年，我的顶头上司把这个事情交给了我，我需要按他的要求，使出吃奶的力气，来策划出一场精彩绝伦、充满surprise的生日晚宴。我觉得宫洺真的太不了解顾里了，我真的很想告诉他，不需要任何的策划，顾里的生日永远都会充满各种surprise，足以惊得人吐出胆汁来。

吃完午饭，我告别了南湘，揉着发胀的太阳穴回到公司，我还要和Kitty一起，策划出顾里的生日宴会来。

我回到座位上，Kitty走过来，“顾里回来了，最好去问问她，对生日有什么意见。你最了解她了，你和我一起去。”

我点点头，和Kitty一起朝顾里的办公室走去。

推开顾里办公室的门的时候，房间里除了蓝诀和她之外，顾源也在。

我和Kitty说明了我们的来意之后，顾里沉默了。显然，这个对她来说，是一个大大的surprise。倒是顾源，满脸放光，喜出望外。我特别同情他，也特别能理解他，因为每一年我和他都是拴在同一条绳子上的蚂蚱，我们俩每年都为顾里的生日会操碎了心，绞尽了脑汁。而今年，突然有另外一只不怕死的蚂蚱跳出来，把顾源解下来，然后把绳子套到自己脖子上，满脸自信不知死活地说要为顾里准备一个生日party，他能不喜出望外么？所以，顾源充满同情地看了我一眼——这个依然拴在绳子上没有解套的女蚂蚱。

Kitty看顾里沉默，以为她没有意见，于是，她拿出她的一个初步计划来，一条一条地念给顾里听。于是，接下来的一个钟头，我和顾源、蓝诀三个人，就坐在落地窗前的米色意大利沙发上，愁眉苦脸地看着她们俩据理力争彼此说服，仿佛两台计算机彼此联网，灯光闪烁、硬盘咔嚓，死命地企图格式化对方的C盘。

比如——

Kitty：“顾里，我向你保证，绝对是正统的西餐!”

顾里：“你确定是真正意义上的西餐么？你不要以为拿着刀叉吃青椒炒牛肉就叫西餐了。”

Kitty：“不会的，如果真的发生那样的事情，宫洺一定会在你动手之前，用餐刀划破我的喉咙的。”

顾里：“……”

比如——

Kitty：“好的，就按照你的要求，全部用白色的山茶花布置现场，包括入场的门口。”

顾里：“你确定是白色山茶花么？上次杂志拍照，你们拿过来的号称白色山茶花的，明明就是从楼下那个花鸟市场临时买回来的月季!”

Kitty：“……”

比如——

顾里：“什么？用低度果酒招待？当然不行，全部换成威士忌和高级葡萄酒，生日会没有酒怎么行，不喝醉怎么会有气氛，用果酒简直太丢脸了!"

Kitty："我是怕你喝多了控制不住自己，在夜里12点的时候一头摔进自己的生日蛋糕里，那一样很丢脸。"

顾里："……"

比如——

Kitty："但是可能解决不了那么多的停车位，所以附近可能会找一两个停车场，然后嘉宾们步行到会场就行了。"

顾里："步行？你开什么玩笑？你让穿着长裙晚礼服的女人们怎么办？拖着长裙从大马路上走过来么？还站在马路边上和一群提着鸭脖子准备回家做饭的大妈们一起等红绿灯？这也太行为艺术了吧？而且这样一路裙摆拖地过来，整条南京西路都被我们扫干净了，市政府又不给我们钱，我敢保证一路走过来我们裙子下面堆起来的落叶和垃圾绝对足够生起一堆火来把你烧了。"

Kitty："……"

比如——

Kitty："需要有舞蹈队助兴么?"

顾里："……"

最后，终于是Kitty忍无可忍了，她望着顾里，诚恳而又绝望地说："顾总监，你就相信我行么，我绝对不会把你的生日派对搞垮棚的，这又不是第一次宫洺先生叫我帮他筹备生日派对了。"

顾里转过头，前一秒钟她还满脸的轻蔑，目光里闪动着戏谑的针尖麦芒，但此刻，当她听到Kitty的最后一句话时，瞬间释然了，松了一口气，大手一挥，说："哎呀你早说呀，既然宫洺先生的生日你都能搞定，那我绝对放心。”说完顾里动人而又虚伪地笑着，看起来又假又迷人。

Kitty看着顾里，也呵呵地笑着，“顾总监真会开玩笑。我是帮宫洺的几个小表弟策划过生日派对。宫洺先生自己的生日哪儿轮得到我来策划啊，他的生日都是交给专门的公关公司做的，十几个人没日没夜地要忙两个月呢，光是策划案和宾客名单加起来就有一本《VOUGE》九月特刊那么厚，呵呵呵呵……”

于是顾里就在Kitty的“呵呵呵呵”里面如死灰。

也许，这就是宫洺存在的意义。他似乎天生就是用来让顾里生不如死的，就像顾里天生就是用来让我们生不如死的一样。

我想如果顾里可以为所欲为的话，她满腔的愤怒和忌妒，一定会让她把宫洺抓起来一把火烧成灰。当然，她会小心地把这团灰收起来放进盒子里，放在她家门口玄关处供奉起来，每天烧香磕头——就算化成了灰，“成为宫洺”依然是顾里的终极家庭梦想。

从顾里的办公室里走出来，已经是下午了。阳光减弱了很多，天空里浮动着厚重的云朵，一大团一大团纯净的白色，把漫天的阳光散射成无数金光碎片，天空被装点得梦幻华美，如同迪士尼动画片里的天空一样，代表着爱，代表着美好，代表着梦想，也代表着虚幻和不切实际。

我看着走廊落地窗外的天空发呆，突然被一阵喧闹打断，我转过头，看见两只巨大的米老鼠从面前欢声笑语、追打嬉戏着跑过去。

我：“……”

Kitty：“……”

我：“……你推荐给我的那个抗衰老药剂有致幻的副作用么？”

Kitty：“……公司配合迪士尼落户浦东做了一期专题，今天拍摄照片。我求求你了，作为一个新时代的有着大学本科学历的女性，你能在遇到问题的时候，从唯物主义出发，用科学的眼光去分析么？不要那么迷信好不好？”Kitty看着我，痛心疾首地冲我翻白眼，然后她揉着太阳穴说，“被你和顾里搞得我头痛死了。怪不得前天我朋友推荐我去的那个号称‘九尾狐仙’的算命大师说我这个月会身体虚弱，看来真要听她的，在家里冲南的位置放一块紫檀木。”

我：“……”

我回到座位上，把手里的顾里生日策划书塞到抽屉里，我暂时不想去思考这档子劳民伤财的事儿，反正下班回家之后，我还有大把的时间可以和她商量，面对面地，甚至脸贴脸地彻夜长谈。而现在，我只想趴在桌子上，稍微休息一下，否则我的头都快裂开了。

虽然我这样说，但其实我自己心里特别清楚，让我头痛欲裂的，其实并不是顾里的生日，而是刚刚楼下崇光从我脸上漠然划过的眼神，空洞的、茫然的、冰冷的眼神。说实话，我从来没有看过这样的崇光，每一次我看到他的时候，他都是生机勃勃的，目光里充满着温柔，仿佛夕阳西下的薄暮一样，身上笼罩着沉甸甸的温暖暮霭。他眼神里的生动，完全不像一个濒临死亡边缘的癌症病人，而相反，他总是用他仿佛汪洋般的生命热情，感染我，鼓励我，守护我。甚至我看着他教堂尽头那张巨大的遗像的时候，都能从他黑白分明的眼睛里，看到悲伤混合的希望，诀别混合的留恋。

我刚要趴到桌子上，就看到了南湘留下来的那些画。于是我拿起它们，准备去宫洺的办公室。因为今天看起来，他的心情特别好。他像是一个阳光里永远微笑的年轻天使。

我推开门，宫洺坐在角落的沙发上看书，空气里依然流动着咖啡的香味和流畅的钢琴声。只是窗帘拉了起来，只有角落的那盏Armani落地灯，散发着昂贵而温暖的光芒。他的面容在金色的灯光下，显得柔和而让人亲近。

他放下手中的书，温柔地微笑着问我："怎么了？"他的眼睛里有湿漉漉的光芒，柔软极了。他温暖的薄毛衣散发着让人想要靠近的质感。

"我朋友……也就是南湘……她有很多画都非常的漂亮，你可不可以看一看她的作品，"我抱着南湘的画作，看着宫洺，有点胆怯地问，"不是让你一定要发表，只是看一看就行，如果你喜欢，当然是最好了……不喜欢也没关系的……就只是看一下……可以吗？"

宫洺望着我，眨了眨他毛茸茸的眼睛，他纤长浓密的睫毛在灯光下看起来像是金色的羽毛，他狭长的眼眶笼罩在一片深深的阴影里，嘴角温柔地笑着，声音低沉而又迷人，他望着我，笑着说："不可以。"

我被面前笑容温柔的宫洺弄糊涂了。他看起来就像是一个最温柔的天使一样，目光闪动，笑容迷人。我以为自己听错了，又问他："……就看一下，我就出去，可以么？"

宫洺轻轻笑着，说："不。"

我从宫洺的办公室退出来，脑子还是不太清醒。我知道我被宫洺拒绝了，而且这非常的正常，他就应该是一个冷血残酷的英俊吸血鬼，而不应该是和蔼可亲有求必应的土地公公。如果宫洺毫不犹豫地答应的话，那才会让我毛骨悚然。

但是我还是觉得特别的失落。有一种无力感裹住了我。

我扭过头看着窗外临近黄昏的夕阳，像是蛋黄搅碎了拌进天空里，漫天柔软而悲伤的薄暮，笼罩着每一个人的头顶，耳朵里是鸽子回家扇动翅膀的声音。

而此刻，在离我很近很近的一个地方——

黄昏时的淮海路，车子堵在路上，比人还要走得慢。被阳光晒了一天的马路，此刻冒着腾腾的热浪，空气里都是扭曲的影像。街边沿路的商店肆无忌惮地往外面喷着冷气，吸引着路人躲进店里。

简溪穿着白色的背心，胸口的汗水一颗一颗的。他在来公司找我的路上。

电梯门打开之后，简溪正好遇见再次企图去挑战顾里的Kitty。简溪问："林萧在哪儿啊？"Kitty没空理他，头也不回地往前走，丢下一句"要么在宫洺办公室，要么在茶水间，你去找吧"。

我抱着画稿，有点失魂落魄，走过茶水间的时候，突然门开了，一只指节修长的手从里面伸出来，抓住我的胳膊，把我拉了进去。

我还没反应过来，眼前一个高大的身影朝我覆盖过来，我视线还没聚拢，一个漫长而窒息的拥抱仿佛海洋一样朝我扑过来。

温热而柔软的嘴唇吻住了我，熟悉的仿佛海洋般的荷尔蒙气息，汹涌着覆盖我，摧毁我。

他柔软的睫毛扫过我的鼻梁。

我睁开眼，崇光用他崭新的容貌看着我，目光无力地闪动着，仿佛瞳孔里囚禁着两只疲惫的鸽子。

我摸着他的眉毛，他的眉骨变得更高，眼眶呈现着外国人的深邃。我抚摸着他浓密而柔软的眉毛，问他："痛么？"

他点点头，目光温柔而又悲伤。我仿佛透过他黑暗的瞳孔，看见他生命尽头奄奄一息的光亮，带着血腥气的残留火焰。

门外传来敲门的声音，崇光问："谁啊？"

外面没有回答。

我擦了擦脸上的眼泪，走过去，拉开了门。

Tiny Times Season 2

Chapter.12

小时代·虚铜时代

怎么了，你在哭么？

怎么了，你现在就开始哭了么？

还早呢，真的还早呢。

秋风都还没有到来，不要急着落泪。

荒芜的田野不是最悲壮的画面，即将到来的大雪，会把这一切弄得更加绝望，

一望无际的苍茫，无边无垠的混沌。

最后还有一场大火，将一切化为灰烬。

死神的阴影其实有各种形状。

东方明珠、金茂大厦、环球中心、恒隆广场……

它们不断投射在这个城市地表上的阴影，

其实都是死神某一个局部的轮廓，当太阳旋转到某一个角度，

这些阴影就会拼成一个完整的、高举镰刀的英雄。

To be blind, to be loved.

我和简溪回到家的时候，顾里他们几个都回来了。厨房里传来阵阵饭菜的香味，不用说，Lucy正在忙得满头大汗，她一忙起来的时候就会在嘴里喃喃自语一些菲律宾话，虽然我们都听不懂她说的是什么，但是我和南湘一直坚信她是在骂顾里——谁要和顾里相处过一段时间而不被她惹毛的话，那这个人的修为早就已臻化境了，原地坐下来就能立地成佛，位列仙班。

顾里看见我和简溪，一边晾晒着她的十根手指看着电视里的《财经新闻》(对的，就是她双手平伸在前方，十根指头用尽全力地分开着，仿佛一个时刻准备袭击少女胸部的猥琐男人，曾经有一次南湘和她说话靠得太近，结果导致她们两个彼此都恶心了……)，一边头也不回地问我：“你和简溪一起回来的啊?”

“是啊，”我放下包，拉开门口的鞋柜换鞋，冲简溪打趣道，“他来公司找我，结果像个没头苍蝇一样找去了广告部，还是我公司的同事告诉我说有一个帅哥在找我，我兴奋了半天，结果冲出去看见是他这张没有惊喜的脸。”

“还没有惊喜啊？我当时穿着紧身背心，胸部和手臂的肌肉线条都清晰分明，汗水还打湿了背心的一半，若隐若现的，扛一桶纯净水就能演日本的宅急送AV系列了……”简溪从背后抱着我，湿淋淋的汗水蹭了我一身，我尖叫着，挣脱不了，只能被他抱着，他身体的气味像一床被子一样把我裹起来。他从小到大都维持着男孩儿里少有的干净和整洁，就连他的汗水都散发着一股柠檬沐浴露的香味，像刚洗完澡。

我进门之后，就去卫生间冲凉去了。顾里在那里哇哇乱叫：“你怎么一回来就洗澡啊，你先过来，我有事儿问你呢。”

“我冲个凉，五分钟，否则等下我身上自己的、简溪的汗水被空调一吹，我觉得自己抖动一下会哗啦啦往下面掉盐块的。”我一边说，一边拧开水龙头，关门。

简溪在客厅的沙发上坐下来，还没放下刚刚的话题，他转头冲着顾源，用非常挑逗的表情对他说："我当时可好看了，办公室的所有小女孩儿都面红耳赤的，当然，也包括你们公司部分像Neil这样的小男孩儿。"简溪回过头，冲Neil扬了扬下巴。

Neil穿着大短裤，本来斜躺在沙发上，这时抬起脚朝简溪的大腿踹过来。

"你再踢我你大腿就走光了哦，"简溪拿一个垫子放在腰下面，舒舒服服地躺下来，"从我这儿能看到小Neil。"

顾里听到这里，转过头来皱着眉头，一脸看不起的表情，"你又没穿内裤啊你?"

"我刚洗完澡!"穿着大短裤的Neil躺在沙发上，心不在焉地说。

坐在另外一头的南湘一口茶突然喷出来，虽然顾里和Neil从小一起长大，没有什么性欲方面的纠缠，就算让Neil脱光了站在顾里面前，顾里也只会说一句："你被抢劫了?"但是对于正常的女性来说，比如我，比如南湘，Neil在我们眼里那还是一个健康性感的混血帅哥，所以，南湘只是顺着简溪和顾里的话联想了一下，就把自己的脸烧得不行了。

南湘放下手里的茶杯，对简溪说："我一直还觉得你挺纯洁的，怎么现在说话这么淫荡啊?"

"他一直就这么淫荡啊，"顾源一边发短信，一边看着简溪，笑着说，"他也就在你们面前装得像个没断奶的乖孩子一样，在我面前可骚了。"

简溪："……"

听到这一句，顾里突然把目光从财经频道扯了回来，双眼精光四射，眉目含情也看着顾源，问："他干吗要在你面前骚啊，说吧，他私下是不是老勾引你?”一边说，一边站起来走到南湘身边去坐下来，两个好姐妹肩并肩地坐在他们对面。

简溪看着两眼冒出红光的顾里和南湘，知道她们脑子里那个代表着豆腐渣画面的雷达又启动了。他低声叹了一口气，非常配合地起身站起来，走到顾源身边的沙发上坐下来，背对着顾源，说：“帮我按一下肩膀，我今天背了一包的书，重死了。”

顾源放下手机，不耐烦但是却非常听话地帮他按起来，一边按，还一边点评着，“你最近健身效果挺好的，肩膀肌肉变结实了很多……你等下也去洗个澡吧，浑身是汗，脏死了，弄得我一手都是……”

南湘再也忍受不了了，冲着浴室放声大喊：“林萧，快出来看色情片啊!”

吃晚饭时已经晚上8点多了。

我们几个人照例围坐在沙发上聊天。

每一天的这个时候，都是让我觉得最温馨最舒服的时刻。虽然一不小心就会被顾里尖酸刻薄地喷一身毒液，但是这样的时刻都让人觉得有家的感觉。我窝在沙发上，看着身边的这些个帅哥美女，感觉他们的美在头顶昂贵的水晶灯照耀下显得更加的不真实。真的，中国那些偶像剧的导演们眼睛都瞎了，否则早应该找他们去演一部片子，钩心斗角儿女情长爱恨交织天崩地裂，他们绝对信手拈来。

正聊着，顾里的电话响了，是Kitty的，顾里接起来，聊了两句，她又开始两眼发直了，我知道，两台计算机彼此企图格式化对方硬盘的战役又开始了。几分钟后，顾里受到了致命的一击，她翻着白眼难以置信地对着电话嘶吼：“你说什么？场地没有定在静安？定在虹口？最后定在虹口？没搞错吧!”

“虹口怎么了!我家就住虹口!”简溪坐在我身边，抱着我，冲顾里愤怒地吼!

顾里看着简溪，非常赞同又非常受到鼓舞地冲电话里吼：“你听到没有!你觉得我生日会能放到虹口区去办吗！简溪家住虹口!”

简溪：“……”

对面的顾源看着简溪面露同情之色，然后又回过头，看着此刻尖酸刻薄一脸寒气的顾里，举起手发自内心地鼓起了掌来，“不愧是我家媳妇儿。”没等顾源说完，简溪操起几个沙发靠垫嗖嗖嗖地朝顾里砸过去，顾里仿佛后脑勺长了眼睛一样，轻松地伸出手准确地一个一个地接住了它们，而且行云流水毫不停顿地一个又一个地反手甩向了Neil。(……)最后一个垫子被她拦截下来，然后轻轻地放在了自己的身边，并且伸出手轻轻地抚摸了一下，如同慈母抚摸着自己心爱的婴儿——最后那个垫子是Fendi的。(……)

我和南湘丝毫不稀奇，见怪不怪。当年我们早已经在学校里见识过她这种高超的武艺，无论是身后飞来的黑米粥还是楼梯上砸下来的糯米粽子，都不能伤害到她——说实话，如果顾里不具备这样的武功秘籍，她也没办法在我们大学里面横行霸道，因为想要拿东西砸她的人实在是太多了。

顾源此刻英勇地挺身而出，朝简溪压了过去。也许他是为了保护他家媳妇儿，但是我们更愿意相信他是为了自己的私欲，因为他此刻压在简溪身上，两个人的脸贴得那么近，近到彼此的呼吸都能共享。而且，顾里需要你顾源挺身而出么？她不把别人吃得骨头都不剩就谢天谢地了。所以我们一致认为，顾源是发自肺腑地出于私心。我和南湘彼此握着对方的手，紧张地期待着。(……)

旁边一直颓废着的Neil也看不下去了，插嘴道：“Get a room!”

我被Neil的声音打断了脑海里翻滚着的粉红色蘑菇云。我回过头，看着对面沙发上从吃饭前就一直颓废着的Neil，他看起来像是被太阳晒了太久的青菜，软趴趴地蜷缩在沙发上。眉宇间已经消失了他那种凌驾在模特之上的混血帅哥特有的迷人眼神，此刻，他就像春晚上愁眉苦脸的小沈阳。

南湘看着他，满脸母性大发，温柔地说："小崽子，怎么了？心情不好啊？"

Neil抬起头，像一头乖巧的小兽一样点点头。

旁边顾里冷不丁地冒出来一句："没事儿，可能只是生理周期到了，我过几天之后也会莫名其妙地心烦。正常的。"

南湘："……"

我："……"

顾源、简溪："哈哈哈哈哈哈哈哈哈。"

顾里继续抚摸着她手边的那个Fendi垫子，仿佛一只母豹子正在舔自己的幼崽，看上去别提多温馨了，她认真地看着此刻笑着搂抱在一起(……)的简溪和顾源说："……笑什么，女孩子住在一起久了，荷尔蒙互相影响，日子就会逐渐变得统一起来，你们两个有点生理常识好么？"顿了顿，回头看着我和南湘，"不信你问她们两个，她们也就是这几天。"

南湘："……"

我："……"

Neil看了看以一只母豹子姿势蜷缩在沙发上的顾里，说："你看上去真像一只母豹子。"

顾里撩了撩头发，淡定地说："你是说卡地亚的那款豹子么？"

Neil同样淡定地说："不，周大福的那只。"

顾里："……"

Neil再接再厉，"从小到大，姐姐，每当我低落沮丧的时候，你都用你嘴里獠牙间连绵不断喷射出来的黑色毒液温暖我，带给我心灵重大的安慰，留下难以磨灭的印象，我想我永远都不会忘记——无论你蜕多少次皮，我都认得你。”

我和南湘惊呆了，这哪儿像一个外国回来的对中文半生不熟的小崽子说的话啊，他简直可以直接去考中文系研究生了。顾里警惕地看着他，“你最近在看什么书?”

Neil：“一个叫郭敬明的人写的。我才发现原来这个世界上有人说话和你一模一样，我一直觉得你是天下最孤独的一根奇葩。”

南湘：“……是一朵……”

简溪面红耳赤地纠正他，“咳……咳……朋友，最好不要用‘一根’来形容，特别是当你把‘奇’这个多音字弄错了它的发音的时候，它在这里真的不应该发ji……顾里无论从生理还是心理角度，都不可能是一根那个玩意儿……”

顾里：“……”

我伸出一只脚踢了踢他汗毛浓密的大腿，问他：“怎么了，小崽子，你连衬衣都丢在人家那儿了，澡也洗了，还有什么不乐意啊?”

说完，我转头把今天在公司蓝诀的事儿对顾里和南湘说了。

Neil没有打断我的叙述，我讲完之后，他非常配合地叹了口气。我们几个都转过头看着他，觉得肯定还有下文。

果然，在我们炯炯有神期待的目光下，他开始了诉说：“那天蓝诀来我们家里，我和他约好了看《变形金刚2》，你们还记得么?”

“记得啊，这不挺好的么？怎么了，他爽约了没去?”南湘问。

“去了，那天我们一起看了电影，开场前我还买了爆米花，帮他买好了红茶。”Neil继续颓废着。

“这不也挺好的么？怎么了，难道他喜欢绿茶?”南湘继续追问。

"……没有，他挺喜欢红茶的。而且电影也很好看，我们两个看完大呼过瘾。甚至每一个我们欢呼的镜头都一样，我们喜欢的角色也一样。我们彼此都觉得和对方一起看电影实在是太过瘾了。"Neil彻底颓废了。

"……你再矫情一点儿我就要拿水枪射你了!"顾源在对面听不下去了，愤愤不平地打断他。

显然，Neil没有太听明白顾源的话，他肯定针对其中的"水枪""射"等字眼展开了一些下流的联想，因为他望着顾源愤怒时显得更加英俊的面孔微微地脸红了。

Neil收回了自己的目光，叹了口气，说："电影结束之后，伤痛的来了……"

南湘忍不住打断了他，"行了，你就别学郭敬明说话了，什么'伤痛的来了'……你就按照你以往的德性讲话吧，我实在受不了了。郭敬明小说里那些华丽的语句，别当真，你应该去看看他博客上说话的样子，那才是他的真面目，没事儿别跟着他说，他不是什么好榜样。"

Neil点点头，接着，他告诉了我们他的伤痛。

听完之后，我们集体都沉默了。

原来，一直困扰着Neil的，是他们看完电影之后一起上厕所，结果，本来两个人并排站在小便槽前准备解皮带，但蓝诀在最后关头，一脸尴尬而害羞地走进了隔间里面。"我压根儿就没打算怎么样，我甚至连看都没看他一眼!"

看得出来，这件事情彻底地困扰了Neil。

我们都用同情的目光看着Neil。顾里移到他的边上，充满母爱地抱了抱他的肩膀，安慰他，"没事儿，这很正常啊。男女有别，如果顾源站在我旁边撒尿，我也会走进隔间里嘛。但就算我不肯和顾源并排站着撒尿，也不代表我不爱他啊。”

她一番话说得所有人心悦诚服、无言以对。我觉得她如果去上春晚，赵本山、宋丹丹都不用混了。

南湘抬起头，看着顾里，赞赏地说：“顾里，你一定要出一本自传，你的人生太精彩了。”

顾里得意地微笑着，目光闪动，“别这么说。”

南湘刷地吐出了毒蛇血淋淋的信子，“书名就叫做《穿Prada的唐宛如》。”

在以Neil为首的所有人幸灾乐祸的嘲笑声里，门铃响了。

南湘抱着沙发垫子，挪动着柔软的腰肢仿佛一条蛇一样去开门，她的秀发在她身体发自本能的柔软律动下，如同海洋里的水草般轻盈地摆动着，顾源和简溪看得出神，我说了，南湘的那一头乌黑秀发，对男人来说就是一面黑色的招魂幡。

不过，拉开门之后，南湘的腰肢就一秒一秒地僵硬了，连同她的秀发都仿佛被冻结了一样，死气沉沉地垂在她的后背上，我甚至隐约产生了她身体如同结冰般的咔嚓咔嚓的幻听。

过了一会儿，门外的人轻轻地朝门里面走了一步，所有人的目光里，穿Nike的唐宛如站在门口和我们无声地对视。

盛夏的上海夜晚，暑气渐渐地消退，夜色下的南京西路两边高大的法国梧桐，摇曳出一派只有上海才具备的风情。无数锦衣夜行的女子化着浓妆，走过彻夜灯火通明的奢侈品名店。唐宛如已经离开了，她走的时候看着我欲言又止，她那种傻傻的表情看了让我心碎。顾里坐在我的对面，她面无表情地问我：“你怎么也不问一下我，就直接给了她来参加我生日会的请帖?”

我看着顾里，没有害怕她，我知道她此刻的面无表情其实就是纸老虎的伪装。唐宛如的到来也震动了她的心。我说："不然你想怎么样？那么多年的朋友，你真的要把她隔绝在我们的世界之外么？"

南湘坐在我身边，没有说话。

其实在之前的事件里，南湘并不是最生气的人，最生气的人是顾里。这来自于她性格里的疾恶如仇和唯我独尊的控制欲望。她无法忍受一直以来被我们欺负的唐宛如突然有一天仿佛复仇女神般地崛起。这超出了她的控制能力范围——任何她无法掌控的事情，都能轻易地激怒她。

"我不想怎么样。"顾里用一种柔软但是锋利的眼神看着我，"但是我要提前告诉你，这个生日会是宫洺策划的，当晚会有很多《M.E》邀请的嘉宾，唐宛如你也知道，她就是一个人体炸弹，随时能把你的理智轰炸得一片空白。我不是针对她，我干吗要针对她？我只是让你做好足够的心理建设。"

空旷的客厅里只剩下我一个人。顾里和南湘他们都去睡了。简溪回家了。他只是偶尔留宿在这里，其他大部分时候他还是回家的。

Neil躲回他的房间继续颓废去了。中途他出来上了个厕所，只穿着一条四角内裤，赤裸着上身，浑身的肌肉在黄色的暖光线下显得饱满欲滴。但是，就算是如此养眼的画面，也没有让我多看一眼。

我的心情和他一样，也颓了。

我缩在沙发里，手上拿着顾里生日会的计划书心不在焉地看。刚刚唐宛如的到来让我心里像淋了一碗柠檬汁一样，酸涩得难受。这些日子里，其实我每天都在想念她。虽然我打从心里觉得她实在是太过怪力乱神，就像顾里说的那样，她就是一个行动的人体炸弹，随时都能把你的理智摧毁成飞扬的粉末。但是，我怀念她。我对她的感情就像是一个母亲对自己不争气的女儿一样，虽然我羞辱她、数落她，但是我只允许我自己这样做。我害怕她在外面丢脸，害怕她被人耻笑，害怕她受委屈，害怕她被别人看不起。

其实这也是顾里对我们的感情。我心里一直这么觉得。

但困扰着我的，并不是这些东西，我心里很明白。我们四个女孩子的友情，无论怎么折腾，哪怕闹得天翻地覆，也总有修复的一天。我内心那株疯狂生长，就陕要把我缠绕得无法呼吸的植物，叫做“混乱的爱”。

安静的客厅里，我的手机突然响了，我看着屏幕上显示的短信，我知道，我作决定的时候到了。

屏幕上的短信依然闪烁着，“我在你们小区门口，出来见一见我。”

我走到小区门口，看见坐在奔驰S350里面的崇光，他看起来实在是太过英俊了，他本来就异于常人般精致的五官，在经过改变之后，完美得更加不食人间烟火，他从以前那个还残留着些许幼稚神色的大男孩儿，变成了眼前沉稳而性感的大男人。从某种意义上说，他现在看起来，和宫洺没什么两样。只是他目光里永远饱含着一种宫洺永远都无法具备的情感：充满悲伤的热烈期望。

这种眼神就像是飞羽箭矢，一箭一箭不断地射穿我的心脏。

我站在车窗面前，低着头，崇光拉开车门，他往里面坐了过去，然后他用手轻轻地拍了拍他身边空出来的座位，“你来。进来。”他的声音在夜色里透着一股枫糖浆般的温柔，浓郁地灌进我的身体。我不知道他哪儿来的这么多让人窒息的悲伤，他身体里就像是装满了一整个天空里最悲痛的灰云，他的身体时刻都散发着让人无法抗拒的类似黄昏的气息，一种让人没有来由地眼眶泛红的力量。哦，也许，是来自他被癌细胞疯狂侵蚀着的身体吧。又或者来自他以死亡作为理由对我的隐瞒和欺骗。

我坐进车子里，把车门关上了。

车子掉了个头，往静安公园开去。

如果此刻我往车子的倒后镜里看一下，我就会看见手上提着超市袋子，站在小区门口的简溪。他一言不发地望着我的身影消失在一片金光涣散的车流里。如果此刻我掏出手机看一下，我就会发现他的短信："回家突然好想你。我过来找你，今天住你那里吧。"

静安公园高大的法国梧桐，在夏日的深夜里沉默着，缓慢摇动的声音仿佛流动的沙漠。四周环绕着五栋正在修建中的摩天大楼，前一阵子上海的报纸每天都在报道这瞬间崛起的"金五星"，整个上海的市中心也因为这五栋登峰造极奢侈标准的摩天大楼而往西移动了500米。以恒隆为中心的上海版图像是被上帝的手轻轻地摇晃了一下。

我和崇光在湖边的一个长椅上坐下来。周围的草地在夜晚里散发着浓郁的氧气和草香。周围连绵不断的蟋蟀声和蝉鸣，把月色衬托得一片静谧。

崇光脱下他的西装，问我："要披一下么？水边冷。"

我摇头，"不用。"

崇光没听我的，伸过他长长的胳膊将他的Dior黑西装披在我的肩膀上。

我伸出手一推，音量突然提高了很多，"我说不用!"

崇光的手僵硬地停在我的肩膀上，过了会儿他没说什么，拿下西装轻轻地放在他的腿边。他回过头望着我，目光在湖水的映照下显得波光粼粼，我受不了他这样的眼神，我转开眼睛，他的声音在我耳边响起，像带着夜色里的露水，湿漉漉的，"你是不是在怪我？怪我骗你我……死了……"

"没有。"我摇头。

"我知道你肯定怪我，"他挪了一下他长长的腿，换了个姿势，"可是我没办法。你相信么？我真的没办法。你相信我，这个世界上，没有人比一个癌症病人更不想死，没有人比我更想要活着。我做梦都想多活一天……”

密密麻麻的飞羽箭矢，将我射得千疮百孔。身体里的力量随着射出的洞口，汩汩地流失干净。

“我男朋友刚刚在我们家吃饭，”我提起身体里仅剩的所有力气说，“他今天还来公司找我了。”

崇光沉默着，没有说话。

我回过头去看他，湖水倒映在他的瞳孔里，夜晚的天空倒映在他的瞳孔里，会呼吸的草地倒映在他的瞳孔里，他深邃的眼眶里盛着一碗冒着热气的黑色草浆。

我转过头，看着湖面的水纹，继续说：“你……走了……之后，他回来了。我不知道怎么做。你什么都没有告诉我，你用一个葬礼赤裸裸地把我从你生命里踢开了，像踢走脚边的汽水罐子一样。你选择了死亡，你选择了一种让我连等待都没办法的方式离开了，你说我怎么办？”

崇光没有说话，他沉默着，像夜晚里一只温驯的兽类，散发着热量，散发着野性，但是也散发着眼里悲伤而热烈的期望。

“没事，你决定吧，”他的声音沙沙的，听起来动人极了，“我听你的。”

他望着我，眼神里划过一道让人胸口发痛的光芒，仿佛一尾游动的鱼一样，突然消失在黑色的水面之下。他那双好看的大眼睛像关掉的灯一样，瞬间黑了下去。

我回到家的时候，惊讶地看见了坐在客厅里的简溪，“你怎么来了？”

他点着一盏台灯，正坐在沙发上翻杂志。他看着我，温柔地笑着，冲我伸出双手，“你去哪儿了？”

我走到他的身边，坐下来，将整个人丢进他滚烫的怀抱里，“刚看顾里的生日计划书，看得头痛，出去走了一圈，透透气。”我听着简溪的心跳声，瞬间被巨大的疲惫打垮了。

“睡吧?”

“嗯。”我闭着眼睛，在他的胸口含混地回答着。

我裹紧被子，任由空调吹出仿佛冬天般的冷气。我抱着简溪滚烫的身体，沉沉地睡去。我做了很多个梦。可能是因为简溪滚烫的体温和被子的闷热，梦里我们依然围坐在冬天的火炉旁边，客厅昏暗一片，只有火炉里闪动着的红色火光照着每一个人的脸，我的，简溪的，顾源的，顾里的，南湘的，唐宛如的，Neil的，每一个人都看起来幸福快乐，相亲相爱。我们彼此温暖地拥抱在一起，喝着咖啡，裹着羊绒毛毯，窗外飘飞的雨雪看起来也充满着橙黄色的暖意。我转过头，看见窗外凝望我的崇光。

和去年的梦里一样，他穿着黑色的大衣，头发上是一片灰白色的雪花，他还没有变成金发碧眼的外国帅哥，他还有漆黑的瞳孔和漆黑的眉毛，头发浓密，睫毛柔软，他看着我，目光里闪动着类似烛光的亮点，他好像在对我说话，又好像不是，他只是定定地看着我，用他一如既往的那种悲伤和温暖的目光，仿佛凝望着一整个秋天的凋零，他没有打伞，在雨雪中看起来冷极了，他在窗外站了很久，最后，他缓慢地抬起手，迟疑而不舍地对我轻轻摆了两下，我听不见他的声音，但是我能看见他的口型，他在对我说，BYE BYE。

梦里我靠着简溪的胸膛，毛毯裹紧我，我看着窗外雨雪里的崇光，不知道为什么，我一点都没有觉得悲伤，我甚至微笑着轻轻地抬起了手，对着窗外的他也挥舞了两下，有一些雪花飘进他的眼里，化成雨水漫出来，他对我点点头，然后一言不发地转头走进了无边无际的黑暗里，他的身影消失在一片风雪弥漫的路灯尽头，像被一只看不见的大手，拖进了黑暗。

他再一次地消失在了我的世界尽头。

凌晨的上海，透露着一种让人不安的静谧。这种安静本来不属于这里，这种安静就像是电影屏幕上突然出现的一块黑暗，让人恐惧和不安。

崇光站在静安公园的水边上，夜风吹起他金色的头发、金色的眉毛，吹起他碧绿的瞳孔，仿佛秋天带着霜气的寒风吹痛一个辽阔的湖面。

宫洺站在他的身边，两个人穿着同样的黑色修身西服，站在夜色里像两个悲悯的死神。

胃里火烧般的灼热像疯狂的带刺藤蔓卷进脑海里，崇光瞪着仿佛下过雨般的湿漉漉的眼眶，望着宫洺，他抓紧宫洺西服的下摆，声音比夏天的夜晚还要湿热，“哥，我不想死。”

宫洺慢慢地抬起胳膊，环抱过崇光的肩膀。他闭上眼睛，一颗眼泪滚出来，掉在崇光肩膀的西服上，化成了一小颗比夜色更深的水渍。他手上的力量越来越大，像要把崇光抱进自己的身体。一种海啸般的酸涩将他所有的理智和冷漠，冲击得溃不成军。

月光从头顶照下来，那个竖立在公园里的天使的雕塑，投下漆黑的影子，看起来仿佛一个拿着镰刀的死神。死神的黑影温柔而慈悲地笼罩着崇光，也笼罩着宫洺，笼罩着每一个人。

离他们几米开外，停着等待他们的高级轿车，司机恭敬地站在车门边上，车头灯仿佛呼吸般地一闪一闪，看起来像一双在哭泣的眼睛。

早上醒来的时候，身边的简溪已经不见了。我走出卧室，看了看客厅里，他也没在。顾里此刻正在浴室里涂抹她每天必备的各种保养品。

我坐在沙发上茫然地发呆，等待着身体从昨晚漫长混浊的梦境里苏醒过来。

这个时候，电话响了，我拿起来，Kitty精神抖擞的声音从电话听筒里面传来，她告诉我顾里的生日地点定在了曾经我们陪宫洺去过的外滩茂悦顶楼的露台。

我浑浑噩噩地挂掉电话之后，突然想起来几天前的梦境里，我们就是在这样一个高高的露台上庆祝顾里的生日，而梦境里唐宛如血淋淋地摔了下去。

我突然被胃里翻涌起来的一阵莫名其妙的血腥气弄得想呕。我死命地拍打着卫生间的门，里面顾里冲我大吼："我在用厕所!你去自己卧室的那个!"

我站在门口，身体里一些我说不出来，却能清晰感知的恐惧仿佛成千上万的黑色蚂蟥一样，密密麻麻地爬满了我身体内壁。它们吸食着我的血液，我的胸口像有一个怪兽快要撕破我的皮肤钻出来一样。

这个时候，我看见了从顾里卧室走过来的顾源。我抬起头，看见了一个我永生难以忘记的眼神，冷漠的、嘲笑的、仇恨的、践踏的眼神。

我不明白他为什么要这样看我，直到他从衣服的口袋里掏出来一个信封，递给我。我看见信封上熟悉的笔迹，是简溪的，信封上写着"给：老婆"。

我撕开信封，俊秀硬朗的字体全部变成了黑色的钢丝，一根一根地勒紧了我的喉咙。

"给我亲爱的老婆：这是我最后一次这样叫你了。其实从那天我去宫洺家找你，我看见你和他亲吻的时候，我就知道，这样的一天迟早会到来的，我不害怕，我只是舍不得……"

我刚刚看了个开头，眼前就一阵带着刺痛的黑暗向我袭来，我两眼一黑地跌坐在地上，胸口像被巨大的石柱压碎了。

天空洒下万丈金光。

上海在清晨渐渐升温的热度里缓慢地苏醒了。每一天，每一天，完全一样。

这个城市永远不会缺少的，就是不断的告别，不断的眼泪，不断的死亡，不断的反目成仇。戴着面具的眼睛，没有眼泪可以流了，只剩下血液，可以湿润干涸的瞳孔。

残忍的齿轮旋转着，它咔嚓咔嚓地碾过破旧的棚屋、落伍的建筑、奄奄一息的小树丛、曾经的耕田、废弃的工厂，它碾过失败者的尸体，碾过软弱者的残骸。它将一切跟不上这个城市飞速脚步的东西，碾得粉碎。之后，会有崭新而冰冷的摩天大楼，矗立在曾经的荒芜之上，仿佛一座祭奠过去的墓碑。

怎么了，你在哭么?

怎么了，你现在就开始哭了么?

还早呢，真的还早呢。

秋风都还没有到来，不要急着落泪。荒芜的田野不是最悲壮的画面，即将到来的大雪，会把这一切弄得更加绝望，一望无际的苍茫，无边无垠的混沌，最后还有一场大火，将一切化为灰烬。

死神的阴影其实有各种形状。东方明珠、金茂大厦、环球中心、恒隆广场……它们不断投射在这个城市地表上的阴影，其实都是死神某一个局部的轮廓，当太阳旋转到某一个角度，这些阴影就会拼成一个完整的、高举镰刀的英雄。

淮海路的高级写字楼里，宫洺坐在电脑面前，窗外清晨透亮的阳光透过落地窗照在他的脸上，他的面容在光线里像是水晶一样完美而虚假。他面无表情地看着电脑屏幕，Kitty安静地站在他的身边。

电脑屏幕上，是几天前的监视录像。电脑的画面上，是一身黑衣打扮的顾里和顾源，他们两个坐在此刻和宫洺同样的位置上，一脸死灰地看着宫洺电脑里的文件。录像的左上角，办公室的门口，是我胆怯而哆嗦的小小身影。

“之前让你放到我车后座上的那个文件，你确定顾里肯定看到了？”

“放心宫先生，如果她没发现那个文件，她是不会来你的电脑上找东西的。”Kitty微笑着，缓慢但坚定地说。

宫洺的目光像钻石一样，除了光彩夺目勾魂夺魄之外，还有坚不可摧冰冷无情。

一片巨大的云朵投下的阴影，缓慢地划过大厦。

顾里坐在马桶上，心里不停地盘算着自己生日宴会的各种细节。她起身按动冲水按钮的时候，突然发现马桶里凝聚的一摊不大不小的污血。她很疑惑，难道自己的生理期提前了？但是感觉上又好像没有。

她觉得有点疑惑，但是也没有多想，从抽屉里拿出一张新的卫生棉换上，然后转身走出了厕所。她来开门的时候，看见了坐在厕所门口，目光呆滞的我。

“你怎么了？”她看着我，目光里带着一无所知的困惑。

亲爱的顾里，也许你真正应该困惑的，不是我的眼泪，而是刚刚的那些小小的血迹。

在我们荒诞离奇的生命里，上帝总是以带血的方式，来让我们的人生变得更加饱满而沉重。他在高中的时候给了我们一个跳楼后血淋淋的破碎尸体，他也在一年前给了我一个带着血光般温柔的男孩儿，他也在梦里带给了我一个跳楼的唐宛如，他现在轻轻地把血红色的请帖，放到了你的马桶里。

你一无所知。

这些血液，都是我们生命分崩离析前的邀请函。

天空遥远深处，厚重的云层背后，一个低沉的声音慈悲地传来：欢迎光临。

【《小时代》第二季《虚铜时代》到此结束】

【第三季《刺金时代》将在《最小说》杂志2010年1月号开始连载】

【我们2010年再见】

Afterward
尾声

给我亲爱的老婆:

这是我最后一次这样叫你了。其实从那天我去宫洺家找你，我看见你和他亲吻的时候，我就知道，这样的一天迟早会到来的，我不害怕，我只是舍不得。

这段时间，我过得不好。很多个晚上都睡不着。有时候我一个人出门喝酒，喝得难受，也哭了很多场。

那天在宫洺家楼下的小区里，我看见你和那个外国男孩儿抱在一起，我觉得连呼吸都快要没有力气了。我不像你那样看过那么多书，我不知道用什么修辞来描绘我当时的难过，我只觉得心好痛。

我就站在离你们不远的地方，我看着他拥抱你的轮廓，在黑夜里看起来不太清楚，还好，这样看不清楚，也许我还没那么难受，我那个时候甚至自我催眠地把他想成了我自己。

我觉得我像是灵魂出窍地在看着我们两个拥抱的样子。

去你公司的时候，我路过茶水间的时候，我也看到了你们。

我大概可以猜出来他是谁。我心里很震惊。可是那完全比不上我心里的痛。

我看着你抚摸他的眉毛，问他："痛吗?"

我当时站在玻璃窗外，内心在朝你呐喊："那我呢？那我呢？你为什么不问一下我，痛吗?"

昨天晚上我整晚没睡，我看着你熟睡的样子，心里很难受。我悄悄地起床给你写了这封信。我怕我看着你，就忍不下心离开你。你知道的，这么多年，我一直都拿你没办法。我受不了看你哭。你一哭我就想死。

林萧我就要走了。我真舍不得你。

你一定不要找我。

你一找我，我肯定就忍不住想要回到你身边。

别折磨我了。

其实我知道，自己比不上他。他有钱，家世显赫，外貌好看得不像真人。他对你也好，也善良。他是个好人。

我只是很不舍。我只是被回忆抓着，脱不了身。我有时候也痛恨自己是如此平凡，我好想变得有钱，变得英俊，变得像大明星一样呼风唤雨。那样可能你就不会走。

我多想时光倒流，回到我们大学的时候。我绝对不再放开你，让你去选择现在的生活。我多想和你只做一对平凡的小夫妻，一起结婚生子，生老病死。

这些都是我的真心话。我不骗你。

留在这里的衣服，就送给你吧，留个纪念。你放在我家的东西，我改天打包给你邮寄回来。我想离开上海暂时出去走一走。不要担心我，我会回来的。

只是我不知道会是什么时候。

希望你过得开心。过得幸福。

这辈子只爱过你一个人的　简溪

ITOP 25

2010 年上海柯艾文化传播有限公司畅销书排行榜

排名	书名	作者
1	小时代 1.0 折纸时代	郭敬明
2	小时代 2.0 虚铜时代	郭敬明
3	悲伤逆流成河	郭敬明
4	西决	郭敬明
5	幻城（新版）	笛安
6	不朽	落落
7	被窝是青春的坟墓	七堇年
8	全世爱	苏小懒
9	悲伤逆流成河（新版）	郭敬明
10	尘埃星球	落落
11	澜本嫁衣	七堇年
12	须臾	落落
13	N 世界	郭敬明 年年
14	大地之灯	七堇年
15	全世爱 Ⅱ ·丝婚四年	苏小懒
16	第一届"THENEXT·文学之新"新人选拔赛作品集. 上	郭敬明 主编
17	陪安东尼度过漫长岁月	安东尼
18	琥珀	年年
19	任凭这空虚沸腾	王小立
20	四重音	消失宾妮
21	浮世德	陈晨
22	当我们混在上海	叶阐
23	第一届"THENEXT·文学之新"新人选拔赛作品集. 下	郭敬明 主编
24	假面舞会	爱礼丝
25	恋爱习题	爱礼丝

C A S T

小时代2.0虚铜时代

作者
郭敬明

出品人
郭敬明
金丽红 黎 波

责任编辑
苏姗姗 痕 痕

责任印制
张志杰

封面设计
adam.X

插画
YIF.Mok

版式设计
Alice.L Fredie.L

出版社
长江文艺出版社

出品
上海柯艾文化传播有限公司

官方论坛
http://www.zuibook.com/bbs

平台支持
最小说

CASTOR
上海柯艾文化传播有限公司

图书在版编目（CIP）数据
小时代2.0虚铜时代/郭敬明 著
武汉：长江文艺出版社，2010.01
ISBN 978-7-5354-4104-1
I. 小…II. 郭…III.长篇小说-中国-当代IV.I247.5
中国版本图书馆CIP数据核字（2009）第118668号

小时代2.0虚铜时代 郭敬明 著

新浪读书 新浪读书强力推荐！

选题策划：金丽红 黎 波 郭敬明
责任编辑：苏姗姗 痕 痕
装帧设计：柯艾文化
媒体运营：赵 萌
责任印制：张志杰

出版：湖北长江出版集团 长江文艺出版社
电话：027-87679301
传真：027-87679300
地址：湖北省武汉市雄楚大街268号湖北出版文化城B座9-11楼
邮编：430070
发行：北京长江新世纪文化传媒有限公司
电话：010-58678881 传真：010-58677346
地址：北京市朝阳区曙光西里甲6号时间国际大厦A座1905室
邮编：100028
印刷：三河市鑫利来印装有限公司

开本：700×1000毫米 1/16 印张：16.75
版次：2010年1月第1版 印次：2014年7月第25次印刷
字数：208千字

定价：26.80元

我们承诺保护环境和负责任地使用自然资源。我们将协同我们的纸张供应商，逐步停止使用来自原始森林的纸张印刷书籍。这本书是朝这个目标前进迈进的重要一步。这是一本环境友好型纸张印刷的图书。我们希望广大读者都参与到环境保护的行列中来，认购环境友好型纸张印刷的图书。